中国艺术研究院基本科研业务费项目
（项目编号：2020-2-23）

2020年中国艺术研究院优秀博士学位论文丛书

# 《红楼梦》高潮艺术论

A STUDY ON
THE NARRATIVE CLIMAX IN
*A DREAM OF
RED MANSIONS*

张明明 著
ZHANG MINGMING

文化藝術出版社
Culture and Art Publishing House

图书在版编目（CIP）数据

《红楼梦》高潮艺术论/张明明著. —北京：文化艺术出版社，2021.12
（2020年中国艺术研究院优秀博士学位论文丛书/李树峰主编）
ISBN 978-7-5039-7163-1

Ⅰ.①红… Ⅱ.①张… Ⅲ.①《红楼梦》研究—文集
Ⅳ.①I207.411-53

中国版本图书馆CIP数据核字（2021）第246085号

## 《红楼梦》高潮艺术论
（2020年中国艺术研究院优秀博士学位论文丛书）

| 主　　编 | 李树峰 |
| --- | --- |
| 副 主 编 | 孙亚平　黄忆南　郑光旭 |
| 著　　者 | 张明明 |
| 封面插图 | 谭凤嬛 |
| 丛书统筹 | 李　特 |
| 责任编辑 | 叶茹飞　钟诗娴 |
| 责任校对 | 董　斌 |
| 书籍设计 | 马夕雯 |
| 出版发行 | 文化藝術出版社 |
| 地　　址 | 北京市东城区东四八条52号（100700） |
| 网　　址 | www.caaph.com |
| 电子邮箱 | s@caaph.com |
| 电　　话 | （010）84057666（总编室）　84057667（办公室）<br>　　　　 84057696—84057699（发行部） |
| 传　　真 | （010）84057660（总编室）　84057670（办公室）<br>　　　　 84057690（发行部） |
| 经　　销 | 新华书店 |
| 印　　刷 | 国英印务有限公司 |
| 版　　次 | 2022年11月第1版 |
| 印　　次 | 2022年11月第1次印刷 |
| 开　　本 | 710毫米×1000毫米　1/16 |
| 印　　张 | 18.25 |
| 字　　数 | 239千字 |
| 书　　号 | ISBN 978-7-5039-7163-1 |
| 定　　价 | 68.00元 |

版权所有，侵权必究。如有印装错误，随时调换。

## 编辑委员会

**主　编** | 李树峰
**副主编** | 孙亚平　黄忆南　郑光旭

**编　委** | （按姓氏笔画排序）
丁亚平　江　东　孙伟科　李　玫　何加林　杭春晓

**项目组成员** | （按姓氏笔画排序）
王小梅　王文馨　孔　旭　帅雯霖　申　文　任　赛
刘　璋　刘先福　苏子龙　李　鹏　杨　雯　杨竹青
辛姣雅　庞小强　赵东川　黄　谷

# 为有真才始作学
## （代序）

面对这套"优秀博士学位论文丛书"，我想到这三年在中国艺术研究院研究生院的经历，有很多深刻的感受。

近五六年来，全国研究生教育质量成为社会关注点之一，毕业论文抽检比例越来越大，要求也越来越严格，被抽检的论文出现不合格的情况时有发生，那时我虽然不在研究生院工作，但常为此担忧。2019年5月，我被任命兼研究生院院长后，招生质量、教学培养质量、毕业论文质量，就成为压在我心头的一块石头，使我一年四季都没办法轻松。好在院里有一群愿意做事，也能做事、有责任感的人，大家拧成一股绳，从科学建章立制、抓各个环节程序、强化导师和教学指导组职能、把好各个关口入手，小步走、不停步地向前推，逐步把研究生教学工作质量一点点提升起来。令人欣慰的是，2021年和2022年毕业论文抽检，虽然涉及各个一级学科多个专业，但抽检的结果都是合格的。

当然，这套"优秀博士学位论文丛书"的作者，都是我院研究生院毕业生中的佼佼者，他们的毕业论文是优秀论文。这些论文，经过了答辩委员会的认真讨论和一致推荐，经过了学位评定委员会的评审，具有相当的水准。

当我读到这些论文时，一方面为我院能有这样认真治学、有问题意识和研究方法的同学而高兴；另一方面，我在思考，对于人文和艺术学科，究竟什么样的人最适合从事研究工作？运用怎样的考察方法才能让他们的才能和素质充分显示出来，把不热爱艺术和学术、单单为拿文凭的人鉴别出来，从而把招生工作做到位？究竟怎样的培养方式和教学方案，才能让他们的天赋和才能充分涌流？究竟怎样的毕业论文和作品，才是我们的目标和标准呢？

这些问题，并不是很容易回答的。为让考生展现出实际水平，从2021年开始，我院在博士研究生招生复试中加进了"现场写作"一科，此科所占分值不小。同时我们反复向导师组强调，希望老师们认真考察这篇现场写作文章的水平。从实际效果看，不少导师认真阅读了考生的这篇文章，并将其作为招生的重要参考，但也有不少导师还是更看重面对面答辩的印象，没有重视这篇文章，也没有从这样的写作中发现学生的思维特点和水平。

在2022年的招生工作中，刘梦溪先生对报考其博士研究生的一位考生的现场写作文章十分满意，并在整个招生工作结束后建议我们大家看看这篇文章，大家看后一致认为此文逻辑严谨、丝丝入扣且富有文采。可以肯定，这样逻辑思维能力强、写作水平高的学生，经过三年认真修炼和导师指导，毕业论文不会差。

总结这几年抓研究生教育工作的经验和体会，我觉得研究生学位教育，关键在招生，重点在培养，把关在答辩，这个系列、过程是一个整体，需要从头盯到尾。那么，研究生学位教育的核心是什么呢？从学生来说，为有真才始作学；从老师来说，为有真学始育才！

李树峰

2022年10月

# 目 录

## 引 言

第一节　选题意义及背景　/ 004

第二节　已有成果及研究现状　/ 010

第三节　《红楼梦》结构分析　/ 042

## 第一章
## 家族势力振兴的高潮——元妃省亲

第一节　元妃省亲高潮艺术　/ 066

第二节　元妃省亲在全书中的意义　/ 078

## 第二章
## 世俗与脱俗冲突的高潮——宝玉挨打

第一节　宝玉挨打高潮艺术　/ 089

第二节　宝玉挨打在父子冲突关系中的高潮艺术　/ 098

第三节　宝玉挨打在全书中的意义　/ 113

## 第三章
## 由盛转衰的高潮——祭宗祠开夜宴

第一节　贾府现状　/ 126

第二节　祭宗祠开夜宴高潮艺术　/ 140

第三节　祭宗祠开夜宴在全书中的意义　/ 143

## 第四章
## "自杀自灭"的高潮——抄检大观园

第一节　抄检大观园高潮艺术　/ 154

第二节　抄检大观园在全书中的意义　/ 172

## 第五章
## 灵与肉毁灭的高潮——黛死钗嫁

第一节　宝黛爱情心路概况　/ 184

第二节　黛死钗嫁高潮艺术　/ 206

第三节　黛死钗嫁在全书中的意义　/ 215

## 第六章
## 贾府衰败的高潮——贾府抄家

第一节　抄家前的诸种预兆　/ 223

第二节　贾府抄家高潮艺术　/ 234

第三节　贾府抄家在全书中的意义　/ 245

# 第七章
## 《红楼梦》高潮艺术创作规律

第一节　六大高潮艺术创作特点探究　/ 255

第二节　高潮艺术创作的成因　/ 262

参考文献　/ 271

后　记　/ 277

引言

《红楼梦》产生于白话小说艺术臻于成熟之际，是"中国古典文学艺术最成熟的作品，也是最后的殿军"[①]。其中，就小说的布局安排而言，它不是"辫式结构"，如《三国演义》以魏、蜀、吴三方势力为主，犹如三束头发梳成一条辫子，交错推进小说的发展；也不是"糖葫芦式结构"，如《水浒传》以一个人物引出另一个人物，《西游记》以一难接着一难，这些人物和事件如一个个独立的山楂，用替天行道或西天取经这根"竹签"串联起来；更不是"辐辏式结构"，如《金瓶梅》以西门庆为中心勾连起其妻妾、家奴、友人，犹如辐条集中于车毂一般；而是"网状拓扑型结构"。"网状拓扑型结构"本是通信链路中的专用词，指将多个子网或多个网络通过桥接器连接起来，形成环型拓扑结构。这里将该词引入本书，意在说明《红楼梦》的布局安排正契合"网状拓扑型结构"，它"多维立体多线多层次交织递进"（周汝昌语）[②]，藏针伏线、千曲万折，运用多主题线条、多故事情节、多人物形象，形成多个节点，千里相牵，互为架构，使小说的各个部分交互回环、密实跌宕，达到浑然天成的效果。

　　那么，在这些故事的节点枢纽、起承转合中，必然存在着转捩点或者分水岭，也就是最能体现情节与核心人物、主旨主线之间紧密关系的高潮点。梳理并厘清这些高潮节点，可以更细微地审视《红楼梦》的结构与布局艺术，体察白话小说艺术成熟时期作家的创作动机与价值导向，进而探究有清一代世情小说的发展路径。

---

[①] 浦江清：《中国文学史稿：明清卷》，浦汉明、彭书麟整理，北京出版社2018年版，第337页。
[②] 刘叶秋、朱一玄、张守谦、姜东赋主编：《中国古典小说大辞典》，河北人民出版社1998年版，第78页。

## 第一节　选题意义及背景

自《红楼梦》问世以来,其艺术特色、作者家世以及包蕴的社会风俗等内容不断被挖掘,研究范式不断被更新,在文本、文献、文化三大方面都得到了较充分的阐释。可以说,《红楼梦》中几乎所有值得研究的议题,大多都已"崔颢题诗在上头"①。其中,有关《红楼梦》的主题讨论、结构框架、情节设置等更一直是小说文本研究的重点。分析小说的主题,就要关注小说主线、核心人物、核心情节之中所体现的事理、情理;知晓小说的结构框架,就明白了小说各情节的起讫点及叙事节奏的律动、形式问题。小说中的高潮则是小说情节结构的核心,是展现作家文心、抒发情感的重要支点。

对此,学者们朱紫相夺、乐此不疲,从诸多节点上,分别对"宝黛爱情说""家族兴衰说""宝玉成长说""盛衰爱情双重主线说""爱情主线、盛衰副线说""石头说"等进行了钩稽爬梳,认为"秦可卿丧礼""元妃省亲""宝玉挨打""除夕祭祖""探春理家""紫鹃试情""抄检大观园""黛死钗嫁""查抄荣宁府""宝玉出家""兰桂齐芳"等众多事件为小说高潮。上述观点,大多为对《红楼梦》结构布局、大间架方面的宏观总结,而对《红楼梦》中的"高潮艺术"之内涵往往一笔带过,尚未做出明确界定。即使提及,也多从小说整体或某个事件的前因后果展开。究其原因,其一,《红楼梦》作为一部宏大的小说,情节繁杂、人物众多、涉猎广泛,学人秉持什么样的研究方

---

① (清)钱大昕:《恒言录》卷二《常语类》,见陈文和主编《嘉定钱大昕全集　八》,江苏古籍出版社1997年版,第44页。

法、选取什么样的研究角度,因人而异,这使得小说高潮研究问题复杂且烦琐;其二,《红楼梦》存在原书与续书作者不一致的因素,这使得小说高潮研究问题在版本选择上存在一定差别。因此,当前学术界对《红楼梦》高潮艺术研究这一议题,虽有较多关注,但系统整理并研究这些高潮事件的专著尚未出现。

改革开放以来,红学研究继考据学、社会学、文化学研究热潮之后,开始偏重于"细读文本""回归文本"研究。宁宗一、张庆善、孙伟科、梅新林等诸学者多次呼吁红学研究应"回归文本"。该研究重心的转移,大致是从三个方面展开:一是从非文本的外部研究回归于文本的内部研究;二是从前八十回与后四十回的割裂状态回归于一百二十回本的整体研究;三是从对文本研究的笼统定性回归于对文本内在结构的具体析解。①《红楼梦》高潮艺术研究这一议题,正是对"回归文本"的响应。分析《红楼梦》高潮艺术,倘若像猪八戒吃人参果那般囫囵吞枣,不可能品出其中的滋味,悟出其中的玄机。所以,还是要用心品,细细研究,真正做到"回归文本"。高潮的构建,可谓一书的骨骼。梳理并探究《红楼梦》高潮事件、高潮事件的形成条件、高潮艺术的表现及内在规律、每个高潮与全书主旨主线的关联、原书与续书处理高潮事件的优劣等,对理解情节、把握主旨、探究小说"文外之意"及结构美学、作家的立旨命意、创作动机、价值导向和古典小说的批评路径等方面,颇有助益。因此,探讨"《红楼梦》高潮情节艺术探析解读"这一议题,就显得尤为迫切与重要。

揆诸《红楼梦》高潮艺术,在界定高潮内涵之前,有必要厘清小说布局、主题、主线之间的关系。布局是小说组织形式与内部构造的规划和安排,是创作主体构思的具体展示,它从属于小说的艺术范畴;主题是小说要

---

① 参见梅新林《红楼梦哲学精神》,学林出版社 1995 年版,第 1—3 页。此书后收入"红学新批评文丛",于 2007 年由华东师范大学出版社出版。

表达的主旨，归属于小说的思想范畴。小说的布局受小说内容的制约，要符合小说发展的逻辑，设置主线、构思情节、组织人物，都要紧紧围绕小说的主旨。因此，厘清小说的布局，对更透彻地理解小说主旨颇有裨益。主线是统领故事发展的线索，它服务于小说主题思想。同时，主线来自小说主要情节，而主要情节离不开核心人物及其行动。可见，围绕主题、探察布局、抓住主线、剖析人物，由面到线到点，再由点到线到面，才能更透彻地理解小说。

《红楼梦》的主题向来众说纷纭，这一点鲁迅先生曾有过精辟的总结："经学家看见《易》，道学家看见淫，才子看见缠绵，革命家看见排满，流言家看见宫闱秘事。"[1] 那么《红楼梦》究竟要阐释什么？二百多年来，人们对《红楼梦》主题的探究，大端有二：婚恋主题与政治主题。无论是因拥钗、拥黛产生争执的清人，还是赞黛玉叛逆、斥宝钗正统的革命派，都是婚恋主题说的支持者；无论是认定小说主题为反清复明之旧红学，抑或认定第四回为全书"总纲"[2]的学者，都是政治主题说的支持者。两者虽然所处时代不同，意识形态各异，但是都只抓住一端，不够全面。即使是后来出现的"色空观"，看似见解独特，角度新颖，但是这种观念主要是建立在宝玉出家的基础上，而宝玉出家是对婚恋失望、家族败落、人生空无的无奈选择，所以"色空观"仍属于"婚恋"与"政治"主题的范畴。对此，笔者比较认同张庆善先生的看法："《红楼梦》主要是描写了一个贵族家庭的生活及其衰落，而伴随着这个贵族大家庭的衰落，演绎出以贾宝玉、林黛玉、薛宝钗、王熙凤为代表的青年男女特别是女儿的生活悲剧、婚姻悲剧、爱情悲剧、人生悲

---

[1] 鲁迅：《〈绛洞花主〉小引》，《集外集拾遗补编》，见《鲁迅全集》第 8 卷，人民文学出版社 2005 年版，第 179 页。

[2] 关于《红楼梦》之"总纲"问题的论争，可参见沈天佑《〈红楼梦〉第四回和总纲》，《北京大学学报（哲学社会科学版）》1980 年第 1 期；赵秉文《简论〈红楼梦〉前五回的整体作用——兼评第四回是全书的总纲》，《红楼梦学刊》1988 年第 3 辑。

剧，以及人情世故、世态炎凉。通过这些家庭生活的描写，表达了作者曹雪芹对社会、对人生、对人性、对人的思考，表达了他对假恶丑的鞭挞，对真善美的追求。从这个意义上说，《红楼梦》是一部人情小说，是一部探索人生的小说，《红楼梦》是曹雪芹人生体验的结晶。"①

明白了《红楼梦》写的是什么，也就明了了小说的布局，即在贾府不断走向衰败的大背景下，作者浓墨重彩地刻画了宝黛爱情悲剧以及青春与生命的悲剧。宝黛爱情中，贾宝玉为主，林黛玉为宾，薛宝钗次之；贾府兴衰的大背景中，王熙凤为主，贾政为宾，贾母、王夫人、元春次之。厘清了小说的布局安排，就弄清了小说的主线，即宝黛爱情的悲剧与贾府的衰亡过程。从主线中，我们或可推出小说"因空见色，由色生情，传情入色，自色悟空"的"到头一梦，万境归空"之"色—情—空"的主要观念。② 这种观念中，小说"特为梦中之人特作此一大梦也"（脂砚斋批语），无论是写情孽论、宿命论还是写历史循环论，都着重阐述了对纯情女儿不幸遭遇的同情，以及对贾府颓败不可挽回的悲叹之情。

所以，本书探讨《红楼梦》高潮艺术，是以"色—情—空"观念为前提，紧紧围绕宝黛爱情悲剧与家族兴衰的主线，找到小说整体布局中体现矛盾冲突最尖锐、决定双方命运与发展前景、凸显人物性格、伏线千里、影响甚大的带有分水岭特点的高潮事件。也就是说，本论文对《红楼梦》高潮艺术的探讨，既包括对高潮事件内部各要素主要关系的探讨，也包括对各个高潮事件之间关系的探讨，更包括对高潮事件在整部小说线索与主旨上所起作

---

① 张庆善：《伟大的经典永恒的魅力——谈曹雪芹和他的〈红楼梦〉》，《人民政协报》2019年8月26日。
② 俞平伯在其《红楼梦辨》《红楼梦研究》以及《红楼梦简论》等著作中一直强调"色空观"是《红楼梦》的主要观念。熊润桐、林语堂等人是其追随者。后来，孙逊《关于〈红楼梦〉的"色""情""空"观念》(《红楼梦学刊》1991年第4辑）一文对俞平伯的观点进行了补充。孙逊先生认为"情"是连接"色""空"不可或缺的中介，是小说题旨之所在，此说法颇有道理。

用的探讨。

　　为分析上述内容，我们不得不面对以下三方面问题：一是《红楼梦》的版本问题；二是存在于这些版本中的评点家之批语问题；三是早期抄本（特指经过脂砚斋、畸笏叟等人阅评过的曹雪芹稿本，即脂评本）与后世流传甚广的刻本（特指程伟元、高鹗整理的程高本）对续书主旨、主线、人物形象、情节安排的处理问题。为此，本书以脂评本与程高本作为研究底本，分别进行阐述：第一，以脂评本即八十回本作为一个整体，其高潮有哪些？按照脂批线索，八十回后的高潮应该有哪些？这种分析的依据与缺憾是什么？第二，以程高本即一百二十回本作为一个整体，其高潮有哪些？分析依据及缺憾又是什么？我们力求讨论小说的大关节、大关键，研究小说的情节与主题、主线、布局、人物设置问题，探究中国古典小说所展示的艺术思想与人文精神。我们期望通过研究《红楼梦》的高潮艺术，更近距离地赏析小说的构思安排、体会作者写作时的心态及历史语境，从而做到"谈欢则字与笑并，论戚则声共泣偕"[①]，实现对小说文本的整体与深度理解。此外，本论文还试图建立小说文本与读者之间以读者审美经验为核心的阅读范式，以提升读者的阅读体验，实现文学的社会功能。

　　为实现以上目的，本书在研究方法上，遵循"文本细读""文史结合""比较分析"的方法。首先，"文本细读"是20世纪英美新批评理论中的重要观点，此处引用这一概念意在说明本论文对《红楼梦》文本分析的重视。分析《红楼梦》高潮艺术，不仅要对小说人物性格、人物对话、环境描写与情节安排进行细节解析，而且还应重视人物、情节在全书主旨及结构框架上的作用，从而对小说文本形成较为系统的认知，阐明小说内在的艺术手法。其次，本书从文学史的角度出发，注重文史结合，注重小说接受的集体

---

① （南朝梁）刘勰：《文心雕龙·夸饰》，载周振甫《文心雕龙今译》，中华书局1986年版，第330页。

性、延续性，反映特定文化群体的文化结构与思维模式，辨析《红楼梦》高潮艺术在不同历史时期的不同期待视野，分析产生这种不同视野的历史因素，以明晰小说前后接受的异同。最后，分析《红楼梦》高潮艺术，必然要涉及各个高潮事件之间、八十回本与一百二十回本之间处理高潮艺术的异同，《红楼梦》与戏剧戏曲改编关于高潮设置及主旨的关联与差异，《红楼梦》与其他小说关于高潮构建艺术的异同等众多方面的对比分析。为此，采用比较分析的方法，有助于较为全面地体察《红楼梦》高潮的布局技巧。

## 第二节　已有成果及研究现状

　　为清晰地展现国内外的往哲前贤、才俊翘楚在探讨《红楼梦》高潮艺术方面所做的贡献与已取得的成绩，笔者努力搜集爬梳其研究成果，试图在借鉴已有成果的基础上，钩沉《红楼梦》的高潮艺术。

### 一、"高潮"的定义

　　"潮"，本意既可指潮湿，与"干"相对；也可指海水受日月引力而发生的涨落现象，如《朱子语类》卷十二《学六》："事来则动，事过了静。如潮头高，船也高；潮头下，船也下。"[①]即使古诗文中出现"高潮"二字连用的情况，如律诗《送陈观吾观察苍梧》首联"四月高潮江水平，苍梧山色问王程"[②]，也多表示地理学中的潮水位，非文学布局上的"高潮"。

　　真正文学意义上的"高潮"，当出现在小说评点中。评点最早可追溯至唐代殷璠的《河岳英灵集》与稍后高仲武的《中兴间气集》，但二书皆为评论诗歌的著作，尚未涉及小说文体。宋代刘辰翁评《世说新语》可谓小说评点的源头，但与本文所说的古典小说即明清章回小说评点存有较大差异。真正意义上的古典小说评点著作，当在明清之际文人所作的章回小说评点中，如明万历三十八年（1610）的《容与堂本水浒传》，它是"现存最早最完整

---

[①]（宋）朱熹：《朱子语类》，载朱杰人、严佐之、刘永翔主编《朱子全书》（第十四册），上海古籍出版社、安徽教育出版社2002年版，第381页。
[②]（明）李言恭：《青莲阁集》卷九，明万历十八年刻本。

的小说评点"①。那么,以文学为本位的"高潮"概念,是如何定义的呢?

## (一)辞典对"高潮"的定义

笔者查阅多部辞典,现撮其精要,摘录部分,如下:

> 叙事性文艺作品中主要矛盾冲突发展到最尖锐、最紧张的阶段,是决定矛盾双方命运和发展前景的关键一环,为情节结构的重要组成部分。在高潮中,主要人物的性格、作品的主题思想都获得最集中、最充分的表现;读者或观众的情绪反应也被调动到最强点。在戏剧术语中,高潮又称顶点,通常出现在全剧的后半部。②

(《辞海:第六版彩图本》)

> "高潮",或称"顶点""高峰"。情节结构的组成部分之一。指主要矛盾冲突经过充分展示并发展到最尖锐、紧张的阶段,是决定双方命运、事件成败和发展前景的关键一环。它不一定是作品中最热闹的场面,但一定是人物命运搏斗最激烈,思想、情感交锋最深沉的地方。③

(《中国小说辞典》)

> 高潮,是矛盾冲突发展的顶点,是决定矛盾各方的命运或主要冲突即将解决的关键时刻,因而也是矛盾冲突和斗争最紧张、尖锐的部分,人物的思想性格得到充分展现的部分。④

(《文学百科大辞典》)

> 情节的重要组成部分。指矛盾冲突发展到最紧张、最尖锐、最激

---

① 林岗:《明清之际小说评点学之研究》,北京大学出版社1999年版,第4页。
② 夏征农、陈至立主编:《辞海:第六版彩图本》,上海辞书出版社2009年版,2010年9月重印,第681页。
③ 秦亢宗主编:《中国小说辞典》,北京出版社1990年版,第13页。
④ 胡敬署、陈有进、王富仁、程郁缀主编:《文学百科大辞典》,华龄出版社1991年版,第17页。

烈的阶段,为情节发展的最高点,常是决定矛盾双方胜负、人物命运前途的关键时刻。在高潮中,作品的矛盾冲突、人物性格和主题思想都得到最充分、最集中的表现。长篇小说由于不止有一对矛盾,其高潮也不止一个。其中,主要矛盾冲突所形成的高潮是全书的高潮,一般在作品的后半部。其重要意义在于最尖锐地揭示作品的主要冲突。高潮之后,矛盾冲突急剧转化,"结局"即将到来。①

(《中国小说大辞典》)

概言之,上述辞典以程式化、概念化的语言对"高潮"进行了定义。这些定义往往离不开"情节""矛盾""冲突""人物命运""成败""最尖锐""最关键""主题"等关键词。也就是说,判断某个事件是否为"高潮",应从以上关键词入手。当然,上述定义中也提到了出现"高潮"的位置、"热闹"是否是构成"高潮"的必要条件等,这为本文界定高潮提供了借鉴依据。

### (二)学术著作及报刊对"高潮"的定义

相对辞典对"高潮"一词定义的简短精练,学术著作对"高潮"一词的阐述,内容相对具体而丰富,视阈更开阔。它们往往借助对具体作品的评点,进而总结出"高潮"的成因及特征。此处择其要者,摘录如下:

亚里士多德的《诗学》就"戏剧结构"这一研究议题,提出悲剧中情节是戏剧的根本灵魂,而"突转与发现是情节中的两个成分","悲剧中没有行动,则不成为悲剧","悲剧是对一个完整划一,且具有一定长度的行动的摹仿……因此,组合精良的情节不应随便地起始和结尾"。②他虽未直接提

---

① 侯健主编:《中国小说大辞典》,作家出版社1991年版,第36页。
② [古希腊]亚里士多德:《诗学》,陈中梅译注,商务印书馆1996年版,第63—89页。

到"高潮"一词，但在解释"最佳的发现与突转"时，已注意到戏剧结构的"高潮"这一问题。

美国电影理论家劳逊在其《戏剧与电影的剧作理论与技巧》一书中从戏剧创作与理论探究入手，提出"从高潮看统一性"的问题，他认为"高潮是考验结构中每一个元素的效用的试金石"，高潮必须是一个动作，一个发展完全并且牵涉到人物和他们的环境之间的平衡状态的一定的变化的动作，高潮不是最喧闹的一刻，但它是最富有意义的一刻，所以也是最紧张的一刻。[①]

《戏剧艺术十五讲（修订版）》一书中认为，高潮不能"只是表面热闹"，要有"深度的紧张和意味"，同时，"高潮也是戏剧精神内涵最闪光的地方，是揭示主题最有力量的场面"。此外，高潮有主次、大小之分，"在充满迂回曲折的情节线上，除了最后、最大的高潮之外，在开端、发展的阶段中都有一系列的小高潮，正是这一个个的小高潮酿成了最后、最大的高潮"。[②]

著名戏剧评论家梁音波在《戏剧高潮两议》中讲道："（戏剧中的高潮）即矛盾冲突的双方进入最紧张、最尖锐、最有决定性的时刻，是决定人物命运或事件成败的具有关键性的阶段，是情节发展的顶点、焦点、最高点。"戏剧高潮的基本要素应包含"必须在前台正面表现，决不能推到幕后作虚写处理""高潮必须是处于特定的环境、背景，特殊的气氛之中""高潮必须由剧中的主要人物来表现，必须与主题思想水乳交汁""高潮是戏剧情节的步步推进，层层剥皮"四个方面。[③]

---

[①] 参见[美]约翰·霍华德·劳逊《戏剧与电影的剧作理论与技巧》，邵牧君、齐宙译，中国电影出版社1989年版，第225—226页。
[②] 参见董健、马俊山《戏剧艺术十五讲（修订版）》，北京大学出版社2012年版，第123页。
[③] 参见梁音波《戏剧高潮两议》，《当代戏剧》1994年第3期。

多数中国古典戏剧都采用封闭式的结构，将高潮放置在第三折或第四折中，如《窦娥冤》第三折"指斥天地"是其高潮，《汉宫秋》第四折"元帝苦思王昭君"是其高潮。就文体而言，中国戏剧与西方戏剧有所不同，中国戏剧重在情感的抒发，属于抒情文体；西方戏剧重在事件的叙述，属于叙事文体。所以，学者杨文华就此提出："以抒情为主旨的中国戏曲依据情感线索结构剧情，剧情发展的高潮必然是人物情感的顶点；以事件为中心的西方戏剧按照行动逻辑编排剧情，剧情发展的高潮必然是情节动作的顶点。"[①]《红楼梦》虽非戏剧，但是戏剧、小说皆属于叙事文学范畴，所以戏剧高潮的界定方式，也为小说高潮的界定提供了借鉴。

学者刁克利认为，小说高潮部分是作品人物冲突最激烈、矛盾最激化之处。在高潮部分，人物性格得到最集中的展示，它是作品的转折点。高潮过后，故事要么急转直下，要么揭示原来隐藏的人物关系或使事情真相大白。高潮位置不同，带来不同的效果：高潮在最后，小说一开始往往平铺直叙，等到各种人物的性格、关系以及社会背景都交代清楚之后，再展开主要情节，最后抵达高潮。此时所有故事与人物都有了结局，人物关系有了明确交代，所有矛盾都得到了最终的解决，各种情节的发展也有了一个明确的了断，如英国作家劳伦斯的《儿子与情人》；高潮在中间，小说的结构往往是前后对称的，如美国作家海明威的《老人与海》；高潮在前面，小说一开头就是高潮，之后是漫长的下降、解释、反思、结尾，作品的主体部分即是对这个高潮事件的后果反思与过程追述，如美国作家霍桑的《红字》。[②]

学者李晋霞以叙事语篇高潮语言的特点为研究对象，认为高潮相对开端、发展、结局部分，不但具有篇幅优势，而且具有更多的心理描写与直接

---

[①] 参见杨文华《"情感高潮"与"情节高潮"——中西戏剧高潮比较》，《山西师大学报（社会科学版）》1992年第1期。

[②] 参见刁克利《诗性的寻找：文学作品的创作与欣赏》，中国人民大学出版社2013年版，第18—48页。

引语。同时，高潮的语言具备动态性、生动性与紧张性三个特点。①

可见，已有成果对"高潮"的定义，往往使用感性语言与理性语言相结合的方式进行分析，在分析具体作品的基础上总结高潮的特征，而高潮特征主要表现在"突转""完整""意义""主题""人物""矛盾""变化""情节""顶点""篇幅""位置"等字眼上。并且，以上书刊对"高潮"的定义往往侧重于戏剧文体，对以古典小说作为研究对象的"高潮"，学界尚未有较为统一的、权威的定义。

质言之，学者们界定"高潮"时，紧紧抓住"矛盾""情节""主题""人物"等必备要素，进而探究文学作品的主题与结构艺术。以上观点，对本文阐释"高潮"概念，都有值得借鉴与思考的地方。

## 二、《红楼梦》高潮艺术研究巡礼

英国18世纪的美学家威廉·荷加斯《美的分析》指出"错综"是美的六条原则之一，"波浪线""蛇形线"存在的意义之一就是"不仅使想象得以自由，从而使眼睛看着舒服，而且说明着其中所包括的空间的容量和多样"②。《红楼梦》的叙事技巧便是遵循着"错综"的原则，在起承转合中设置了大小高潮事件，增强了小说的韵律感、层次感，最终形成了别具一格的艺术美的节奏。

不同时期的学人，运用不同的理论，以不同的视阈，紧跟《红楼梦》叙事布局的节奏，纷纷用力探究，其成果精彩纷呈。本文以1754—1901

---

① 参见李晋霞《汉语叙事语篇高潮的语言特点》，《汉语学习》2018年第5期。
② [英]威廉·荷加斯：《美的分析》，杨成寅译，佟景韩校，广西师范大学出版社2002年版，第49页。

年、1902—1948 年、1949—1977 年、1978 年至今四个阶段为时间段[①]，就涉及小说高潮艺术的重要共识分别进行爬罗剔抉，整理如下：

## （一）1754—1901 年

明清小说评点家不但感情细腻[②]，且往往五车腹笥，拥有较高的鉴赏水平，对小说章法结构的完整性与逻辑性，即作品"文势"[③]表现出来的力量感与生命感，有独到见解。对作品中的关节要目处，多以"大结束""大关键"等语记之。如张竹坡认为《金瓶梅》"起以玉皇庙，终以永福寺，而一回中，已一齐说出，是大关键处"[④]，《儒林外史》卧闲草堂本第三十三回回末评有"祭太伯祠是书中第一个大结束"[⑤]等论断。

评点家们对《红楼梦》中的重要事件，除戚本第五十五回回前批"此

---

[①] 胡适先生认为，最早的《红楼梦》版本为问世于 1754 年的甲戌本《红楼梦》，本书采用这一观点。本书从学术思潮与政治思潮相结合的角度出发，将时间段界定如下：1754—1901 年，是追索《红楼梦》历史本事的主要时期，文本鉴赏在以王希廉、张新之、姚燮为代表的三大评点家时期达到鼎盛；1902—1948 年，王国维发表《红楼梦评论》(1904)，以西方学术思想视角阐释中国古典小说，标志着《红楼梦》研究迈入现代红学的大门；1949—1977 年，中华人民共和国成立后，马克思主义文艺理论成为时代宠儿，《红楼梦》研究沿着社会政治批判的道路不断前进；1978 年至今，以中国共产党十一届三中全会的召开、红楼梦研究所与《红楼梦学刊》的成立与创办（1979）以及红楼梦学会的成立（1980）为标志，《红楼梦》研究迈入新阶段。

[②] 如著有《读红楼梦题后》的清人潘德舆，竟有"必泪涔涔下，而心怦怦三日不定也"的感受！见朱德慈辑校《潘德舆全集》，人民文学出版社 2016 年版，第 1108—1109 页。

[③] "文势"是中国古代文论中的重要观点，一般指受作品体制规范制约、在表现作品内容时所展现出来的具有一定动态感的格局态势。见吴建民《中国古代"文势"论》，《学术论坛》2012 年第 3 期，第 46—50 页。

[④] 参见（清）张竹坡《批评第一奇书金瓶梅读法》，载侯忠义、王汝梅编《金瓶梅资料汇编》，北京大学出版社 1985 年版，第 24—46 页。

[⑤] 孙逊、孙菊园编：《中国古典小说美学资料汇粹》，上海古籍出版社 1991 年版，第 231 页。

回接上文，恰似黄钟大吕后，转出羽调商声，别有清凉滋味"①，以音乐变调来表示小说到了转折点外，也习惯用"大关节""大关键""大章法""一大事"等语标志之。如王希廉认为第十八回元妃省亲是"第一大事"②，第二十五回宝玉、凤姐遭魔魔法，"为一部书结上起下关键"③；脂批己卯本认为元妃省亲时所点的《豪宴》《乞巧》《仙缘》《离魂》四出戏是"通部书之大过节、大关键"④，"大观园用省亲事出题，是大关键事，方见大手笔行文之立意"⑤。洪秋蕃则认为宝玉挨打可谓"一路大气盘旋，如钱塘江怒潮，排决千里，潮头始落"⑥。张子梁认为，第七十回桃花名社忽易为柳絮之词是"园中盛极必衰之机"、第七十四回抄检大观园是"《红楼梦》之大节目也"、第八十二回宝玉攻书、黛玉梦魇是宝玉由色入空、黛玉焚稿断痴的大关键。⑦

总之，此时期的评点更像是叙述者之外的富有个人体验的有趣味的读者声音，它们并非正式的学术研究，点到为止，不够系统化，多片段主观化，且无主题、主线、高潮的明确概念或说法，但他们能够指出《红楼梦》的某些篇章或事件的地位和作用，令读者通过这些评点看清小说的内在肌理，这是值得后人肯定的。

---

① ［法］陈庆浩编著：《新编石头记脂砚斋评语辑校（增订本）》，中国友谊出版公司1987年版，第621页。
② 冯其庸辑校：《重校〈八家评批红楼梦〉》，青岛出版社2015年版，第530页。
③ （清）王希廉：《红楼梦回评》，载刘继保、卜喜逢辑《红楼梦：名家汇评本》，北京图书馆出版社2008年版，第179页。冯其庸辑校本作"为一部书中结上启下之肯綮"，见冯其庸辑校《重校〈八家评批红楼梦〉》，青岛出版社2015年版，第691页。
④ （清）曹雪芹原著，（清）程伟元、高鹗整理，张俊、沈治钧评批：《新批校注红楼梦》，商务印书馆2013年版，第349页。
⑤ ［法］陈庆浩编著：《新编石头记脂砚斋评语辑校（增订本）》，中国友谊出版公司1987年版，第278页。
⑥ 冯其庸辑校：《重校〈八家评批红楼梦〉》，青岛出版社2015年版，第898页。
⑦ 参见张子梁《评订红楼梦》，载刘继保、卜喜逢辑《红楼梦：名家汇评本》，北京图书馆出版社2008年版，第525、556、627页。

谈及"高潮艺术",就会涉及小说情节。情节是对各事件的叙述,注重各事件之间的逻辑关系。这种逻辑关系影响着小说骨架结构的安排。所以,有关《红楼梦》段落结构的评点成果也是本文的搜集对象。就《红楼梦》的段落、结构而言,评点家们也下了很大功夫。如脂批在第一回回末总批指出小说"文势跳跃,情里生情"[①]的特点,二知道人(蔡家琬)以春夏秋冬"四时气象"[②]来隐喻《红楼梦》的盛衰之变,张新之认为《红楼梦》"又总三大支……通身大结构"[③]。其中,王希廉作为红学史上首位研究《红楼梦》结构艺术的评点家,从"盛衰"理论出发,将一百二十回本的《红楼梦》分为二十大段落。[④]

总体而言,评点家们注意到了作品的构思,虽然也许有"没有看到《红楼梦》织锦式的艺术结构特点,只是一般地从情节进展划分段落"[⑤]的缺陷与不足,但是瑕不掩瑜。这些见地,有其合理之处,对后来的红学研究产生了深远影响,为本文厘清小说高潮提供了十分有价值的线索。

红学爱好者对《红楼梦》的艺术再加工,也能反映出他们对小说高潮事件的认识。自《红楼梦》问世以来,人们以昆曲、京剧等形式对其进行改编,这种改编作品虽受当时社会背景以及改编者的美学观影响,与原著不能完全相同,但也可作为管窥当时人对《红楼梦》某些情节的重视程度的载体。比如,程甲本问世后的第二年即1792年,仲振奎根据小说《红楼

---

① [法]陈庆浩编著:《新编石头记脂砚斋评语辑校(增订本)》,中国友谊出版公司1987年版,第33页。
② (清)二知道人:《红楼梦说梦》,载一粟编《古典文学研究资料汇编·红楼梦卷》,中华书局1963年版,第84页。
③ (清)张新之:《红楼梦读法》,载冯其庸辑校《重校〈八家评批红楼梦〉》,青岛出版社2015年版,第108页。
④ 参见徐复初编《民国文存4:红楼梦附集十二种》,知识产权出版社2012年版,第75—76页。
⑤ 张庆善:《王希廉〈红楼梦〉评点新议》,《红楼梦学刊》1994年第1辑。

梦》的内容改编成的传奇《葬花》，突出《红楼梦》第二十三回；尔后又有于嘉庆四年（1799）刊出的五十六出的绿云红雨山房刊本《红楼梦传奇》，将《红楼梦》与《后红楼梦》的情节融为一体，突出了宝黛爱情悲剧及人生如梦的主旨。褚龙祥《红楼梦传奇》（前、中、后三册）[①]上册"赚骣""咤妒""泼醋""摘奸""闹府""搜园""痴梦""查剿"八出，分别取自《红楼梦》"王熙凤毒设相思局""王熙凤正言弹妒意""变生不测凤姐泼醋""欺幼主刁奴蓄险心""酸凤姐大闹东府""惑奸谗抄检大观园""病潇湘痴魂惊恶梦""锦衣军查抄荣国府"；中册"嘲黛""葬花""辨惑""遭谗""情诱""醉眠""焚稿""娶钗"八出，分别出自"林黛玉俏语谑娇音""西厢记妙词通戏语""因麒麟伏白首双星""不肖种种大受笞挞""慧紫鹃情辞试莽玉""憨湘云醉眠芍药裀""林黛玉焚稿断痴情""薛宝钗出闺成大礼"；下册"怜香""誓节""渥被""补裘""小忿""私邀""驱淫""问恙"八出，分别出自"内附宝玉嗜胭脂也""鸳鸯女誓绝鸳鸯偶""胡庸医乱用虎狼药""勇晴雯病补雀金裘""柳叶渚边嗔莺叱燕""鸳鸯女无意遇鸳鸯""惑奸谗抄检大观园""俏丫鬟抱屈夭风流"。从这些戏目来看，前册是以王熙凤为核心人物，挑选出关涉王熙凤的大事件，写出了贾府的衰亡过程；中册是以林黛玉为核心人物，挑选出关涉林黛玉的大事件，写出了宝黛爱情的悲剧结果；后册是以晴雯、鸳鸯为核心人物，挑选出关涉二人的大事件，写出了贾府女婢的悲剧结局。可以说，该传奇以女性视角为核心，关目紧凑，较为全面地理清了小说中的重要事件，勾勒出《红楼梦》的大框架。为此，后人改编《红楼梦》戏剧戏曲时，多以上述诸事件为纲。

总之，此时期人们对《红楼梦》高潮艺术的认识尚处于朦胧阶段，但"大关节""大关锁"等类似小说大事件的说法，已屡见不鲜。只是，此时期并未将这些情节事件细化，未与整部小说的结构、主线、主要人物性格特点

---

① 胡文彬编：《红楼梦叙录》，吉林人民出版社1980年版，第312页。

联系起来,没有深入小说纹理。

## (二)1902—1948年

随着梁启超《论小说与群治之关系》(1902)与王国维《红楼梦评论》(1904)的发表,尤其是在1917年北京大学开设小说课以及1921年胡适发表《红楼梦考证》后,学术研究走向自觉,小说评点走向新天地,《红楼梦》研究开启了现代红学之旅,形成了新的红学秩序。这一时期,学者们对《红楼梦》高潮艺术的认知虽尚带有旧式评点的痕迹[1],但在社会的巨变与西学的影响下,学者们的思维方式发生了巨大变化,这使得《红楼梦》高潮艺术的探究迈入初步体认时期。

王国维融入个体的生命体验,运用叔本华的哲学思想将《红楼梦》看作是"彻头彻尾之悲剧也",且批评充满乐天色彩的"大团圆"戏曲小说。[2] 俞平伯的《红楼梦辨》是此时期将考证与艺术分析结合起来的典范之作,该书从"有情理"与"能深切的感动我们"两个角度来评判后四十回的优劣,认为《红楼梦》的篇章结构不同于大团圆、有收梢的"俳优文学",它坚持"做一面公平的镜子""是一部极严重的悲剧",且"极精彩动人的地方都在后面半部"。[3] 俞平伯的这一观点的言外之意,是在暗示小说的后半部分才是高潮。这对本书判断后四十回续书的情感基调是否符合曹雪芹本意具有借鉴意义。同时,俞平伯在《红楼梦下半部的开始》一文中,根据元宵夜宴上《八义观灯》戏、"聋子放炮仗"的笑话、后半夜最后的节目"放莲花落,满台抢钱"等内容,暗示小说在此回有极盛难继之感,提出一百多回(未明确具体总回数)的《红楼梦》,上半部与下半部的转关位置"应在五十四、

---

[1] 如解弢在《小说话》中提出第三十三回宝玉挨打是"一大关键",见刘继保、卜喜逢辑《红楼梦:名家汇评本》,北京图书馆出版社2008年版,第235页。
[2] 参见王国维《红楼梦评论》,岳麓书社1999年版,第11—14页。
[3] 参见俞平伯《红楼梦辨》,商务印书馆2017年版,第113—124页。

五十五之间，即到第五十五回已入下半部""五十三、五十四两回，是书中热闹的顶点""以后明明白白地走下坡路"，文章的风格发生变异，"仿佛音乐中的变调""后半净是些清商变徵之声。即再有繁华场面……亦总不似从前……凄凉气氛入骨三分"。① 若从封建家族衰亡史的主要思想来说，将第五十四回作为小说的某一个转折点，应无歧义。然而，若将第五十四回作为全书的转折点，尚有商榷余地。因为元妃省亲以及八十回之后的事败抄家，恐怕也可作为家族兴衰的转折点。

吴宓是20世纪最早明确提及《红楼梦》结构之人。他以世界文学为大背景，着眼于文学艺术层面的解读与挖掘，"以西国文学之格律横《石头记》"，认为《红楼梦》"处处合拍"于美国学者界定的小说优秀结构的六条标准，即宗旨正大、范围宽广、结构谨严、事实繁多、情景逼真、人物生动。其中，就"结构谨严"一章，他总结出四个方面的规律："凡小说中，应以一件大事为主干，为枢轴，其他情节，皆与之附丽关合，如树之有枝叶，不得凭空架放，一也；此一件大事，应逐渐酝酿蜕化，行而不滞，续不起断，终至结局，如河流之蜿蜒入海者然，二也；一切事实，应由因生果，按步登程，全在情理之中，不能无端出没，亦不可以意造作，事之重大者，尤须遥为伏线，三也；首尾前后须照应，不可有矛盾之处，四也。以上四律，《石头记》均有合。"② 这对本文界定两条主线及小说主题提供了帮助。

佩之借助西方写实派专重实际、不重修饰、趋向自然的考察方法，用客观态度考察《红楼梦》结构，得出"从第一回到第九十七回，全书的进行，是向上的（rising action）。从第九十七回到末回，全书的进行，是向下的（falling action）。中间'苦绛珠魂归离恨天'一回，便是全书最高的

---

① 参见《俞平伯全集》第6卷，花山文艺出版社1997年版，第71—74页。
② 吴宓：《红楼梦新谈》，《民心周报》第1卷第17、18期，1920年3月27日、4月3日版，载吕启祥、林东海主编，中国艺术研究院红楼梦研究所编《红楼梦研究稀见资料汇编（增订本）》（全2册），人民文学出版社2016年版，第30页。

一点（climax）"①的结论。也就是说，佩之的观点符合小说的高潮在结尾的方式，且注意到《红楼梦》的结构是一个以第九十七回为拐点的抛物线型结构。那么，这就断定小说是以宝黛爱情为全书主线进行创作的。然而将《红楼梦》仅仅看作是一部爱情小说，而忽视写家族兴亡的部分，无疑削减了《红楼梦》的厚度与深度，实为不妥。

王家棫在承认护花主人"二十一段"分法的前提下，承认小说存在前后时间错乱之疵病，认为"小说中之所谓结构，乃指情节及布置情节之方法二者而言"，"《红楼梦》情节之动人……一曰以爱情为中枢，二曰以悲剧为结局"，"至于《红楼梦》之布置情节也，则祸福倚伏，吉凶互兆，综错变化，不紊不乱，如线穿珠，如珠走盘，可谓我国小说中仅有之作。盖书中前前后后之情事，莫不有直接或间接之因果关系焉"②。实际上，该观点并非新见，日本汉学家盐谷温早已提出。③王家棫的研究的出彩之处在于其对小说艺术特征的挖掘上，重申了小说情节中伏线勾连的特点。这为高潮艺术的界定又提供了另一要素，即界定某一点为高潮时，应先细细考究它的伏线特点。

李辰冬明确提出了"海潮式"的观点，且将《红楼梦》的结构同《水

---

① 佩之：《红楼梦新评》，《小说月报》第 11 卷第 6、7 号，1920 年 6 月 25 日、7 月 25 日版，载吕启祥、林东海主编，中国艺术研究院红楼梦研究所编《红楼梦研究稀见资料汇编（增订本）》（全 2 册），人民文学出版社 2016 年版，第 52 页。

② 王家棫：《红楼梦之结构》，《光华大学半月刊》2 卷 4 期，1933 年 11 月 25 日，见吕启祥、林东海主编，中国艺术研究院红楼梦研究所编《红楼梦研究稀见资料汇编（增订本）》（全 2 册），人民文学出版社 2016 年版，第 484 页。

③ 日本汉学家盐谷温曾在其著作中对《红楼梦》的"结构与情节"问题提及上述观点，原文如下："计划规模非常伟大，结构细密，用意周到，祸福相倚，吉凶互伏，虽千变万化，然如线之穿珠，如珠之走盘，情节的概略是很能一贯的了。偶然时日有矛盾，事件缺照应，特别是十二钗中的史湘云与妙玉的来历没有明记，何时进贾府，实不免粗漏，要之，这只是白璧之微瑕，不足以蔽其真美。"见［日］盐谷温《中国文学概论讲话（下）》，孙俍工译，山西人民出版社 2015 年版，第 466 页。

浒传》《金瓶梅》等中国古典小说以及《战争与和平》《人间喜剧》《浮士德》等西方的经典小说进行对比，突出强调《红楼梦》的独特叙事结构："因其结构的周密，与其错综的繁杂，好像跳入大海一般，前后左右，波浪澎湃；而且前起后拥，大浪伏小浪，小浪变大浪，也不知起于何地，止于何时，使我们兴茫茫沧海无边无际之叹！"《红楼梦》固以贾宝玉为主人翁，但叙事不一定全以他为中枢。"该文以贾府盛衰为据，将小说分为一至五回、六至二十二回、二十三至五十四回、五十五至七十四回、七十五至九十七回、九十八至一百二十回六个部分。① 该分类意识到小说演绎盛衰的各个节点，较为中肯，可谓该时期水准最高的论文。然"海潮式"观点的提出只是作为论证《红楼梦》结构方面的论据，尚未对"海潮式"这一结构进行全面、系统、深度的分析。

太愚（王昆仑）注意到王熙凤在小说结构上的作用。他认为："《红楼梦》作者在全部故事中，除了主人翁宝玉本人以外，安排了三个主要的人物：在恋爱故事上是林黛玉和薛宝钗，在家庭生活中便是这位美貌多才的管家少妇。宝玉式的恋爱不能离开黛玉而存在，贾府式的家庭不能失去凤姐而维持。作者能理解在这高贵庞杂的门第的结构中，凤姐是一根从地基直贯到屋顶的支柱……如果把这一女性抽了出去，红楼梦全部故事的结构也就坍塌下来；将只剩下一部才子佳人的传奇。"② 该观点较佩之观点而言，注意到小说主要人物对情节建构的作用，这对我们探究《红楼梦》高潮艺术的具体构成要素提供了借鉴。

---

① 参见李辰冬《〈红楼梦〉在艺术上的价值》，《国闻周报》第11卷第47、48期，1934年11月26日、12月2日版，载吕启祥、林东海主编，中国艺术研究院红楼梦研究所编《红楼梦研究稀见资料汇编（增订本）》（全2册），人民文学出版社2016年版，第499—521页。
② 太愚：《王熙凤论》，《现代妇女》第3卷第1期，1944年1月版，载吕启祥、林东海主编，中国艺术研究院红楼梦研究所编《红楼梦研究稀见资料汇编（增订本）》（全2册），人民文学出版社2016年版，第914—923页。

此外，还有虚白《红楼梦前三回结构的研究》（上海《清鹤》第1卷第4期，1933年1月）、袁圣时《红楼梦研究》（重庆《东方杂志》第44卷第11号，1948年11月）等文也对《红楼梦》的结构、主题、情节设置等展开了讨论，观点相类，此不赘述。

总之，该时期，无论是红学大家抑或是红学爱好者，皆在尝试引进西方观念与方法，为《红楼梦》文本艺术研究带来了生机与活力，但因存在硬套外国理论之嫌疑，牵强之处颇多，对小说高潮艺术分界点的分析，往往是一种形象化、感性化的泛泛之论，通常只站在某一个面上，要么只看爱情线，要么只看家族盛衰线，不能统领全书。可喜的是，人们已意识到探究小说转捩点位置的重要性，这使得俞平伯、吴宓、李辰冬等人的观点得以赓续，为后人进一步深究《红楼梦》结构、主题奠定了良好基础。

与此同时，由于京剧的兴盛、众名角与文人合作创编新戏潮流的涌动以及五四时期妇女解放风潮的带动，此时期《红楼梦》戏曲改编呈现出蓬勃的发展势头，其中对《红楼梦》女性故事情节的处理，颇具匠心。如文人齐如山为梅兰芳量身定制的《红楼梦》戏曲剧目之《黛玉葬花》，取材于《红楼梦》第二十三回"西厢记妙词通戏语　牡丹亭艳曲警芳心"，第六场讲宝、黛在大观园相遇，二人葬花、共读《西厢记》，后宝玉被袭人叫走，黛玉听《牡丹亭》，是全戏的高潮，成功塑造出黛玉的悲剧形象。① 陈墨香、荀慧生改编的《红楼二尤》取材于《红楼梦》第六十四至六十九回，分别以尤三姐"耻情归地府"与尤二姐"吞生金自逝"的悲剧为前后半部分的核心事件。②

需要注意的是，该时期的戏剧戏曲改编多关注《红楼梦》中的女性尤其是黛玉、晴雯、凤姐的故事，又因折子戏体制所限，这些剧目鲜少从整部

---

① 参见梅兰芳《梅兰芳演出剧本选集》，中国戏剧出版社1961年版，第71—84页。
② 参见荀慧生《荀慧生演出剧本选》，上海文艺出版社1982年版，第345—402页。

小说出发，也少有顾及主要人物性格的完整性以及前后情节的勾连，对高潮的界定并不明显。

### （三）1949—1977 年

1949 年后，《红楼梦》研究出现转折点，人们跳出深文周纳的考证范式，将《红楼梦》置于特定的社会背景中进行研究。学者因受特定社会环境的影响，大多以马克思主义价值体系为指导，以社会文化功能为纲来分析《红楼梦》的主线及其结构。其中，涉及本书界定及分析高潮艺术的一些观点如下。

著名文学评论家何其芳于 1956 年首次提出"爱情主线说"的观点。何其芳认为宝黛爱情悲剧是《红楼梦》的中心故事，是贯穿全书的主要线索，且据此将八十回本《红楼梦》的结构分为四大部分：第一至第十八回主要介绍荣宁二府与大观园环境及宝黛钗凤等人物；第十九至第四十一回介绍宝黛爱情的试探，宝玉与封建社会的矛盾以及宝钗、湘云、袭人、晴雯等人物；第四十二至第七十回写宝黛爱情的成熟，黛玉、宝钗猜忌的消除以及之前小说未提及的生活、人物；第七十一至第八十回写贾府衰败、搜查大观园及晴雯之死。同时，何其芳还指出："这四个部分各有重点，而又和全书的主要线索主要人物联系在一起；而且每个部分又不只是写了它的中心内容，而是还写了许多情节许多人物。所有这些线索、情节和人物就是这样复杂地交错着。"[①] 此文能够摆脱当时盛行的"阶级斗争论"如"市民说""农民说"，将红学研究重归文学研究轨道，为后人正确认识《红楼梦》的艺术价值树立了优秀的典范。

古代小说研究大家吴组缃于 1956 年在《北京大学学报》发表《论贾宝玉典型形象》，认为第三十三回宝玉挨打是宝玉性格和封建势力正面冲突的

---

① 何其芳：《何其芳文集》第五卷，人民文学出版社 1983 年版，第 239—240 页。

重大事件，这之后，宝玉的思想发生了很大的转变。[1] 该文平实而有创见，从人物研究入手，以人物成长为线索，对本论文分析高潮事件中的中心人物提供了范式。

红学大家周汝昌于1953年出版、1976年增订的《红楼梦新证》另辟蹊径，从单位时间内事件发生的频率高低之角度探究小说的叙事节奏。第六章"红楼纪历"中指出《红楼梦》前八十回的时间跨度为十五年，其中前五回的时间总跨度为八年，后七十五回的时间总跨度为七年，尤其是在后三年中，文本分布回数分别是三十六回、十八回、十一回，而到第七十回时，叙述的节奏又有所加快。对此，苗怀明也推断"八十回之后的叙事节奏会逐渐加快，这是因为此时已进入故事的收煞阶段，需要交代人物的结局和归宿，时间单位会从日月变为年"[2]。后来，周汝昌多次重申《红楼梦》全书原稿当为一百零八回的观点，以"九回一段"的方式将全书分为十二个段落，断定"大承笞挞"是各种矛盾交织的高潮、"抄检"是一大丑事。[3] 周汝昌承续俞平伯的观点，认为第五十四、五十五回为前后盛衰"两大扇"的分水岭并以第二十七回与第六十三回的"践花会"为例，证实《红楼梦》全书结构呈现"对称大章法"的问题。可以说，周汝昌独树一帜，其成果颇启学人，但"九回一段"似显机械，且第五十四、五十五回的分水岭之说论据不足，一定程度上影响了对小说纹理分析的力度。

国际知名汉学家浦安迪或受周汝昌影响，于1976年在英文版《〈红楼梦〉中的原型与寓意》中提出用"两极性""不间断交替运行""无中生有""无限重叠"的逻辑模式解读《红楼梦》结构。这四个逻辑模式，由

---

[1] 参见吴组缃《吴组缃小说课》，傅承洲整理，人民文学出版社2019年版，第195—243页。

[2] 苗怀明：《〈红楼梦〉的叙事节奏及其调节机制》，《曹雪芹研究》2017年第1期。

[3] 参见周汝昌《〈红楼梦〉原本是多少回？》，《社会科学战线》1978年第1期；《探佚与结构两学科》，《山西大学学报（哲学社会科学版）》1998年第2期。

"动静""雅俗""悲喜""离合""和怨"以及"盛衰"等成对关系构成,对分析《红楼梦》各情节之间的勾连关系、有无前奏及余波提供了思路。① 之后,浦安迪在北京大学讲学期间还出版过《中国叙事学》一书。该书指出《红楼梦》类的"奇书文体"具有主、次两层结构,主要结构上全书高潮往往出现在三分之二或四分之三的地方,次要结构上每一个十回单元里存在某种小型的内在起伏。同时,浦安迪也指出中国的叙事文本与西方的叙事文本的一大区别就是中国的章回小说在"外形"上有致命的弱点,体现在文章中就是"缀段性",即"一段一段,如散沙,少了'头、身、尾'与整体感",而忽视了故事情节的因果律与时间化的标准。②

20世纪五六十年代《红楼梦》戏曲改编,一方面受1954年9月开始的"《红楼梦》研究批判"③运动影响,一方面受1963年"曹雪芹逝世二百周年"纪念活动的影响,虽深染"阶级论"色彩,但也产生了一些优秀剧目。如徐进的越剧《红楼梦》可谓此时期的代表作品。该剧以宝黛爱情悲剧为主线,把爱情悲剧与反封建因素糅合在一起,注重剧情的起伏跌宕,第十场"黛玉焚稿"与第十一场"金玉良玉"为全剧高潮。顾文苈的昆曲《红楼梦》也以宝黛婚姻为中心来表现贾府由盛转衰的过程,其中,黛玉焚稿、宝玉疯癫是全剧的高潮。

总体而言,该时段因受政治因素的影响,红学研究在迂回中前进,前辈们探究《红楼梦》的艺术价值时,多陷入"阶级斗争论"的窠臼。即便如此,国内何其芳、周汝昌、吴组缃等人另立旗帜,能够结合《红楼梦》主线、主要人物性格的成长来分析小说的结构进而探究《红楼梦》高潮艺术,

---

① 参见[美]浦安迪《〈红楼梦〉的原型与寓意》,夏薇译,生活·读书·新知三联书店2018年版,第59页。
② 参见[美]浦安迪讲演《中国叙事学》,北京大学出版社1996年版,第76—81页。
③ 具体内容可参见苗怀明《风起红楼》,中华书局2006年版;孙玉明《红学:1954》,人民文学出版社2011年版等著作。

实属可贵；国外学者则以对比手法探究了古典传奇书体高潮位置。虽然这些学者多作宏观之论，尚未细微探究小说的高潮艺术，但该范式为新时期人们深化对小说高潮艺术的认识起到了重要的导引作用，是值得重视的。

### （四）1978年至今

改革开放之后，学术范式渐臻成熟，学人右文，《红楼梦》的考究视阈与表达方式发生了巨大变化，《红楼梦》研究迎来多元化时代，有关书籍的出版、论文的发表及系列讲座的开展盛况空前，令人欣喜。就《红楼梦》高潮艺术的探讨而言，学人纷纷站在巨人的肩膀上，不断将"海潮式"结构以及多重主线的交叉研究细化、深入，出现了专门研究"高潮艺术"的论文及章节。

中国台湾学者罗德湛[①]于1979年出版的《红楼梦的文学价值》一书，从小说写作学的角度，明确提出了《红楼梦》叙事高潮设置的问题。他指出，《红楼梦》中的叙事高潮是作者笔墨中的重点，《红楼梦》有七大高潮，分别为"秦可卿之丧""元妃省亲""宝玉挨打""紫鹃试情""抄检大观园""宝玉成亲与黛玉之死"以及"贾府抄家"，而每一个高潮的设置构成原著严谨的结构。这些叙事高潮的设置都是"渐次着笔，前因后果都写得很详细"。罗德湛认为《红楼梦》叙事高潮故事的选择与创作体现了小说的主题，《好了歌》中体现的"出世思想"是《红楼梦》的主题，而上文中提及的七个叙事高潮皆围绕主题进行叙述。[②]但这种说法似乎有矛盾之处，如在宝玉挨打一节中所体现的是贾家后继无人、宝玉与贾政之间的父子冲突，紫鹃试情是

---

① 笔者在搜查资料中发现，台湾《中华文艺》于1979年刊发了署名为罗盘的《论〈红楼梦〉的高潮》一文。该论文观点、思路与罗德湛《论〈红楼梦〉的高潮艺术》一文基本相同。后经红学家胡文彬研究员告知，罗盘当为罗德湛先生的笔名。《论〈红楼梦〉的高潮》的全文，见胡文彬、周雷编《台湾红学论文选》，百花文艺出版社1981年版，第200—233页。

② 参见罗德湛《红楼梦的文学价值》，台湾东大图书公司1983年版，第51—103页。

表现宝黛二人之间的感情纠葛,以"出世思想"统摄全书主题,不免给人偏颇、生硬、单薄之感。但是,罗德湛此书能以一百二十回本为整体,分析《红楼梦》的高潮艺术,且能注意到前八十回与续书的区别,是一大亮点。

  段启明于1980年也提出类似于"海潮式"的观点。他认为:"《红楼梦》使我们感到它是那样的天然浑成,它像一江春水,不断东流,很难在什么地方把它截断。与此同时,我们也感到,书中人物性格的发展和情节的演进又井然有序地呈现出阶段性。如此看来,它虽似一江春水,却有时湍急,有时徐缓,它有突起的波峰,有平静的水面,这一切,交会组合在一起,形成《红楼梦》结构的艺术特点,就是浑然一体和层次井然的统一。"段先生按照贾府由盛而衰的演进过程,将《红楼梦》的结构特征分为五大段落:第一至五回为第一大段,提纲挈领,为全书的展开做了各方面的准备;第六至十八回为第二大段,由秦可卿之死与贾元春省亲两件大事组成,都是为了说明贾府炙手可热、不可一世;第十九至五十四回为第三大段,从四个侧面来写贾府主子们的穷奢极欲、各阶级之间的斗争以及宝黛钗的微妙关系;第五十五至七十八回为第四大段,从七个层次交代贾府内外交困的状况;第七十九至一百二十回因高鹗所续,不能完全体现曹雪芹本意,未加具体分析。在上述五大段中,段启明重点指出"不肖种种大承笞挞"是第三大段的高潮,"抄检大观园"是第四大段的高潮。同时,段启明赓续了俞平伯等人将第五十四、五十五回作为全书前后两部分的界点,认为"这两起重大事件分别是《红楼梦》前半部和后半部的'高潮'。它们都是延续了数回且完整的故事,对于所涉及的人物的性格及彼此间的关系,对于情节的进一步发展,对于表达主题思想的深度和广度,都具有重要的作用和积极的意义,而且在写法上,堪称绝唱,有许多值得我们借鉴的地方。"① 段启明认为后四十

---

① 段启明:《〈红楼梦〉艺术论(修订本)》,北京师范学院出版社1990年版,第17—25页。

回有很多地方违背了曹雪芹原意，虽然"基本保持了全书的悲剧性"的黛玉之死可以作为一个高潮，然终究是伪作，所以他只将前八十回作为研究对象，用了较大篇幅对《红楼梦》的高潮艺术做了详尽而深刻的探究。这有裨于我们深化对《红楼梦》布局艺术的认识。

学者吴功正于1981年发表的《〈红楼梦〉的情节波澜》虽未明确提及"海潮式"的观点，但该文实际上是对"海潮式"的具体艺术表现状态、艺术形成方式及原因的深化与升华。文章指出，《红楼梦》情节波澜有三种状态，一是"惊涛大作、震撼天地"，以"讯家童"与"抄检大观园"为例；二是"平波展镜、潜流暗滚"，讲究内在的冲突力量，创造以日常生活为题材的独特模式，以"认金锁""识通灵"为例；三是"余波涟漪、荡漾回环"，讲究大浪过后涟漪起，形成一圈一圈的波纹，有助于深化矛盾冲突、升华人物性格，它可分为近距离的余波与远距离的余波，以"讯家童"与"尤二姐祭日"为例。《红楼梦》的情节波澜形成方式有以下几种，一是"采取一端、掀波扬澜"，以第五十六至六十一回的蔷薇硝、玫瑰露事件为例；二是"层层铺垫、推举高潮"，以第三十三回的宝玉挨打为例；三是"偶然因素、推波助澜"，以第三十三回的聋婆子与第七十三回的傻大姐为例；四是"猝然爆发、水浪击天"，打破情节的平衡，造成新的危机，以焦大醉骂为例；五是"猛然跌宕、促成波澜"，以第七十八回的做姽婳词一事为例；六是"波回浪转、变幻莫测"，以第十八回荷包事件、第二十一回一绺儿头发事件为例。形成上述状态及方式的原因有二，一是贵族世家生活的复杂性，二是曹雪芹的艺术创作、艺术加工。[①] 该文创见颇多，周详缜密、鞭辟入里，为本论文探讨小说的高潮艺术规律提供了帮助。

学者张春树1981年发表的《〈红楼梦〉结构简论》沿袭了周汝昌的说

---

[①] 参见吴功正《〈红楼梦〉的情节波澜》，《红楼梦学刊》1981年第3辑，载刘梦溪编《红学三十年论文选编》，百花文艺出版社1984年版，第638—657页。

法,以五十五回为贾府盛衰的分界点,并以此将小说分为五个板块:第一至第五回、第六至第十五回、第十六至第五十四回、第五十五至第六十九回、第七十回至结束。同时,他认为《红楼梦》以"贾府的衰败过程为其纲,发生在贾府的大大小小的事件为其目","它不是沿着一个具体事件的线索照直写下来,常常是许多事件同时涌上笔端,在描写一个事件的纵向过程中,又从横的方面穿插许多其它事件。这些事件,纵横交错,左右生支,'有隐有现,有正有闰',生气贯注,摇曳多姿","正是贾府衰败这根'大绳',牵动着全书的'众目'和'万事'"[①]。

学者邢治平1982年发表的《浅谈〈红楼梦〉的艺术结构》,大体承袭了李辰冬、何其芳、吴组缃等先生的观点,认为小说以宝黛爱情悲剧为主线,形成了诸多波澜。他先将全书分为四个板块:第一至第五回,是全书的引子和纲领;第六至第十八回,介绍贾府生活环境与主要人物,并初步引出宝黛婚姻悲剧主线;第十九至第八十回,小说沿着宝黛主线,介绍叛逆者与卫道者之间的斗争、家族内部矛盾以及贾府衰败等问题;八十回之后,写悲剧结局。邢治平指出,全书共有三次表现叛逆者与正统势力矛盾冲突最为激烈的波澜:第一次为宝玉与贾政之间的一次正面冲突,即"不肖种种大承笞挞";第二次为王夫人对大观园中反封建势力的一次大规模的围剿,即"惑奸谗抄检大观园";第三次应为宝黛爱情婚姻的悲剧场景。根据脂批以及前八十回提供的线索推断,贾府事败后,贾宝玉被拘于狱神庙,黛玉为之日夜悲啼,泪尽而亡。宝玉归来后,见物是人非,失魂落魄,且被迫与宝钗合卺而酷。宝玉因终不忘"木石前盟"及无法接受诸芳云散的事实,出家为僧。同时,邢治平还就续书与曹雪芹原意在第三次大波澜的优劣上展开讨论。他认为,续书强调贾府为宝玉择媳时的弃黛娶钗是有预谋的,着重表现青年男女婚姻不能自主的爱情主题。曹公原设想让黛玉为反封建的叛逆知己而

---

① 张春树:《〈红楼梦〉结构简论》,《红楼梦学刊》1981年第3辑。

死，意在突出和封建势力全面对抗的政治主题。从反映社会内容的深广度而言，续书远逊于原作；但就全书的整体结构而言，续书的处理方式也是大波澜。①

吴组缃的高徒周中明1982年出版的《红楼梦的语言艺术》一书延续了李辰冬等学者的"海潮式"观点，提出了"波纹式"的说法。《悲喜映照及其它——谈〈红楼梦〉语言艺术的整体美》一文就小说的结构指出："《红楼梦》的情节组织，就是如此波纹式的，有张有弛，无数大波起伏，汪洋澎湃；每一大波又环抱着无数小波，前波似尽，余漾犹存；此波未平，后涟已起。钩连环互，读者还以为是闲情阑珊的叙述，却被作者由一波送到另一波，自己已辨不出，是在哪个大波之间、小波之内，给人的感受不是单调和沉闷，也不是杂乱和厌倦，而是处处别开生面，时时新鲜别致，丰富优美，令人不得不耳悦目眩，心动神移。"②他认为，贾府的四次过生日、"刘姥姥三进荣国府""秦可卿之死""贾元妃归省""贾政笞挞宝玉""抄检大观园"等是小说重点刻画的大场面。周中明在后来的红学研究中，多次提及小说"波纹式"的结构。如《全面创新把〈红楼梦〉推上了我国古代小说至美的峰巅》一文，从《红楼梦》的主要线索、宝黛钗爱情婚姻纠葛、封建统治者面临的内外矛盾、贾宝玉对封建人生道路的叛逆与对被压迫者的同情出发，指出它们"如浩瀚的长江，波涛起伏，每个大波里面又包含着无数的小波……向着一个目标，围绕一个主流，奔腾前进，共同地汇成了封建社会'兴衰际遇'的历史长河"③。可以说，周中明反复提及的"波纹式"与"海潮式"观点相类，在高潮艺术上有较为深刻的认知。

与此同时，薛瑞生在清二知道人"四时气象"的基础上，将全书分为

---

① 参见邢治平《〈红楼梦〉十讲》，中州书画社1983年版，第123—138页。
② 周中明：《红楼梦的语言艺术》，漓江出版社1982年版，第17—18页。
③ 周中明：《红楼梦的语言艺术　红楼梦的艺术创新》，北京联合出版公司2019年版，第360页。

四大部分。第六至第三十四回,是全书第一大部分。这是宝黛爱情的春天,也是贾府的春天。这一部分有五大波澜,即"茗烟闹学""秦可卿之死""元妃省亲""叔嫂逢鬼""宝玉挨打"。其中,"叔嫂逢鬼"是嫡庶矛盾的大爆发、"宝玉挨打"是卫道者与叛逆者冲突的总爆发。第三十五至第五十五回,是全书第二大部分。这是宝黛爱情发展的成熟期,也是贾府安富尊荣期,其中刘姥姥二进荣国府是宴欢之乐的最盛时刻。第五十六至第八十二、八十三回或者稍后一点为第三大部分,是贾府的秋天,"探春理家""大观园被抄""晴雯之死""迎春误嫁""香菱受棒""探春远嫁"等,"大故叠起"。第四部分大概是贾府被抄、子孙流离等。[①] 薛瑞生在分析小说结构的基础上提及高潮事件,较为恰切,这可以帮助我们了解故事的布局与整部小说的关系。美中不足的是,这些高潮事件过于琐碎,只能说是某一部分的重要情节,而非整部小说的高潮。

张锦池受李贽"童心说"的影响,在力主"宝玉叛逆性格主线说"的基础上也注意到《红楼梦》的高潮艺术。他于1979年提出《红楼梦》是一部政治历史小说,并指出,封建统治者与被统治者的矛盾、封建统治集团内部的矛盾、封建正统势力和叛逆者的矛盾,是《红楼梦》的三组主要矛盾。三组矛盾的交错演进,始终围绕着贾宝玉叛逆性格的形成和发展,贾宝玉和贾政等在人生道路问题上所展开的叛逆与反叛逆的斗争,构成贯穿全书的主要线索。在此基础上,张锦池指出这条主线中共有三次大冲突:"不肖种种大承笞挞"是宝玉与贾政之间的一次正面冲突;"惑奸谗抄检大观园"是宝玉与王夫人之间的一次正面冲突;按照脂批和前八十回的伏线,"金玉姻缘"变为现实、"木石前盟"成为悲剧,是宝玉与贾母之间的一次正面冲突。[②] 他

---

① 参见薛瑞生《佳作结构类天成——论〈红楼梦〉的结构艺术》,《文艺研究》1982年第3期。
② 参见张锦池《也谈〈红楼梦〉的主线——兼说此书借情言政的艺术特点》,《红楼梦学刊》1979年第1辑。

1982年谈及《姽婳词》在《红楼梦》悲剧结构中的地位时指出,全书格调有三次转变:第一至第五十四回、第五十五至第七十八回、第七十九至第一〇八回,做《姽婳词》是全书的转捩点,是贾府被抄的导火索。[①] 可以说,张锦池是在通观全书艺术构思后,从多视角、整体性论述,结合小说主线、主题讨论《红楼梦》的思想内核与结构形态,得出小说的三大冲突,从立论到解析缜密,令人受益匪浅。

刘敬圻指出,《红楼梦》写大事件、大波澜,缺乏"大起大落"、大"奇"大"巧",与写细枝末节的小事一样,总是"淡淡写来"(第五回、第十二回批语),"淡淡带出"(第二回,甲戌本眉批)。"这部书的大事大波,多数不是飞来之峰,突兀而起,而是蜿蜒而来,又逶迤而去,象一带起伏联绵的丘陵。一个较大的高潮,一般总是由几个小的波澜簇拥而成的;高潮过后,也不是一落千丈,一泄无余。"[②] 刘敬圻除将"协理宁国府""宝玉挨打""抄检大观园"视为提挈全书的"大过节、大关键"外,还将"茗烟闹学堂""姊弟逢五鬼""清虚观打醮""秋爽斋结社""两宴大观园""凤姐泼醋""鸳鸯抗婚""除夕祭宗祠""赵姨娘闹怡红""群芳开夜宴""独艳理丧""凤姐闹宁府"等关系全局的场面,划入可以影响全书的事件与波澜中。在此基础上,该文将"鸳鸯抗婚"作为解析小说高潮艺术的样本,剖析了作为"引桥"的四个小波澜,即凤姐顶撞邢夫人,鸳鸯顶撞邢夫人,鸳鸯顶撞平儿、袭人等人,鸳鸯顶撞兄嫂,以及三次余波,即贾母迁怒于人、邢夫人受申斥被冷落、贾琏被奚落,具体证明"丘陵状、层叠式,渐起渐落的波澜,正是《红楼梦》矛盾运动的重要形式"[③]。看得出,该文对高潮艺术的理

---

① 参见张锦池《论〈姽婳词〉在〈红楼梦〉悲剧结构中的地位——兼说〈红楼梦〉的艺术结构》,《北方论丛》1982年第1期。
② 刘敬圻:《"淡淡写来"及其他——〈红楼梦〉描叙大事件大波澜的艺术经验》,《红楼梦学刊》1984年第2辑。
③ 刘敬圻:《"淡淡写来"及其他——〈红楼梦〉描叙大事件大波澜的艺术经验》,《红楼梦学刊》1984年第2辑。

解颇受李辰冬"海潮式"观点的影响,且在此基础上做了更为细密的梳理。不同之处在于,刘敬圻分析高潮的目的是说明《红楼梦》是以"淡淡带出"的方式写大事件的,将高潮事件等同于小说的大事件,并未与主题、主线相结合,"高潮"定义泛化,高潮事件烦琐化。

王志武 1985 年出版的专著《红楼梦人物冲突论》,反驳贾政与贾宝玉的矛盾是小说主要矛盾的观点,认为王夫人与贾宝玉围绕婚配对象的选择而进行的斗争冲突才是小说的中心冲突。该中心冲突的矛盾焦点是弃黛娶钗与弃钗娶黛,矛盾高潮则体现在"金钏之死""晴雯之死""黛玉之死"三件大事上。[1] 该书能够将全书结构视为一个有机的性格冲突网络,将各情节作为一个艺术整体的有机组成部分加以评析,是其优长之处。王志武后发表专文《论〈红楼梦〉的矛盾冲突》,再次重申上述观点。[2] 然而,这种观点似乎不能将《红楼梦》的全部要义囊括其中,仅仅将《红楼梦》看作是一部母子之间围绕婚配对象进行斗争的小说,未免狭隘、偏颇。

梁归智将 2005 年 11 月初为中央电视台"百家讲坛"准备的演讲稿《〈红楼梦〉里的四大风波》与部分书评、影评、通信等涉及红学的文章于 2018 年结集出版。在分析《红楼梦》高潮事件时,该文舍弃高鹗的后四十回,遵循周汝昌的"九回一段"结构思路,认为全书"写得最酣畅淋漓"的矛盾风波为"宝玉挨打""凤姐泼醋""鸳鸯抗婚""抄检大观园"四个事件。[3] 该文并未挖掘四大风波的内在联系,而是将四大风波分别看作个体,基本按照酝酿、高潮、余波的模式进行阐释,展现出梁归智的探佚眼光与智慧。在探究"宝玉该不该打"问题时,分别从作者、宝玉、贾政三人的立场进行设身处地的分析;在提及"凤姐泼醋"时,以同情之心注意到小人物鲍二家的悲剧;在探究"抄检大观园"的伏笔时,认为高鹗后四十回完全违背了前

---

[1] 参见王志武《红楼梦人物冲突论》,陕西人民出版社 1985 年版,第 48—60 页。
[2] 参见王志武《论〈红楼梦〉的矛盾冲突》,《中国文学研究》2004 年第 3 期。
[3] 参见梁归智《〈红楼梦〉里的四大风波》,三晋出版社 2018 年版,第 2—49 页。

八十回的基调,小说应该快速写探春、黛玉等主角的悲剧下场而非"四美钓游鱼"这种场面。该文在分析每个风波时,层次分明,逻辑严密,以小见大,对本文论证方法上提供了帮助。

该时期,鉴赏辞典、论文合集、文本评注,也多提及《红楼梦》高潮艺术。马力、蔡义江、孙逊、张俊、王蒙等人可谓代表。中国香港学者马力区分了小说布局与主题的差异,认为宝黛是全书主角、宝黛爱情是全书主线、反封建与爱情是小说的两个主题。宝、黛二人与贾政、王夫人、贾母等新旧之间的冲突,发展到最高峰是第三十三回"不肖种种大承笞挞";新旧之间的冲突又集中表现在宝、黛、钗的恋爱与婚姻上,所以黛玉的死,是布局的高潮,也是全书的高潮。[①] 蔡义江在其《〈红楼梦〉研究现状述评》一文中对《红楼梦》结构的主线究竟是什么展开了讨论,其中就"以宝玉叛逆性格的形成和发展为中心,以叛逆和反叛逆、争夺和反争夺为线索展开全书"的观点,提炼出"宝玉挨打""抄检大观园""掉包计"为全书的三次大冲突。[②] 孙逊、孙菊园编著的《红楼梦鉴赏辞典》,认为"抄检大观园"是《红楼梦》情节发展的一个高潮,也是贾府内部矛盾的一次总爆发,是邢夫人一伙与王夫人一伙的一次较量。[③] 张俊、沈治钧的评批本,认为宝、黛、钗的爱情婚姻悲剧是小说的情节主线,贾府衰败的悲剧是副线,副线之中还可分出大观园内外两条线索,其中"秦氏丧事""元春省亲""宝玉挨打""除夕祭

---

① 参见马力《〈漫说红楼〉中关于艺术结构(布局)总纲的提法的商榷及其他》,《抖擞》1979 年第 35 期,载梅节、马力《红学耦耕集(增订本)》,文化艺术出版社 2000 年版,第 63 页。
② 参见蔡义江《〈红楼梦〉研究现状述评》,载《蔡义江论〈红楼梦〉》,宁波出版社 1997 年版,第 325—337 页。
③ 参见孙逊、孙菊园编著《红楼梦鉴赏辞典》,上海辞书出版社 2011 年版,第 326 页。

祖""抄检大观园""黛死钗嫁""贾府抄家"是贾府的七件大事。① 浦江清在《中国文学史稿：明清卷》中提出："第三十三回及此回（三十四回），用笔大风暴雨，非常有力。"② 王蒙在《王蒙陪读〈红楼梦〉》一书中，认为"宝玉挨打"为"前四十回的一大高潮，这一高潮涉及许多人和事，许多矛盾侧面……这一切矛盾又都成了以后的矛盾发展的预伏"。"抄检大观园""是'红'的最大事件。实是前八十回的终结，底下几回是余波"。"黛死钗嫁"是"后四十回的巅峰，是难以企及的杰作"。同时，该书还指出第三十八回"林潇湘魁夺菊花诗　薛蘅芜讽和螃蟹咏"是"享受人生的高潮……快乐的高潮"，"从物质的高潮进入文化的高潮"。③ 王蒙以作家身份体悟中华传统文化，融入对生活细腻而独特的思考，结合文本、细读文本，以适合普通读者的视角而非严格意义上的学术视角，探讨《红楼梦》的高潮艺术，其传播渠道与方式，扩大了经典文本的覆盖面与影响力，对提高普通读者阅读鉴赏能力具有良好的引导效果。这种精细解读，寻找证据的方法，为我们树立了榜样。陈大康以贾府经济与经济相关的制度为切入点，指出"作品的前八十回以一个封建大家族的生活发展为主线，贾宝玉与林黛玉的爱情故事尤为其中的重要内容"④，立论扎实，为本文量化贾府经济衰败之因提供了参考。

此外，一些学者单将人物和情节作为某一论断的例证，对《红楼梦》的高潮艺术进行了专文探讨。如胡文彬从秦可卿早逝的悲剧结局和全书描写秦可卿丧礼的篇幅出发，指出秦可卿之死和大出丧的描写，是《红楼梦》故事情节发展的第一个高潮，且就构思与情节结构而言，秦可卿丧礼是与后文

---

① 参见（清）曹雪芹原著，（清）程伟元、高鹗整理，张俊、沈治钧评批《新批校注红楼梦》，商务印书馆2013年版。
② 浦江清：《中国文学史稿：明清卷》，浦汉明、彭书麟整理，北京出版社2018年版，第394—395页。
③ （清）曹雪芹、高鹗著，王蒙评点，冯统一点校：《王蒙陪读〈红楼梦〉》，四川文艺出版社2018年版，第493、564、570、1192、1581页。
④ 陈大康：《荣国府的经济账》，人民文学出版社2019年版，第5页。

建造大观园、元妃省亲之盛典，互相呼应，给读者一种"盛世"之感、"衰败"之忧。① 杜景华以人物作为情节支撑点，指出宝玉、黛玉、宝钗、凤姐、贾母、元春是全书的六个支撑点，在全书中起主干作用。其中，宝玉、凤姐、贾母、元春是四大人物支柱，代表着"欲"，宝玉、黛玉、宝钗、凤姐是故事情节人物支柱，代表着"情"。② 这种以小说核心人物作为分析对象的观点，简洁明了，对本论文把握小说主线大有启发。朱恒夫认为《红楼梦》的故事有两大高潮，即抄检大观园与黛玉之死，"前者充分暴露了贾府的各种矛盾，后者完成了宝、黛的爱情悲剧"，傻大姐是促使这两大高潮发生的关键人物。③ 骆玉明在《梦断芙蓉》一文中，根据晴雯强烈的自尊心、不依照奴婢的身份而仰人鼻息的性格，指出晴雯之死是小说前八十回中的最后一个高潮，它是小说中让人感到震颤与哀伤的情节。④ 此外，罗书华《两只凤凰与〈红楼梦〉的结构》(《红楼梦学刊》1998年第1辑)、平啸《论〈红楼梦〉的叙事布局和审美效果》(《明清小说研究》2000年第4期)、孙伟科《宝黛爱情悲剧的一次预演——〈红楼梦〉第五十七回的分析》(《红楼梦学刊》2001年第1辑)、马瑞芳《〈红楼梦〉的情节线索与叙事手法》(《文史哲》2003年第1期)、梅新林《红楼梦哲学精神》(华东师范大学2007年版)、梅新林、张倩《〈红楼梦〉季节叙事论》(《红楼梦学刊》2008年第5辑)、孔昭琪、孔见《〈红楼梦〉高潮的积累与延伸》(《泰山学院学报》2009年第4期)、林岗《明清小说评点》(北京大学出版社2012年版)、刘勇强《古代小说结构的多角度透视》[《北京大学学报（哲学社会科学版）》2013年第3期]、苗怀明《论〈红楼梦〉的叙事时序与预言叙事》[《南京大学学

---

① 参见胡文彬《论秦可卿之死及其在〈红楼梦〉中的典型意义》，《江淮论坛》1980年第6期。
② 参见杜景华《论〈红楼梦〉的结构线》，《红楼梦学刊》1993年第4辑。
③ 参见刘衍青《红楼梦戏剧研究》，中国社会科学出版社2018年版，"序言"第2页。
④ 参见骆玉明《游金梦》，上海三联书店2018年版，第264—267页。

报（哲学·人文科学·社会科学）》2017年第3期］，王富鹏《论人物构成的偶对和鼎足与〈红楼梦〉的叙事结构》(《曹雪芹研究》2018年第3期）等，或从核心人物，或从事件余波，或从小说结构进行研究，多有创见，都有助于本课题对全书高潮与阶段高潮关系的讨论。

从20世纪80年代开始，《红楼梦》被改编成电视连续剧进入公众视野，其中以1987年王扶林导演版与2010年李少红导演版影响最大。前者删掉"太虚幻境"等内容，以现实主义手法结合探佚学成果，围绕贾府兴衰与宝黛爱情两条主线用36集的篇幅展开；后者保留了"太虚幻境"的内容，以中国艺术研究院红楼梦研究所校注、人民文学出版社1996年版的一百二十回《红楼梦》文本为底本，用50集的篇幅呈现出浪漫主义之下的悲剧。前者大量删减原著，将小说中的大事件基本按照每集一个的规格呈现出来；后者则基本按照每两回小说拍一集电视剧的节奏。两部电视剧作品都未清晰地凸显出《红楼梦》的高潮事件。

综上可见，《红楼梦》高潮艺术是创作界、理论界诸多学者共同关注、见仁见智的话题，足见该问题的重要性，也足见该问题本身的难度之大。学人们潜研精思，研究越来越冷静、思维越来越发散、观点越来越深刻、方法越来越多样，使得小说的肌理越来越清晰。其间诸多成果，既有流于浮面的评述，也有结合小说艺术手法深入挖掘文本高潮艺术的中肯评价；既有相通承续、叠加延展的看法，也有相悖而行、求新求异的论断。搜集难免挂一漏万，但不再枝蔓，否则有令人烦絮之嫌。

为清晰地展示上述四个时间段学界对《红楼梦》高潮艺术的认识，现以图示之：

1754—1901年，"大关节""大关键"（图中"▲"）可谓"高潮"的雏形，评点家已意识到这些重要节点具有"伏线千里"的特点

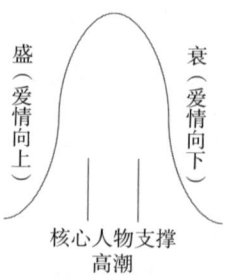

1902—1948年，"高潮"观得到初步体认，或为盛衰转捩点，或为爱情转捩点，注意到核心人物在"高潮"中的支撑作用，然主线尚未明确

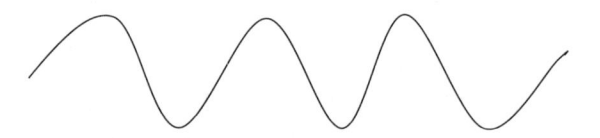

1949—1977年，多以宏观视角围绕小说某一主线或某一主题界定多个"高潮"

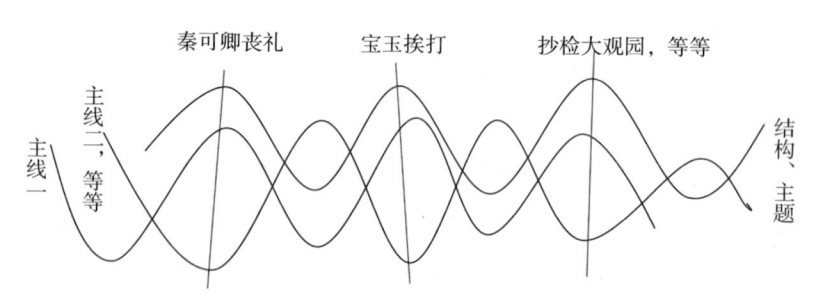

1978年至今，《红楼梦》高潮艺术研究呈现出"基因链式"的发展态势，单主线主题、多主线主题、人物性格、矛盾冲突等统统被纳入"高潮"的界定要素之中

图1　各时段对高潮艺术的认识模型图

从图1所示四个图形的变化中，我们可以看出《红楼梦》高潮艺术体认由点到线再到面的变化轨迹。学人们对高潮的论断，实现了从无主线、高潮概念模糊的萌芽阶段，发展到单主线单高潮阶段，进而发展到单主线多高潮、多主线多高潮的成熟阶段的飞跃，从对某个事件本身高潮艺术的探究，发展到对多个关涉全书的核心事件高潮艺术的探究，实现了对高潮概念界定

由部分到整体的认知,因此说对高潮的解读愈发细化、深化、多元化,使得小说的布局艺术更加明晰,使得小说旨归愈加多元。应该说,《红楼梦》的叙事高潮观念是一个伴随着《红楼梦》创作、刊行、评点、传播与接受,而渐趋成熟与定型的概念。

## 第三节 《红楼梦》结构分析

关于《红楼梦》结构分析的命题，前贤学俊多有论述。从清代的二知道人、张新之、姚燮、王希廉到现当代的俞平伯、吴宓、佩之、李辰冬、周汝昌、罗德湛、胡文彬、段启明、薛瑞生、张锦池、刘敬圻、王蒙等红学家，都有专门论文或宏观或微观地谈及《红楼梦》的结构问题。这一点，在前文已有简短论述。诸多结构研究上的成果，或从贾府的衰败主线出发，或从宝黛爱情的悲剧主线出发，或从贾宝玉性格成长主线出发……因时代背景与研究者审美倾向不同，将小说分成的段落也各有不同。他们或只承认《红楼梦》前八十回的悲剧性结局而否认续书"沐皇恩贾家延世泽"的结局，或从一百二十回本整体分析小说脉络布局，各成道理，各有见地，为我们更透彻地体悟《红楼梦》带来了便利。之所以有这么多的看法，是因为《红楼梦》的结构实在是太复杂、太标新立异了，包罗的内容太多了，同时又不像某些作品，其线索与结局都一目了然，《红楼梦》留给我们的想象空间太大了，使我们很难得出一个统一的、明确的看法。《红楼梦》的主要人物基本都处在同一个环境中，即以贾府为代表的四大家族在江河日下的境况中，他们互有牵连，彼此照拂，使得故事情节伏脉千里，错综复杂。但是，这种复杂关系架构井然，人物性格与情节演进在某个节点上又体现有一定的阶段性。所以，明晰了《红楼梦》的篇章结构，就可进一步理清小说每个阶段的线索脉络及重要事件；围绕这些重要事件，探究出该阶段小说的核心事件，即高潮事件；最后，通过这些高潮事件，挖掘小说的主旨意图。

## 一、八十回本《红楼梦》结构

众所周知,《红楼梦》讲的是逐渐衰亡的封建勋戚旧臣家庭在运终数尽之时,众儿女各式各样的人生悲剧,体现出作者对人生、对世界的思索。其中居四大家族之首的贾府的衰亡以及宝黛爱情的悲剧为小说两大主线,围绕这两条主线,小说形成了各有笔力、各具规模的故事架构,小说中所有的故事与人物都直接或间接地与这两大主线关联着。在此,本文借鉴已有成果,将八十回本《红楼梦》所有人物的"悲欢离合"与四大家族的"兴衰际遇"分成六大部分。

### (一)第一至第五回:全书总纲与后续事件的布局阶段

第一部分,为第一至第五回,即从"甄士隐梦幻识通灵 贾雨村风尘怀闺秀"到"游幻境指迷十二钗 饮仙醪曲演红楼梦"。小说写了女娲补天、神瑛侍者与太虚幻境三个神话,构成小说的梦幻时空;甄英莲被拐、甄士隐入道、林黛玉进府、王夫人问月钱、贾雨村复职、薛家进京等多个人间俗事,构成小说的现实世界。小说在这一部分还创造出一僧一道、甄士隐、贾雨村、冷子兴、葫芦僧、秦可卿等众多"功能性物象"[①],以诗画等形式暗示了人物的命运,为后面故事的次第展开进行了铺垫。为此,学界诸多论著将这五回称为"楔子",是绾毂全书的枢纽,对整部小说而言发挥着提纲挈领的作用。笔者以为,这五回不但有统领全书的作用,也是小说情节的开端,是小说后续事件布局的开始。第一回是甄士隐的故事。英莲被拐,对乐善好施

---

① 有关"功能性物象"的研究,北京大学学者李鹏飞曾指出:"所谓'功能性物象',是指在小说的叙事、结构与情节等层面上起贯穿性连缀作用的具体物品。这一类物品可以作为小说叙事要素与结构成分的联结因素,也可以成为情节的核心内容与发展动力,并在很大程度上参与小说人物塑造与主题的表达,具备丰富的象征义和暗示义。"全文参见李鹏飞《试论古代小说中的"功能性物象"》,《文学遗产》2011年第5期。

的甄士隐而言是致命的打击，后逢火灾、岳丈欺凌，他尝尽人间冷暖，最后在跛足道人的点拨下，注解《好了歌》，跟随道人飘然而去。可以说，甄士隐的故事带出了英莲（香菱）与薛蟠的故事，《好了歌注》隐喻着整部小说的悲剧命运，是小家族小兴衰的影射，为后文贾府大家族大兴衰做铺垫。第二回冷子兴演说荣国府，关涉贾府主要人物的性格特点及生活环境，尤其是"正邪两赋"的贾宝玉的性格，为后文他与封建家长和卫道者斗争、与众多纯情小儿女融洽相处做了铺垫。第三回贾雨村复官、林黛玉进府与宝钗入住梨香院，分别是贾雨村受到贾政器重、林黛玉与贾宝玉爱情萌生以及宝、黛、钗三者情缘纠葛的开始，且后两个事件是小说主体内容的开始。同时，黛玉进府自然而然地引出了其他重要人物如王熙凤、贾府三姐妹、王夫人等人的出场；王夫人问凤姐是否发放月钱的事，既体现出凤姐管家奶奶的地位，又引出后文袭人议论凤姐克扣、晚发月钱之事，继而又为贾府被抄埋下了伏笔。第四回写乱判薛蟠案，既介绍了四大家族一损俱损，一荣俱荣的关系，又穿插了英莲被拐后的状况，同时刻画出贾雨村瞻徇欺蒙、贪赃枉法、工于谋利的形象，是贾雨村攀附贾府，成为贾府爪牙的开始，也是暴露贾府政治隐患的肇始。第五回贾宝玉之梦境，预演了十二钗的命运，揭示出小说"落了片白茫茫大地真干净"①的末世结局。

简言之，前五回不但统领全书，还为主要人物的命运、重要事件的走向、故事情节的发展、小说旨归的阐释、情感基调的抒发，埋下了伏笔。质言之，前五回在全书的结构和故事脉络上发挥着特别重要的作用，是"大

---

① （清）曹雪芹著，无名氏续，（清）程伟元、高鹗整理，中国艺术研究院红楼梦研究所校注：《红楼梦》，人民文学出版社2008年版，第86页。另外，因整篇论文多次引用该版本的《红楼梦》原文，为节省篇幅，下文引用小说原文时，除个别大段引用做出页下注且标明页码外，其余部分只在引文处标出具体回数，不再另标注释及页码。

开"（大某山民语）[①]、"大纲领"（护花主人语）[②]。小说梦境与现实的切换，仙人与俗人相交，将主要人物的性格、命运走向与生活环境的概括融于小说情节的进展中，故事中写人物与环境，环境与人物中寓故事。从第六回开始，小说正式拉开帷幕，搬演正文故事。

## （二）第六至第十八回："风月宝鉴"故事的起讫与贾府政治的中兴

第二部分，为第六至第十八回，即"贾宝玉初试云雨情 刘姥姥一进荣国府"到"大观园试才题对额 荣国府归省庆元宵"。在这十三回中，小说着重铺排贾府"鲜花着锦之盛"，并透露出"也不过是瞬息的繁华"（第十三回）之式微迹象，对宝、黛、钗三人的情缘仅略做点拨。主要提到了宝玉试情、刘姥姥进府、贾蓉借炕屏、宝钗谈冷香丸、周瑞家的送宫花、惜春玩笑、琏凤床笫之欢、宝玉会秦钟、焦大醉骂、黛玉探宝钗、识金锁认通灵、冷酒之事、枫露茶风波、贾政训子、闹学风波、秦可卿抱恙、宁府家宴、贾瑞动邪念、凤姐设计、秦可卿之死、凤姐理丧、林如海病殁、北静王路祭、凤姐弄权、秦钟调情、元春晋封、筹建大观园、赵姨讨情、秦钟夭逝、贾政游园、试才题额、剪荷包、元妃省亲、众姐妹奉命赋诗等诸事。其中，无论从篇幅还是人物描摹抑或主旨阐述上，秦可卿之死与元妃省亲可谓此阶段的重大事件，且后者是该阶段的高潮事件。元妃省亲不但是贾府家庭生活与政治生活的交点，也是贾府自荣宁二公之后政治上最强盛的时刻，是"烈火烹油，鲜花着锦"之盛的外在表现，同时因元妃省亲修建的大观园，又成为日后宝玉与群钗的入住环境，为宝黛爱情的成长提供了土壤。此后小说结束了"风月宝鉴"故事，开启了红楼儿女的青春故事。诸多因素，无论是省亲前

---

[①] 冯其庸辑校：《重校〈八家评批红楼梦〉》，青岛出版社2015年版，第277页。
[②] 冯其庸辑校：《重校〈八家评批红楼梦〉》，青岛出版社2015年版，第277页。

奏，还是省亲过程，抑或省亲结局，都使得元妃省亲成为这一部分的高潮事件，此处寥寥数语不可述尽，容另辟专章，细细讲来。

这里需要对"秦可卿丧礼"做重点说明。

小说从第十回写起，从秦可卿病重到第十五回停灵铁槛，用了六回的篇幅回环萦纡地叙述了秦可卿这个"贫女得居富室"（第十回回末总评）[1]人物的事件。其中，秦可卿生前与死后的情形相比，后者整整囊括了三回的篇幅；秦可卿托梦关系到贾府未来的命运，她建议"将祖茔附近多置田庄房舍地亩"（第十三回），以备败落后能有退路安生；秦可卿死后，贾蓉新娶的媳妇不但被笼统称为"蓉儿媳妇"，甚至在整部小说中没有一句台词，两相对比，可见秦可卿在小说中的重要地位。诸多学人将秦可卿之死看作《红楼梦》中的高潮事件。如中国台湾学者罗德湛先通过篇幅比对（用31个字写林如海的亡故）、人物原型（对亲族之人的假托）、人物死因（贾珍的表现）、治丧场面（显示煊赫家世）、写作目的（以热闹繁华反衬出对功名富贵的鄙弃即"出世"思想）等方面的因由力证该事件为高潮事件，后又从秦氏病情、临终托梦、宝玉吐血、贾珍哀恸、贾蓉捐官、凤姐理丧、丧仪队伍等一一分析该事件作为高潮事件的外在表现。[2]罗德湛断定秦可卿生前应该与小说作者有着特殊关系，否则，小说不可能耗费如此多的笔墨来刻画这一人物。显然，罗德湛将小说人物与现实人物合二为一，沿袭了胡适等人提倡的"自传说"观点，忽视了小说来源于现实而又高于现实的虚构性特点。中国大陆学者张俊、沈治钧则在《新批校注红楼梦》一书中，从贾府兴衰主线出发，认为丧仪之热闹与排场，是为了表现贾府之奢靡与豪势，"铺张宁府秦

---

[1] ［法］陈庆浩编著：《新编石头记脂砚斋评语辑校（增订本）》，中国友谊出版公司1987年版，第211页。

[2] 参见罗德湛《红楼梦的文学价值》，台湾东大图书公司1983年版，第51—56页。

氏丧事之盛，乃首次大事件也"①，是关涉全书叙贾氏兴衰变迁的八大事件之一。张、沈二位先生能够从小说整体结构出发，指出秦氏丧礼是贾府奢靡的象征，确实有其道理。然而，如果将秦氏丧礼看作贾府奢靡的顶点，那么细读文本，就会发现贾府为准备元妃省亲所费资财远甚于秦氏丧礼，这一点从元妃的三次诫奢之语中即可体现出来。

笔者以为，秦可卿之死一事，虽然是小说里描写死亡场面最宏大的一个，但并非小说的高潮事件，仍属于小说的布局阶段，是元妃省亲高潮出现前的铺叙部分。王蒙将其定义为"一件突发的丧事"②，这与陈大康"暂时性的突发事件"③的观点，不谋而合。笔者总结该事件并非高潮事件的原因有五点。

其一，小说借秦可卿之死，意在点明贾珍等人的"造衅开端"，对此，第十三回回末总评曰："借可卿之死，又写出情之变态，上下大小男女老少，无非情感而生情。"④根据脂批、尤氏、贾珍与瑞珠等人的反应以及焦大醉骂等内容，可以推断秦可卿的死与贾珍存在很大关系。这等"爬灰"（第七回）丑事对贾府这样一个"翰墨诗书之族"（第二回）来说，是莫大的耻辱与讽刺。上有所好，下必效焉。贾蓉、贾蔷等人也效仿父辈，喜欢做些偷鸡摸狗的下流事。甚至连秦可卿的弟弟秦钟，竟然在姐姐出殡期间，见村里二丫头就露出轻薄之态，且做出与智能儿调笑苟合之事。可以说，宁国府的作为恰恰符合了法国学者波德里亚的观点："一切给人看和给人听的东西，都公然地被谱上性的颤音，一切给人消费的东西都染上了性暴露癖。当然同时，性

---

① （清）曹雪芹原著，（清）程伟元、高鹗整理，张俊、沈治钧评批：《新批校注红楼梦》，商务印书馆2013年版，第260页。
② （清）曹雪芹、高鹗著，王蒙评点，冯统一点校：《王蒙陪读〈红楼梦〉》，四川文艺出版社2018年版，第183页。
③ 陈大康：《荣国府的经济账》，人民文学出版社2019年版，第85页。
④ ［法］陈庆浩编著：《新编石头记脂砚斋评语辑校（增订本）》，中国友谊出版公司1987年版，第243页。

本身也是给人消费的。"① "性"成了贾府尤其是宁国府男人们存在于世界的重要理由。②小说通过秦可卿之死,写出了贾府内外的淫乱荒唐,而这种淫乱行为给后来贾琏等众子弟的淫荡行为起了很坏的"榜样"作用。简言之,他们的"情"是"皮肤滥淫之情",越过了人伦纲常"礼"的界限,是导致贾府日益衰落的根由之一。

其二,小说借秦可卿之死,意在称扬凤姐才干,"偏重于王熙凤精明精细、安排周全与杀伐决断"③,"是凤姐管理贾府的顶峰"④,对此,第十四回回末总评曰:"写秦死之盛,贾珍之奢,实是却写得一个凤姐。"⑤在秦可卿丧事上,主子或卧病在床或无暇顾及,奴仆们或欺上瞒下或偷奸耍滑,偌大的宁国府诸事冗杂,无人可用,到处充斥着慌乱、推脱、偷闲、窃取的问题。如何改变这种窘态?宁国府上下无计可施。在宝玉推荐、贾珍拜请以及邢王二夫人的叮嘱下,王熙凤分析弊病、对症下药,开始协理宁国府。在这个过程中,小说通过叙述凤姐实行清点花名册、分派职役、领取对牌、重惩不服钤束者等一系列威重令行的措施,宁国府被"筹画得十分的整肃"(第十四回),展现出凤姐的精明能干。在这期间,小说又通过毒设相思局之事,写出凤姐心狠手辣的一面;理丧期间不畏辛劳,且"独在抱厦内起坐,不与众妯娌合群,便有堂客来往,也不迎会"(第十四回),"不把众人放在眼里,

---

① [法]让·波德里亚:《消费社会》,刘成富、全志钢译,南京大学出版社2000年版,第159页。
② 有一个有意思的现象:宁国府的媳妇要么姓尤,要么姓秦。由尤氏很容易联想到被宝玉称之为"尤物"的尤氏姐妹,秦可卿谐音为"情可倾""情可侵",多少都带有"性"的意味。荣国府媳妇姓史、王、赵、周等,则不会使读者产生类同宁国府之想法。
③ 陈大康:《荣国府的经济账》,人民文学出版社2019年版,第85页。
④ (清)曹雪芹、高鹗著,王蒙评点,冯统一点校:《王蒙陪读〈红楼梦〉》,四川文艺出版社2018年版,第192页。
⑤ [法]陈庆浩编著:《新编石头记脂砚斋评语辑校(增订本)》,中国友谊出版公司1987年版,第252页。

挥霍指示"（第十四回），写出凤姐勤谨而又不免脱离大众的一面，为后文凤姐失势铺垫；令宝玉同坐一车之事，写出凤姐爱护宝玉，有人情味的一面；拆散张金哥与长安守备之子之事，写出凤姐仗势弄权的另一面。可以说，通过秦可卿之死，凤姐之威、之才、之寡恩，历历可闻矣。以上诸多方面可见，凤姐的理家才干可谓是这个人物身上最闪亮的地方。正是凤姐的精明强干一定程度上减缓了贾府衰败的速度，而包揽词讼、贪财纳贿又加速了贾府的衰败。简言之，写秦可卿之死，引出凤姐的才能，为王夫人将管家权力交与她做了解释说明。凤姐的行为触犯了众人的私利，"暗里也不知得罪了多少人"（第七十一回），且凤姐长期每日工作强度过大，为日后小产埋下伏笔，更为后来自己的悲剧结局以及贾府的败落埋下了祸根。

其三，小说借秦可卿之死，写出贾府上下讲排场、要体面的奢华风气。秦可卿之死，是小说中所有如冯渊之死、林如海之死、张金哥之死、秦钟之死、金钏之死、晴雯之死，甚至后四十回中的黛玉之死、贾母之死、鸳鸯之死等死亡事件中，最能体现豪门气派的事。秦可卿丧礼中，除伴宿、送殡、路祭等高规格治丧程序外，贾珍"不过尽我所有罢了"（第十三回）、"只求别存心替我省钱，只要好看为上"（第十三回）的料理态度、用三百零七位僧道四十九天作事、用坏了事的老千岁的棺木、通过戴权之手花了一千二百两银子捐了个五品龙禁尉的官衔、各路权贵你来我往、大殡"浩浩荡荡、压地银山一般"（第十四回）的隆重场面等描述，炫鬻张扬之程度，将一件白事办得如同喜事，"一夜中灯明火彩，客送官迎，那百般热闹"（第十四回），极力展现宁国府的豪门派势。而这种形式化、奢靡化的"礼上面子情儿"（第五十二回），对已处于萧疏境地的贾府而言，是荒唐，是作孽，是反映贾府不能省俭而招致败落的重要原因。办丧事都能如此破费奢靡，那么，当元妃省亲这种真正彰显权贵的喜事到来之时，贾府的奢靡只能更炽。就这一点而言，秦可卿丧礼为元妃省亲的奢华场面做了铺垫。

其四，脂砚斋在第十、十一回曾多次透露出让秦可卿速死的意思。如小说写尤氏与璜大奶奶闲谈中，尤氏口中的秦可卿状态是"懒待动""懒待说""眼神也发眩"（第十回），听到其弟秦钟学堂之事，索性连早饭也不吃了（这里与后四十回黛玉自戕的情况颇为相似）。贾蓉与张友士谈及秦可卿病情时，说的是"……看这脉息，还治得治不得？……这病与性命终久有妨无妨？"张友士则回复道："这病尚有三分治得……吃了这药也要看医缘了。"（第十回）小说第十一回，凤姐、宝玉去探望秦可卿时，秦氏自说："未必熬的过年去呢……不过是挨日子。"凤姐见此，建议尤氏准备后事冲一冲。就连见多识广的贾母听凤姐说明秦氏病情之后，也"沉吟了半日"。这些地方，都在提醒读者，秦氏病得很重，有性命之忧。本书以为，小说借秦可卿之死，也是为了消除世俗之情欲对贾府的熏染与破坏，力图保住贾府的体面，警示众人"情既相逢必主淫"的道理，告诫众人无论是"由情而淫"的"意淫"还是"云雨之欢"的"皮肤滥淫"，其最终结果只能是死亡。只是，在当时的社会环境里，这种警示是徒劳的，是痴人说梦的。众所周知，秦可卿曾作为贾宝玉的"引梦人"游历过"太虚幻境"，但她并非只简单地发挥着以往唐传奇中"度化人"之功能，而是在梦中与贾宝玉"妄动风月"，有"皮肤滥淫"之行为。① 秦可卿是大观园之外的人，她的死，标志着贾宝玉不再受到大观园以外"情"的干扰。此后，宝玉虽与袭人等发生过性行为，但对儿女真情只在"意淫"上下功夫，没有成为贾琏那种"成日家偷鸡摸狗，脏的臭的……为……淫妇打老婆，又打屋里的人"（第四十四回）的淫魔色鬼之徒。这一点，挪威奥斯陆大学的艾浩德也曾指出：秦可卿之死反映了作者试图消除性欲冲动的愿望，其目的在于创造和维护贯穿于有关大观园章节

---

① 现实中的秦可卿与宝玉梦境中的秦可卿是否为同一人，小说并未言明。小说仅明确交代，梦境中的秦可卿是警幻仙姑之妹。后文中，死去的秦可卿多次出现在贾府之人的现实生活中，如托梦凤姐、大观园见凤姐、贾府祠堂外的深夜叹息以及鸳鸯自缢前的幻觉。或许，正因借用该写作手法，作者将现实世界与梦幻神话勾连起来，形成一个真真假假、假假真真的世界。

中的更理想化更纯洁的情的美景。① 本书是赞同这一观点的。

其五，秦可卿之死，是由"颠倒衣裳"的皮肤滥淫故事转向"不淫之淫"的"意淫"故事的分界点。秦可卿丧礼发生在贾敬生日与尤氏姐妹到达宁国府之时。秦可卿的死，绾结了秦可卿与秦钟的风月故事，是"风月宝鉴"主体故事的结束，是小说逐渐步入正轨——叙述大观园小儿女之情的转折点。小说第十回由贾敬寿辰既引出第十一回贾瑞幻情一节，又勾连出尤老娘来。第十三回秦可卿丧礼，牵引出尤氏姐妹，尤氏姐妹的到来则又为贾琏偷娶尤二姐、柳湘莲出家做准备。二姐事件导致贾琏与凤姐关系彻底恶化，定下了凤姐婚姻的悲剧结局；三姐的死、湘莲的出家，也暗示着宝黛追求自由恋爱的理想不断遭受各方面的打压。

质言之，秦可卿之死，只可以说是"皮肤滥淫"故事的重要组成部分。原因之一：小说后面再提及的与秦钟、贾珍、贾蓉、贾瑞、贾琏、贾赦、薛蟠等有关的风月事件，都可以看作秦可卿事件的余波与影响。原因之二：《红楼梦》的主体故事为贾府家族不断衰败背景下十二钗，尤其是大观园众小儿女不断风流云散的故事，秦可卿丧礼只是后续主体故事的引子，主要是为了塑造凤姐这一人物形象，在展现贾府煊赫气势的同时，讽刺贾府众爷们的荒淫昏聩，暗藏着种种衰败危险，从而为元妃省亲热闹而来、凄惶而去埋下伏笔。秦可卿之死一事，无论在出场人物的身份等级、阔绰程度、繁复礼仪、与小说主线与主旨的勾连，还是在后续影响等方面，与元妃省亲一事相比都远远不及。原因之三：秦可卿之死在凸显贾府财大势雄的基础上，为后文设置元妃省亲提供了财与势的可能。如果小说略去秦可卿丧礼，直接写元妃省亲，当给人突兀之感，将削弱小说关于繁华与衰败的叙事张力，因此说，秦可卿之死是小说中重要的情节，但绝非高潮事件。

---

① 参见［挪威］艾浩德《秦可卿之死——〈红楼梦〉中的情、淫与毁灭》，胡晴译，《红楼梦学刊》2003 年第 4 辑。

## （三）第十九至第三十六回：大观园众儿女的情感

第三部分，为第十九至第三十六回，即"情切切良宵花解语 意绵绵静日玉生香"到"绣鸳鸯梦兆绛芸轩 识分定情悟梨香院"。在这十八回中，小说的叙事重心转向大观园中的众儿女日常生活。尤其多叙述贾宝玉故事，其与林黛玉的情感日笃、与当红优伶来往密切、与贾府家长之间的矛盾达到了不可协调的地步。贾府衰微之线，萦绕其间，但笔墨相对较少。该阶段介绍了宁府演戏、探袭人、奶酪风波、箴规宝玉、袭人生病、黛玉春困、戏言耗子精、李嬷噪骂、凤姐解围、麝月篦头、贾环赖钱、宝玉训弟、弹压赵姨、戏谑呆雁、湘云咬舌、袭人娇嗔、续《庄子》、巧姐出花、偷情多姑娘、软语救贾琏、宝钗庆生、点拨戏文、宝玉悟禅、黛玉续偈、贾妃制灯谜、贾政悲谶语、贾芹走门路、诸钗入园、共读《西厢记》、黛玉听曲神伤、宝玉遇贾芸、卜世仁说势利、倪二仗义借银、贾芸干谒凤姐、遗帕惹相思、小红（即红玉）梦贾芸、贾环抄经、烫伤宝玉、密谋邪术、吃茶谐言、叔嫂遇祟、传心事、薛蟠请宴、发幽情、黛玉门外悲泣、宝钗扑蝶、金蝉脱壳、小红传信、黛玉葬花、情赠汗巾子、元妃赐物、薛蟠唱曲、清虚观打醮、张道士议亲、摔玉剪穗、冤家之论、宝钗双敲、龄官画蔷、袭人被踢、晴雯回嗔、晴雯撕扇、湘云论阴阳、偶拾金麒麟、仕途经济论、诉肺腑、会见雨村、金钏自尽、忘情避雨、王府索人、贾环诬告、宝玉挨打、钗黛探望、袭人进言、晴雯送帕、含泪题帕、薛蟠受冤、玉钏尝羹、莺儿结络、宝玉梦呓、龄官拒唱等，一件件，一桩桩，尤为细碎。这些事件相互包孕，互为衔接，共同演绎着贾府兴衰与宝黛爱情。

在上述事件中，宝、黛、钗等人的性格特点逐渐明朗，各种微妙关系浮上水面。作为"富贵闲人"的宝玉，日夜沉溺于青春的情感纠葛中，向众人宣告自己所秉持的价值观，"凡山川日月之精秀，只钟于女儿，须眉男子不过是些渣滓浊沫而已"（第二十回），于是更加厌恶纯情女儿之外的世界。与黛玉这种特异的人生情感经过多次试探、多次口角，终于渐臻佳境，互为知己，人虽居两地，情却发一心，于是招来封建家长的戒备。宝玉把读书上进的人蔑称为"禄蠹"，仕途经济之事搁置一旁，个性的培养距当时的社会标准愈来愈远，遭遇卫道者的鞭挞责难也就愈多，于是到底发生了宝玉挨打一事。围绕着贾宝玉的这些行为，遂又引出许多矛盾来。贾环、赵姨娘等人的妒恨愈来愈烈，嫡庶关系愈加紧张。"木石前盟"与"金玉良缘"的冲突愈加突出，两种思想、两种势力愈加不可调和，引发了贾府家长的不满。其中，家长不满表现最激烈、人物性格最鲜明、铺垫最繁复、影响最深远、小说主旨最突出的事件，就是发生在第三十三回中宝玉挨打这一高潮事件。

宝玉挨打作为推动小说故事情节发展转折的高潮事件，是对贾政多次训子的集中描摹，是贾府内外矛盾的大爆发，是宝玉"识分定"、宝黛爱情走向成熟的总结，是宝玉对正统、功名在内心里的彻底放弃，直至黛死钗嫁、贾府被抄，他选择出家，是其对正统、功名在肉体上的彻底放弃，最终走完了"情悟"与"世悟"。宝玉挨打后，"补天"成为泡影，"谈情"成为要务，卫道者与叛逆者的矛盾逐渐淡化消歇，贾府唯一一个为人方正、厚道、端直的贾政也奉旨远行了，以贾母为首的上层家长与贾宝玉为首的贵族子弟即将迎来最后的狂欢，贾府中平添了许多幽情韵事。

## （四）第三十七至第五十四回：贾府的日常生活

第四部分，为第三十七至第五十四回，即"秋爽斋偶结海棠社 衡芜苑夜拟菊花题"到"史太君破陈腐旧套 王熙凤效戏彩斑衣"。在这十八回中，小说以贾府兴衰之线为主，宝黛爱情之线为辅，小说的叙事重心转移到贾府之人的享乐与大观园的雅集活动中。只是，福祸相倚，行乐之盛、闲吟之趣的背后，风雨与危机接踵而来。该阶段介绍了结海棠社、送海棠花、诸钗起别号、赛海棠诗、戏谑哈巴儿、赏桂食蟹、拟菊花题、众议各房大丫头、袭人问月钱、刘姥姥送野味、小厮讨假、刘姥姥诳言趣闻、寻找若玉庙、贾母还席、借水听乐、众人游园、贾母讲窗纱、鸳鸯宣令、行令吃茄鲞、品茶栊翠庵、醉卧怡红院、贾母受凉、送祟取名、众人周济刘姥姥、宝钗"兰言"、黛玉"雅谑"、惜春画图、攒金庆寿、尤氏还银、撮土祭奠、凤姐惩婢泼醋、贾琏抱愧逞威、平儿受屈理妆、贾琏赔礼道歉、鲍二媳妇上吊、凤姐做"监社御史"、赖家得官摆宴、钗黛互剖心事、黛玉闷制风雨词、宝玉冒雨探黛玉、宝钗差人送燕窝、鸳鸯抗婚、邢夫人取辱贻羞、贾母斗牌、薛蟠遭苦打、湘莲走他乡、薛蟠避羞远行、贾赦豪夺古扇、香菱进园学诗、黛玉收徒论诗、众友投奔贾府、赏雪啖腥、乞梅栊翠庵、制谜暖香坞、新编怀古诗、袭人衣锦归省、胡庸医开虎狼药、平儿情掩坠儿偷镯、宝琴述西洋女儿诗、晴雯抱病补裘、乌进孝纳贡、除夕祭宗祠、元宵开夜宴、贾母评才子佳人故事、凤姐讲笑话等事件。

　　这些事件大致涉及四个层面：其一，以贾母、凤姐为代表的上层主子乐享天伦；其二，以贾赦、贾琏为代表的贾府众男湛涵荒淫；其三，以宝玉、诸钗为代表的大观园小儿女青春狂欢；其四，以平儿、鸳鸯为代表的奴仆激烈抗争。总体而言，这一阶段贾政外升，薛蟠行商，鸳鸯抗婚成功，宝黛定情，钗黛和好，众友欢聚，琏、凤、平三人重归于好，贾府上下弥漫着较为闲适舒散的娱乐氛围，这种欢快和谐的高潮事件便是小说第五十三回的祭宗祠开夜宴的盛况。对此脂砚斋、俞平伯、周汝昌、段启明等学者已有精要论断。

## （五）第五十五至第七十八回：贾府的矛盾与危机

　　第五部分，为第五十五回至第七十八回，即"辱亲女愚妾争闲气 欺幼主刁奴蓄险心"到"老学士闲征姽婳词 痴公子杜撰芙蓉诔"。在这二十四回中，大故叠起，奸盗丛生，破败死亡相继发生，寅吃卯粮的状况愈加严重，各种矛盾浮出水面，如万斛泉源，众波争流。为体现贾府的衰败之象，小说先通过凤姐小月、黛玉犯咳疾带出三艳理家、议事厅风波、探春兴利、宝钗施惠等事，聚焦贾府内部改革。后笔锋一转，由理家带出甄贾宝玉论、麝月说镜子、紫鹃试情、岫烟婚事、薛姨妈宽慰黛玉诸事。自第五十八至第六十一回，小说重点叙述大观园奴仆之间的口舌是非，涉及藕官烧纸、婆子嚼舌、莺儿编柳叶篮、宝珠鱼目论、茉莉粉与蔷薇硝事件、玫瑰露与茯苓霜事件、司棋闹厨房、五儿赠霜蒙冤诸事，最终以宝玉瞒脏、平儿行权为结。风波渐平，矛盾渐缓，小说插入宝玉生日、湘云醉卧、香菱解裙、群芳开夜宴，来展现大观园最后的快乐时光。紧接着，贾敬丧事、二尤入住宁国府、槟榔传情、偷娶尤二姐、贾珍聚麀、兴儿论凤姐、三姐饮剑殉情、湘莲出家、凤姐训家童、苦尤娘入园、凤姐大闹宁国府、借剑杀人、吞金自逝，琏凤夫妻风波告一段落。这期间又穿插着宝钗赠土仪、黛玉思故乡之事。自第七十回写重建桃花社、偶填柳絮词后，小说预示着诸钗"飘泊之象……星散之机"（洪秋蕃语），大观园"从此以后，渐渐风流云散，胜会难逢"（护花主人语）[①]。在此阶段，小说以贾政归来、贾母大寿、中秋夜宴为背景，写了贾赦说笑话、凤姐受闲气、鸳鸯撞破司棋情事、众太监勒索银两、凤姐旧病复发、贾琏谋划贾母钱财、来旺倚势霸亲、凤姐放外债、小鹊偷报信、宝玉借谎脱难、傻大姐偶拾绣春囊、贾迎春不问累金凤、凤姐遭盘诘、奸人出奸计、抄检大观园、贾珍聚赌、婢女遭厄运等一系列萧索衰败之事。

通过上述事件，小说传递出贾府末世来临前矛盾重重，危机四伏的信号。其一，作为"撑天"的凤姐，健康每况愈下，因劳碌贾府年事，"天天两三个太医用药"，外加"禀赋气血不足，兼年幼不知保养，平生争强斗智，心力更亏……一月之后，复添了下红之症"（第五十五回），管家之事渐渐力不从心；因贾琏继私通多姑娘、鲍二家的后，偷娶了尤二姐，凤姐与贾琏的矛盾由公开化转向扩大化，甚至达到了不可调和的地步；因将尤二姐折磨致死，引发尤氏愤慨，为妯娌矛盾埋下了伏笔。其二，贾珍、贾蓉等败坏家

---

[①] 冯其庸辑校：《重校〈八家评批红楼梦〉》，青岛出版社2015年版，第1756、1760页。

风,不但干出聚麀丑事,还唆使贾琏偷情,致使凤姐大兴讼事,为日后抄家埋下了伏笔。其三,贾母外出、凤姐生病、探春理家收效甚微,贾府的管束日渐松弛,会夜局成风、趁机滋事、"窝里发炮"(第六十一回)的事情频频爆发。其四,宝、黛之间惺惺相惜,爱慕之情已深入骨髓,紫鹃试情一事已使宝、黛二人的深情由暗至明、公之于众,然以贾母为代表的贾府家长置若罔闻,加重了宝、黛的忧思。其五,贾府财力渐渐不支,靠典当东挪西补、过八月十五要迁挪二百两银子、吃上等米竟要可着头做帽子、翻寻半日竟找不到二两上等人参,内部婢多仆冗以至于人事费用开销庞大,外部太监索银、官场打点,内外夹击导致贾府经济上尽显捉襟见肘之态。所以贾府"外面的架子虽未甚倒,内囊却也尽上来了"(第二回),这就像贾母屋里的那个百年人参,"虽未成灰,然已成了朽糟烂木,也无性力的了"(第七十七回)。

总之,在这一部分里,贾府众人"一个个不像乌眼鸡似的,恨不得你吃了我,我吃了你"(第七十五回)。妯娌生隙、婆媳不和、仆妇倾轧、琴瑟失调,贾府人际关系愈加紧张,最终导致了"自杀自灭"的抄检大观园。该事件不但是该部分的高潮,也是贾府内部各种矛盾的总爆发点,更是大观园由热闹变冷清的转折点。

### (六)第七十九回至结尾:大观园与四大家族的衰败

第六部分,从第七十九回至结尾。根据脂批、《好了歌》、第五回宝玉的梦境、秦可卿的遗言以及前八十回的文势,可大致推测出该部分的结局:元妃病逝,贾府失去政治庇佑,且最终因政治上得罪权贵、贪污腐败,经济上坐吃山空、挥霍奢靡等多方面原因导致抄家。贾母死后,大观园内芳华零落,曾经赫赫扬扬的贾府"树倒猢狲散""好一似食尽鸟投林,落了片白茫茫大地真干净!"(第五回)这种收尾方式,应借由贾府抄家及黛玉之死这两个大事件写来最为夺人心魄。可惜的是,原稿已失,具体情节尚无从得知,为此,也就无法具体分析它的高潮艺术。

简言之，前八十回的小说文本可以分为六部分，其中的高潮事件有元妃省亲、宝玉挨打、祭宗祠开夜宴、抄检大观园。每一个高潮事件到来之前，小说做好各方面的蓄势准备；高潮结束之后，故事归于平淡，小说转换枢纽，别开一境，开始了新的布局。而这些高潮事件，是宝黛爱情、贾府兴衰主线上最夺人心魄、人物性格最突出、最能体现小说主旨的事件。

## 二、一百二十回本《红楼梦》结构

程伟元、高鹗在《红楼梦引言》中曾记录下后四十回成书的过程："书中后四十回系就历年所得，集腋成裘，更无他本可考。惟按其前后关照者，略为修辑，使其有应接而无矛盾。至其原文，未敢臆改，俟再得善本，更为厘定，且不欲尽掩其本来面目也。"[①] 可见，后四十回是"集腋成裘""略为修辑"的结果，虽带有部分原稿旨意但并不完全是曹雪芹的原稿。而后四十回著者究竟为谁，学界也无定论，本文在此暂不予以讨论。但有一点可以肯定的是，在《红楼梦》所有的续书中，程伟元、高鹗整理的版本（以下简称程高本）传播最广、影响最大、接受度最高、与曹公旨意契合度最高。为此，本文在对比八十回本的基础上，对一百二十回本《红楼梦》的高潮艺术略加阐述。因一百二十回本的前八十回结构已在上一部分着力分析，本节暂且只论述后四十回中的高潮事件。

### （一）第七十九至第九十八回：红楼女儿的风流云散

后四十回的第一部分为第七十九至第九十八回，即"薛文龙悔娶河东狮 贾迎春误嫁中山狼"到"苦绛珠魂归离恨天 病神瑛泪洒相思地"。在这

---

[①] （清）程伟元、高鹗：《红楼梦引言》，载一粟编《古典文学研究资料汇编·红楼梦卷》，中华书局1963年版，第32页。

二十回中，虽写有"四美钓游鱼"的乐事，然而写得更多的是众多小儿女风流云散的悲剧结局。小说叙事重点转向大观园逐渐冷清下去，直至花落人亡、宝黛爱情被扼杀之事。先是迎春出嫁后被孙绍祖折磨致死，香菱在薛蟠、金桂等的淫威下求生，黛玉在噩梦中病势加重，元妃于宫闱内染恙后薨逝，金桂放刁致使宝钗吞声，贾环因药吊子结怨凤姐母女，妙玉走火入魔，惜春禅外绝情，黛玉将逝而复生，岫烟寄人篱下遭恶仆轻贱，宝玉在贾母、贾政的要求下选择妥协，入家塾、试文字。此似与曹公原意相抵牾，然而，这也为写贾宝玉日后遁入空门，埋下了伏笔，未尝不可。后甄家奴仆投靠贾府，继而海棠异兆失通灵，以致宝玉疯癫，才有了因病冲喜，促使宝玉成婚，导致黛玉焚稿断痴情含恨而终，迎来《红楼梦》爱情幻灭的高潮。黛死钗嫁的高潮标志着大观园自第十六回筹建、第二十三回诸钗入住、第二十七回诸钗雅集开端，到第七十四回遭抄检的"理想世界"[①]的终结。至此，大观园外的"现实世界"登上舞台中央。

应注意的是，根据脂批提示，曹公的本意为，宝玉被羁押于狱神庙，黛玉为之日夜悲啼，泪尽而逝。之后，宝玉方娶宝钗为妻，如此才不失双峰并峙的布局。程高本则设计为黛死之时正是钗嫁之日，在一定程度上削弱了宝、黛的叛逆性格形象。然而，程高本黛死钗嫁的情节紧凑，文意悲凉，一喜一悲，极具张力，保持了全书的悲剧性，且悲剧氛围令人动容，不失为描写宝黛爱情悲剧的典范。为此，黛死钗嫁可归属于全书结构中的一个完整部分，程高本功莫大焉。在这一点上，学人们多持肯定意见，如童庆炳先生就认为："高鹗在处理贾林爱情悲剧上是基本成功的，但在处理贾府兴衰这个

---

[①] 有关大观园"理想世界"的观点，可参见［美］余英时《红楼梦的两个世界》，上海社会科学院出版社2002年版。

问题上，却违反了曹雪芹的本意，犯了严重的错误。"①

## （二）第九十九至第一百二十回：四大家族的穷途末路

后四十回的第二部分，为第九十九至第一百二十回，即"守官箴恶奴同破例　阅邸报老舅自担惊"到"甄士隐详说太虚情　贾雨村归结红楼梦"。在这二十二回中，小说重点转向对贾府家破人亡、宝玉悟道的描写。这一时期，薛蟠获判死缓、金桂色欲迷心、香菱见恨于金桂、薛家丧礼败德，颓颓然矣；同气连枝的史家被抄、加官晋爵的王子腾病逝；再加上贾府内部贾政见欺于家奴、探春被迫远嫁、凤姐性命将尽、贾珍父子疑神疑鬼，贾府外部贾雨村见机倒戈、贾芸得罪倪二祸及贾府、皇帝因责问贾化殃及贾政、贾琏结怨于内监，贾府内外乱作一团，风雨交加，其穷途末路也已真正到来。将这种气数已尽的"末世"景象推向高潮的，便是第一〇五回的贾府被抄。抄家后虽有贾母散资财、贾政复世职，但贾府破败死亡相继。先是贾母仙逝，继而贾府失盗，最后宝玉斩断尘缘，彻悟出家，这一高潮方落下帷幕。

需要注意的是，根据前八十回的种种迹象及第五回的《收尾·飞鸟各投林》曲子，贾府最终落得彻底败落的结局。程高本在后四十回刚开始写贾府"大故迭起，破败死亡相继，与所谓'食尽鸟飞独存白地'者颇符"②，然临近续书结尾突然反转，错误地安排了兰桂齐芳、家道复初、宝钗怀孕等大团圆的俗套，冲淡了小说"万境归空"的悲剧氛围，削弱了小说的思想力量，此乃第一处荒谬行为。第二，宝玉、黛玉本是蔑视仕途经济、反抗封建礼教的，到了程高本的后四十回，变成了拥护封建礼教与热衷荣华富贵之人。如宝玉对贾政荣升郎中一事，表现为"喜的无话可说"（第八十五回），

---

① 童庆炳：《论高鹗续〈红楼梦〉的功过》，《北京师范大学学报（社会科学）》1963年第3期，载刘梦溪编《红学三十年论文选编　下》，百花文艺出版社1984年版，第422—423页。

② 鲁迅：《中国小说史略》，郭豫适导读，上海古籍出版社1998年版，第166页。

这与得知元妃省亲阖府欢庆时候的"皆视有如无，毫不曾介意"（第十六回）判若两人；黛玉出场不多，每次出场却也满嘴里功名利禄，甚至劝宝玉博取功名。第三处极为错误的处理是宝玉娶了宝钗后，与宝钗恩爱缠绵的程度，甚至令凤姐羡慕不已。这就意味着宝玉对黛玉的背叛，对追求自由人生理想的放弃，削弱了建立在志同道合基础上的宝黛爱情的力量，也就削弱了全书的思想力量。此外，按照脂批信息，贾府的衰败应该是缓缓而来，应是腐败到一定程度才发生抄家这种恶性事件，而非像程高本仅利用醉金刚倪二等人兴风作浪一事，就迅疾地结束了贾府的衰弱局面。然而"不以一眚掩大德"，程高本在宝黛爱情与贾府衰败这两条主线上，大体保持且发展了悲剧性质，就像周绍良先生所说的"不论后四十回有多少毛病……后四十回在主要精神上完成了前八十回所要发展的故事，从而成为整个《红楼梦》故事的不可分的组成部分"[①]，是有一定道理的。

至此，宝黛爱情之幻灭、大观园之毁灭、贾府之衰亡、宝玉人生理想之破灭，烟消云散，寂寂然矣，令人心向往之而又悲戚不已的宝黛爱情结束了，炙手可热的贾府也画上了句号。

## 三、前八十回与后四十回高潮艺术的异同

### （一）两条主线交叉进行

通过前面两节分别对前八十回与后四十回结构的分析，我们大致可以得出如下结论：前五回大略交代贾、史、王、薛四大家族的脉络框架，以及小说的题旨与情感基调等必备故事信息，还以甄家的遭遇讲述了一部缩微版

---

[①] 周绍良：《论〈红楼梦〉后四十回与高鹗续书》，《红楼梦研究集刊》第2辑，载刘梦溪编《红学三十年论文选编 下》，百花文艺出版社1984年版，第448页。

的《红楼梦》。之后，小说集中笔墨，由甄府小荣枯转向贾府大荣枯，展开了对贾府兴衰线（即"家世消亡"线）与宝黛爱情线（即"梦幻情缘"线）的精雕细琢。在这种精雕细琢中，小说共塑造出元妃省亲、宝玉挨打、祭宗祠开夜宴、抄检大观园以及后四十回的黛死钗嫁、贾府抄家六大高潮事件。伴随着这些高潮事件的发生，小说叙事重心不断转移，"家世消亡"与"梦幻情缘"两条主线相互交织，小说主题思想、人物形象、矛盾斗争等逐渐明了。为节省笔墨又清晰明了地展示两条主线上的高潮事件及其与整部小说的关系，制图如下：

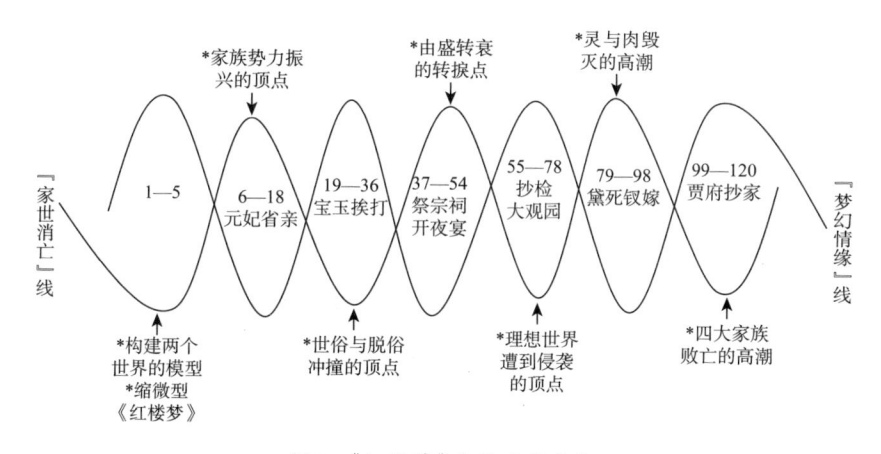

图中标注：
- *家族势力振兴的顶点
- *由盛转衰的转捩点
- *灵与肉毁灭的高潮

区段：
- 1—5
- 6—18 元妃省亲
- 19—36 宝玉挨打
- 37—54 祭宗祠开夜宴
- 55—78 抄检大观园
- 79—98 黛死钗嫁
- 99—120 贾府抄家

左侧："家世消亡"线
右侧："梦幻情缘"线

下方标注：
- *构建两个世界的模型 *缩微型《红楼梦》
- *世俗与脱俗冲撞的顶点
- *理想世界遭到侵袭的顶点
- *四大家族败亡的高潮

图2 《红楼梦》中的两条主线

如图2所示，《红楼梦》的"家世消亡"线与"梦幻情缘"线交叉进行，且每个阶段有每个阶段的叙述重点，这是前八十回本与后四十回本处理高潮事件的相同之处。

### （二）前后主宾关系发生颠倒

但有意思的是，前八十回和后四十回在处理前后高潮事件时，两条主线的主宾关系发生了变化。前八十回元妃省亲、祭宗祠开夜宴重在突出"家世消亡"线,"梦幻情缘"线为宾;宝玉挨打、抄检大观园重在突出"梦幻情缘"线,"家世消亡"线为宾。也就是说,小说从"家世消亡"线写起,且"家世消亡"线与"梦幻情缘"线主宾交叉进行。而后四十回则是从"梦幻情缘"线写起,最后以"贾府衰亡"线终结,程高本这种处理方式似乎有掐断了前八十回文气、另起炉灶之嫌。若按脂批,八十回之后则应先写贾府抄家,再写黛死钗嫁,更为稳妥。程高本如此布局,或许与续作者自身热衷科举有关,或许因小说需要,即只有先令黛玉死亡,宝玉才能了悟仙缘以斩情弃欲上考场,才有了后来的家道复初之结局。个中原因,有待细究。

# 第一章
## 家族势力振兴的高潮——元妃省亲

# 第一章 家族势力振兴的高潮——元妃省亲

　　元妃省亲是贾府继荣、宁二公鼎盛时代之后贾府衰落过程中的一次政治中兴事件,是清二知道人眼中的"如树之秀而繁荫葱茏可悦,梦之夏也"[①],是《红楼梦》的第一个高潮事件。它发生在小说第十六至第十八回,核心人物是元春,由元春晋妃、试才题对额与元妃归省[②]三件喜事之情节链构成,与秦可卿丧礼(第十三至第十五回)这一丧事互为映衬,共同凸显出贾府烈火烹油、鲜花着锦的鼎盛气派。越是这种赫赫扬扬的场面,越能与贾府后来的衰败形成鲜明对比,凸显出此书的政治主题与社会意义。

---

① 清朝的二知道人在《红楼梦说梦》中提出"红楼四时气象"的观点。原文如下:"前数卷铺叙王谢门庭,安常处顺,梦之春也。省亲一事,备极奢华,如树之秀而繁荫葱茏可悦,梦之夏也。及通灵玉失,两府查抄,如一夜严霜,万木催落,秋之为梦,岂不悲哉! 贾媪终养,宝玉逃禅,其家之瑟缩愁惨,直如冬暮光景,是《红楼》之残梦耳。"见一粟编《古典文学研究资料汇编·红楼梦卷》,中华书局1963年版,第84页。
② 《红楼梦》己卯本与庚辰本是将"试才题额"与元妃省亲合为一个回目来写的,其他版本如甲辰本、程甲本、程乙本等则分为两个回目,即第十七回与第十八回。

# 第一节　元妃省亲高潮艺术

每一个故事高潮的到来，都不是平地起雷，陡然出现的。它总要有开端、有铺垫、有发展，在矛盾冲突最激烈、核心人物形象最饱满、主旨最鲜明的时刻，才会将故事推向高潮，从而最大限度地调动读者情绪。高潮之后，小说也不会戛然而止，而是放缓或加快后续影响，使故事富有节奏性，从而增强整个故事的厚重感。元妃省亲的故事即按照这种方式，在高潮到来之前，小说通过层层铺叙，来渲染该事件的不同寻常；高潮中，则通过凸显所有参与人的反应态度以写出元妃省亲的性质不过是一场"虚热闹"；高潮后，通过该事件对其他高潮的影响，来写元妃省亲对整个贾府甚至四大家族的重要性。

## 一、省亲前层层铺叙

元妃省亲是继秦可卿丧礼之后，小说为彰显贾府泼天富贵、赫赫豪势的一个大事件。作者惨淡经营，层层铺叙，运用预叙法、截法、岔法、避难法等写作技巧，在情节安排上灵活穿插各种关目与细节，急缓交错，详略得当，使小说达到了虽千头万绪但始终合笋贯连，并无一丝一毫斧凿痕迹。

第一，以预叙手法进行预告。第一次提及贾元春即将省亲的事发生在第十三回。该回将秦可卿作为贾府现实中第一个清醒的预言者，用托梦的方式，预示贾府即将有一件天大的喜事。之所以说秦可卿是一个清醒的预言者，是因为她注意到"登高必跌重"的危险。小说第五回提及荣、宁二公的亡灵曾注意到贾府后继无人的现状，但荣、宁二公的警醒更多的是为了反衬宝玉对情与色的执迷不悟。秦可卿托梦，一方面是作者对封建贵族永世长存的深刻怀疑，是对于现实人生的思考，意在提醒人们百年望族也要尽早为将来考虑，另一方面也是对下文元妃省亲的预告。《红楼梦》是一部悲剧小说，贾府之人沉溺在享乐、敛财、陈情中，倘若贾府从一开始就寻求永葆无虞的方法，《红楼梦》也就不再是一部悲剧小说。所以，当秦可卿建议后，凤姐对她的忠告并未引起警觉，而是直接问有什么喜事，这说明小说接下来的重点将是通过这件喜事来反衬贾府后来的破败之象。

第二，用始料不及之法来简化省亲前宫廷与贾府琐碎的预备工作。这日正是贾政生辰，荣、宁二府之人相聚庆贺，场面极其热闹。忽然，六宫太监夏老爷降旨宣贾政去临敬殿陛见。这个夏老爷真是应了谐音"吓老爷"，他的到来令贾赦等人吓了一跳，原本热闹的寿辰氛围也一下子冷清下来，贾府赶紧止戏文、撤酒席。小说先以降旨截住贾政生日，后文又用五个如何，即"贾母等如何谢恩，如何回家，亲朋如何来庆贺，宁荣两处近日如何热闹，众人如何得意"（第十六回），将省亲前的热闹简略交代，省去诸多笔墨，避免拖泥带水，直接进入元妃省亲的话题。

第三，以"横云断山"之法，为省亲之事不断增加新的因素。"横云断山"是古典章回小说常用的叙事手法。它是指在一个完整的故事中，不断插入另一情节、变换场景，意在扩充小说信息量、完善各情节的连续性。又名"穿插法"，指在推进小说主干情节发展的同时，插入其他故事、人物，而这些故事与人物或成为交代主干故事的背景，或为皴染人物的性格特点而设。"横云断山"之法，既保持了主体故事线索的完整性与连贯性，又使章节富于变化，增强了小说艺术的感染力。"横云断山"之法增加的新因素，既是元妃省亲情节链中的必要环节，同时，又是展现小说人物关系、各自形象以及勾连全书主旨的有机组成部分。

按照事情发展的逻辑顺序而言，贾政受旨、贾母谢恩、众人准备后，接下来应该就是盖园子以及元妃省亲。然而，小说情节为避平直之嫌，只写到元春才选凤藻宫、贾府阖府欢庆后，就以"横云断山"之法，插入智能儿逃跑、秦钟病重、秦业死亡，岔开元妃事件，引出贾宝玉对省亲之事的漠然态度。恰恰是植入秦钟一事，既使小说保持了"一回两事"的整体写作模式，同时又在文势上达到"有如歌急调迫之际，忽闻戛然檀板截断"（甲戌眉批）①的艺术效果。

紧接其后，小说插入贾琏护送黛玉归来一事。该事看似与元妃省亲无关，实际上从赵嬷嬷讨情说南巡、修建大观园、省亲时候的赛诗来看，贾琏与黛玉二人在贾府这种大事上是不可缺少的人物。首先，正是因为元妃省亲，贾琏才要昼夜兼程往回赶，从而导出赵嬷嬷以贾琏乳母身份求人情一事，暗示着贾府治家用人上的弊端。而黛玉回贾府才令宝玉高兴起来一事，则反衬出贾府众人对元妃省亲一事的追捧、欢笑，体现出宝玉对荣华富贵的不屑，这也是小说第一次在此提及宝玉在众人眼中的呆意。黛玉归来，方可在元妃省亲时的作诗娱乐上与薛宝钗一争高下，最后牵涉出元妃对待宝玉婚事的态度。

对于省亲如此重大的事情，凤姐作为荣国府内外事务的实际操控者，是不可或缺的人物。为此，小说又由贾琏引出凤姐。办理过秦可卿丧礼这种超级大规格的丧事，凤姐在办大事上经验更加丰富。所以，从这一点而言，协理宁国府是凤姐办理元妃省亲的热身行动。操持省亲一事，凤姐少不了要找些助手，而这个人又必须是与琏、凤来往密切之人。还有一点要注意，元妃省亲是小说围绕着荣、宁二府的兴衰，与社会政治直接相关的大事件。这里面既"将真事隐去"，具有"史笔"的不写之写特点，"借省亲事写南巡，

---

① ［法］陈庆浩编著：《新编石头记脂砚斋评语辑校（增订本）》，中国友谊出版公司1987年版，第269页。

出脱心中多少忆惜（昔）感今"（第十六回回前总批）①，又有遵循现实主义创作原则下的高度艺术化特色。所以，这个人选还要见过大世面、大阵仗。如此说来，赵嬷嬷是再合适不过的人了。其一，贾府历来十分看重辈分又尊敬老者，作为贾琏乳母的她，自然与琏、凤过从密切；其二，她会做人，不拿大，虽然在小说中只出现这一次，但仅从她执意不肯上炕与贾琏、凤姐平起平坐吃饭以及说话口气可以看出来，她并不像宝玉的奶妈李嬷嬷以及迎春乳母那般倚老卖老来辖制主子；其三，她又见过太祖皇帝仿舜帝南巡的盛典。综合这三个要素，由她引出省亲增加了小说的真实性。而写赵嬷嬷，又必须先写贾琏，所以小说在写完宝玉的漠然态度后，穿插进贾琏护送黛玉归来，通过贾琏带出凤姐，再由夫妻二人话家常，体现凤姐的强势，为赵嬷嬷出场准备，进而由赵嬷嬷讨差事，引出省亲话题。

贾元春贵为帝妃，回贾府省亲，贾府自然须有与之高贵身份相配的优雅环境。这里小说简略提及周贵人、吴贵妃等人的省亲行为，最直接的表现是，其家为其建造一座省亲园子。所以元妃省亲也要有这样一座园子。小说为凸显元妃省亲园子规模之大，几乎调动了贾府上下所有男丁。贾琏作为贾赦之子、凤姐之夫，是小说用墨较多的人物。所以，小说设置林如海丧事要赶在元妃省亲前，以此尽可能地让更多的人物参与进来。在赵嬷嬷与凤姐说到昔日南巡盛况时，又引出贾蓉、贾蔷为省亲下姑苏聘请教习、采买女孩子等诸事。凤姐顺势将赵嬷嬷的两个儿子安插进贾蔷的队伍中来。

上述人员安排、修建庭院完工后，对于皇家妃子落脚之地，贾政等人自然不敢怠慢，须巡检一番修建成果，同时熟悉、布置一下省亲路线。于是曹公以特写之叙事手法，推动故事情节转场。若平铺直叙路线安排，未免琐碎烦冗。所以小说在此处接续秦钟之事，说明宝玉因之伤心过度，在贾母的

---

① ［法］陈庆浩编著：《新编石头记脂砚斋评语辑校（增订本）》，中国友谊出版公司1987年版，第267页。

支持下进园散心，贾政忙于布置省亲任务，这样才有了试才题对额一节。试才题对额既凸显出宝玉与贾政价值观上的矛盾冲突，为小说第二个高潮宝玉挨打埋下伏笔，同时又将大观园的概貌摹写出来，凸显出大观园规模之大，进而点明贾府在元妃省亲一事上耗费巨大，侧面彰显省亲一事排场之大，也为后文元妃感慨奢华太过做了铺垫。

综上，秦可卿托梦；贾政临时被召入宫中；周贵人、吴贵妃省亲盖园；以贾赦、贾政、贾珍、贾琏、凤姐等为核心，几乎调动阖府上下所有男丁女将，忙乱不堪；大观园试才从侧面写出省亲别墅的格局之严整、规模之大、装饰之华美，可见贾府为建造省亲别墅用心、用力、用财之大……这些内容，环环相扣，层层推进，在延长元春晋封与贾府准备省亲的情节中，既扩充了小说容量、丰满了人物形象、凸显了主题，也增强了文势的跌宕起伏感、韵律感与节奏感，所以庚辰眉对此评曰："一回离合悲欢夹写之文，真如山阴道上令人应接不暇，尚有许多忙中闲，闲中忙，小波澜，一丝不漏，一律不苟。"[1]

## 二、省亲中悲喜交集

相比省亲前小说通过穿插各种带有浓厚生活气息的插曲，省亲过程中几乎没有插曲，按照时间顺序，辅之以移步换景之法，从元妃出宫前的巡查准备、贾母等众人不耐烦的等待，到元妃下舆更衣、抬舆入府、登舟赏景、入室行家礼、大开庭宴、题额评诗、听戏赏赐，最后到请驾回銮，将这种荣耀的省亲活动娓娓道来，一丝不乱。在这种非凡的热闹中，小说又通过元妃等人的眼泪，时刻在提醒着这场省亲的悲凉意味。如果说中间众姊妹题诗、元妃点评是元妃省亲欢乐的高潮，那么，执事太监启奏"时已丑正三刻，请

---

[1] ［法］陈庆浩编著：《新编石头记脂砚斋评语辑校（增订本）》，中国友谊出版公司1987年版，第334页。

驾回銮"（第十八回）那一刻，便是不胜悲戚的高潮。正是错违不得的皇家礼仪制度，才使无比热闹的省亲活动章法不乱；而章法不乱带来的结果便是众人的小心拘谨不得出错、人情寡淡之下的各种客套，所以才有了众人的眼泪。那么小说是如何将这种冷热相参的情景突显出来的呢？

第一，在隆重中彰显森严的皇家规范。作者对于省亲中何处更衣、何处燕坐、何处受礼、何处开宴、何处退息，贾府之人何处退、何处跪、何处进膳、何处启事等问题，一丝不苟地描摹出来。对起驾、迎驾、参见、观景、放赏、赐宴、题额、评诗、回銮等事件的描写，笔触精到，具体细腻。尤其是关于仪仗的描述，更是安排细致，高度写实，对此，庚辰本夹批点评曰："雅（难）得他（写）的出，是经至（过）之人也。"[1] 先是一个太监骑马来报；接着传人一担一担地挑进蜡烛来，各处点灯；点完蜡烛后，一阵跑马声，十来个太监喘吁吁不出声音，只拍手；半日静悄悄后，一对红衣太监骑马缓缓走来，直至十来对太监；紧接其后，是一对对龙旌凤翣、雉羽夔头，焚着御香的提炉，一把曲柄七凤黄金伞，太监捧着的香珠、绣帕、漱盂、拂尘等。一队队过完后，方才出现八个太监抬着金黄绣凤版舆。从这段描写仪仗的数量词、副词以及太监人数、动作、神情、服色、站立方向等，便可看出元妃出场之雍容华贵。只是这种礼仪化、程式化的皇家规范，最后就变成了形式化，没有了人情味。

第二，在热闹中通过各人的动作、话语及神态，透出一股悲凉。热热闹闹的省亲活动，登舟赏景，又是作诗听戏，又是开宴赏礼，整个过程轰轰烈烈，鼓乐不歇。然而，"君门一入无由出，唯有宫莺得见人"[2]，十几岁就进宫做女官的元春，一路摔打攀爬，历尽万般艰辛，晋封为妃，其中的悲酸滋

---

[1] ［法］陈庆浩编著：《新编石头记脂砚斋评语辑校（增订本）》，中国友谊出版公司 1987 年版，第 318 页。

[2] （唐）顾况：《宫词》，载（清）彭定求等编《全唐诗》卷二百六十七，中华书局 1960 年版，第 2971 页。

味大抵也只有她自己最了解。小说在此无一字讽刺皇家的冷酷，也未提及皇宫莺忌燕妒、你死我活的斗争，然而我们仍能从行文中找到鞭挞皇宫无情的蛛丝马迹。深处皇宫的元妃，千盼万盼终于见到阔别已久的亲人，在行家礼场合下"心事满腹道不得，佯装欢笑掩啼痕"[①]，只能"满眼垂泪"，挽着贾母与王夫人，"三个人满心里皆有许多话，只是俱说不出，只管呜咽对泣"（第十八回），这一刻，多少悲欢，都化作行行泪、深深怨。隔帘见父时，元妃再次提及自己宫中的幽闭之怨，"今虽富贵已极，骨肉各方，然终无意趣"（第十八回）。从这几点上看，小说在此处达到了客观性与倾向性的统一，表面是一派和谐团圆气象，却透露出浓浓的宫怨之情。

## 三、省亲后牵引出更多"虚热闹"

元妃作为贾府最大的政治靠山，她的命运直接关乎贾府的命运。省亲，应是她这一生中皇恩最浩荡的时刻。元春在"金陵十二钗"中位列第三，可见其地位之重要。或许因清康雍乾时期的文字狱正炽，元春行止关涉皇家政治，所以相较其他诸钗，她直接出场次数不多，前八十回似乎只写她"榴花开处照宫闱"（第五回），后四十回则是"虎兕相逢大梦归"。大多数时候，小说以太监勒索作为影子，侧面描摹元妃的沉浮人生。此刻的她就像一只大雕，羽翼丰满有力，将整个贾府保护在她的翅膀中，为贾府带来富贵风流。省亲之后，小说通过第十九回赐糖蒸酥酪，第二十二回制灯谜，第二十八、二十九回设醮求平安，以体现元妃的得势状态。自第二十八、二十九回之后，小说鲜少提及元妃的消息，而这时候贾府紧接着就发生了宝玉挨打事件。元妃与宝玉虽为姐弟，犹如母子，对宝玉挨打这种事应该会有耳闻。然而小说并未提及元妃对此事的态度。这或许可以说明清虚观打醮暗示着元妃

---

① 张锦池：《红楼十二论》，百花文艺出版社1982年版，第290页。

切实感受到了皇权的冷酷，是元妃被冷落的预兆，或者说是元妃势力由盛转衰的转折点。再者，第二十二回元妃的灯谜"炮仗"是一哄而散的象征，带有浓郁的凄凉色彩，令贾政甚觉不吉祥。"炮仗"极绚烂，又极短暂。它既是元妃未来命运的暗示，也是对贾府奢华作风的一种警告。清虚观打醮是元妃的旨意，目的是献供跪香拜佛，似乎是在暗示元妃在向神佛祈祷，祈祷她能永葆恩宠、祈祷贾府能够立世百年。然而，元妃逐渐失势，必然导致贾府不断滑向衰败的深渊。前八十回中，自第二十八、二十九回之后，除第七十回写元妃派小太监为探春寿辰送几件玩器、第七十一回为贾母大寿送贺礼外，并未再讲述元妃与贾府直接的交流，取而代之的却是宫里太监向贾府勒索的"外祟"。元妃认为皇宫是"不得见人的去处"（第十八回），省亲中一再洒泪，并声称向往田舍之家的天伦之乐，当下虽为贵妃，"骨肉各方，然终无意趣"（第十八回），可见，元妃渴望回到贾府，与贾府多多联络。而第二十八、二十九回之后，元妃与贾府的联络次数愈加稀少，由此或可推断，元妃在宫中日子并不好过。续书再提及元妃，则是第八十三回染恙、第八十四回病愈，以及第九十五回薨逝，完整交代出元妃的线索。需要注意的是，作为四大家族政治势力的重要组成者，同样牵涉四大家族的兴亡的还有王子腾。若说元妃得势与失势为政治兴衰的主线、明线，那么王子腾的升迁便是副线、暗线。《红楼梦》第四回借薛蟠官司一事点明担任京营节度使的王子腾升为九省统制，第五十三回点明王子腾升为九省督检点，第五十五回又借探春之口点明王子腾升为九省检点，第九十五回王子腾升了内阁，第九十六回就半路暴病而亡了。

总体而言，在如此奢华、浩大的省亲活动结束后，小说从以下几方面来写其后果及影响。

### （一）力倦神疲，耗费巨大

元妃省亲带来的直接后果之一，是使得整个贾府力倦神疲，耗费巨大。

元妃省亲本是贾府权势滔天的标志事件，曹公却否定了这种以"势"补天的做法，甚至还以讥讽的口吻，指出这种省亲不但将贾府弄得人困马乏，还使贾府陷入了更大的经济亏空。作者的这种否定态度一则在省亲前通过赵嬷嬷之口表达出来。赵嬷嬷对凤姐谈及江南甄家接驾一事，态度则是"也不过是拿着皇帝家的银子往皇帝身上使罢了！谁家有那些钱买这个虚热闹去"（第十六回），表现出揶揄调侃之态。省亲中，贾府上下为了这个"虚热闹"，"益发昼夜不闲，年也不曾好生过的"（第十八回）。作为故事的核心人物元妃，从省亲开始，她就默默叹息奢华靡费，回銮前的最后一句话也是"万不可如此奢华靡费了"（第十八回）。元妃的叹息、叮咛，其一，因为深居宫中的她有着一定的政治敏锐性；其二，从她与贾政的对话可以看出，元春已经意识到贾府经济上后手不接；其三，她万般叮嘱贾府对宝玉要"千万好生扶养，不严不能成器，过严恐生不虞，且致父母之忧"（第十八回）。可以说，元妃省亲时已经意识到贾府经济上后手不接、人员上后继无人的困境，这次省亲对贾府窘困的经济现状来说，无疑是雪上加霜之事。省亲后，小说则通过贾蓉之口表达省亲对贾府的不利影响。第五十三回，乌进孝来进租子时，贾蓉以略带揶揄的口吻说"再两年再一回省亲，只怕就精穷了"，也是对元妃省亲一事耗费巨大的微词怨语。对此，张锦池先生也认为："元春的晋封与加封，在政治上固然使贾府的门第生辉，但在经济上也造成了贾府的一蹶不振。"[①] 元妃省亲后，贾府更是进的少，出的多，加上贾琏常年做的流水账（如第四十四回因鲍二家的吊死花费的二百两银子）、凤姐各种对外打点（如第六十七至六十九回为尤二姐打官司而打点督察银两、各太监的打秋风行为）以及大观园所有人的花销，贾府经济上愈加捉襟见肘。

---

① 张锦池：《红楼十二论》，百花文艺出版社1982年版，第292页。

## （二）享乐之风空前盛行

元春以牺牲自己为代价，使贾府与皇家的关系更进一步，延缓了贾府衰败的速度，是贾府由衰转盛再转衰的转捩点。如果没有元妃，贾府按照为秦可卿治丧的耗费方式继续生存下去，那么很快就会掉入败落的深渊，小说后续情节也就没有了发生的可能。正是元妃的得势，贾府之人有了更大的活动空间与更长的享受时间。从这一点而言，元妃省亲拓展了小说的表现空间，为丰富小说后续人物形象提供了条件。元妃省亲后，贾府人开启了各自的人生景致。首先是贾政，因为元妃之事，政务上更加勤勉，擢升为学差，为贾府政治的稳定再助一力。其次是贾赦、贾珍、贾琏、贾蓉相类之人，开始了各种享乐行为。这里仅选两例来展现这些人的奢靡享乐。元妃省亲过后，整个贾府尚在劳乏之中，独贾珍在家大摆排场，妖魔神鬼之戏尽出、锣鼓喊叫之声甚嚣，整个娱乐场面甚至到了热闹不堪的地步！主子如此，下人们忙里偷闲偷腥、或赌或饮者也愈加大胆。茗烟作为宝玉的贴身小厮，竟然大着胆子青天白日里勾引小丫头万儿在宁国府干起了风月事。从上至下，贾府男性的淫棍、赌徒形象愈加明显，几乎都陷入了突破道德底线的狂欢之中。

与贾府男性淫乐行为不同的是，贾母、王夫人、凤姐等女眷之乐则表现在吃、喝、玩三个方面。这一点在第四十至第四十一回写贾母两宴大观园众人上表现得十分突出。贾母带着刘姥姥及贾府女眷，又是水上听戏，又是吃茄鲞，又是品茶，又是摸牌。可以说，借助刘姥姥进大观园，写出了以贾母为首的上层女眷多样的享乐方式。

与贾府其他人享乐方式不同的是，搬进大观园的众姊妹开始不断展露诗才。这一点，与元妃密切相关。"素乏捷才，且不长于吟咏"（第十八回）的元妃，却是诗意生存方式的提倡者，是小说吟诗唱情的开端。元妃省亲前，小说尚未提及贵族家庭生活中的吟诗作乐行为。省亲后，姊妹们开启了诗酒雅集生活，如小说多次提及诗社活动，海棠诗社、咏菊花、螃蟹宴等，都是少男少女吟咏生活的写照。

### （三）叙述主轴线转向宝黛爱情

元妃省亲的另一结果便是扭转小说叙述重点，由家族兴衰为主转为以梦幻情缘为主。第十三回秦可卿曾托梦给凤姐，说省亲这种隆恩，"也不过是瞬息的繁华，一时的欢乐"（第十三回），所以省亲过后，鼎盛成为过眼烟云，在家族兴衰主轴线上，贾府继续走下坡路。在梦幻情缘主轴线上，因为大观园的存在，为宝黛爱情的萌生提供了环境，小说接下来的叙述重点转到爱情主轴线上，家族兴衰线成为副线。其间在王子腾擢升九省督检点（第五十三回）的大背景下，小说迎来了第三个高潮祭宗祠开夜宴，家族兴衰线再次成为主线，后又转为副线，直至元妃病逝之前，小说叙述主轴线才又转到家族兴衰上来。按照第五回《恨无常》曲子的内容"故向爹娘梦里相寻告：儿命已入黄泉，天伦呵，须要退步抽身早"推断，元妃薨逝时应给贾政托过梦，由此与秦可卿托梦前后照拂，以绾结家族兴衰线。正是因为元妃病逝，贾府失去政治保护伞，衰落很快到来，所以后四十回将贾府抄家置于元妃薨逝之后。

### （四）影响宝、黛、钗关系

这一点要从元妃省亲时作诗的表现说起。关于元妃的诗才，己卯本评曰："诗却平平。盖彼不长于此也，故只如此。"[①] 令人疑惑的是，元春之所以成为元妃，是依靠其才，这一点，第二回冷子兴所言"现因贤孝才德，选入宫中作女史"以及小说第十六回标题"才选凤藻宫"都可作为例证。并且，元妃的封号是"贤德妃"。小说中冠以"贤德"二字者为宝钗与袭人，

---

① ［法］陈庆浩编著：《新编石头记脂砚斋评语辑校（增订本）》，中国友谊出版公司1987年版，第324页。

均微露讥讽之意。或许从这一点，我们可以大胆推测元妃的性格与宝钗、袭人相似。人们总是喜欢与自己很像的人即三观相近的人交往，如此方可有更多交流。如贾母溺爱宝玉的原因之一就是宝玉像荣国公（第二十九回），再比如宝玉与黛玉最投脾气也是因为二人价值观相近。所以，元妃应该更欣赏宝钗，更支持弃黛拥钗的立场，第二十八回端午节赏礼之别便是小说直接点明元妃态度的一次。该回茜香罗与红麝串暗伏袭人与宝钗婚姻，而袭人腰系茜香罗是无心为之，宝钗手戴红麝串则是有意如此，这就为最后黛死钗嫁的高潮事件埋下伏笔。

## 第二节　元妃省亲在全书中的意义

作为《红楼梦》中的首个高潮事件，元妃省亲在全书中的意义重大，紧密牵涉全书其他高潮的设置及发展。这主要表现在三个方面。

### 一、高潮内涵：以"势"补天的高潮

元妃省亲事件本身是所有高潮事件中以"势"补天的高潮。《红楼梦》的起点便是贾府已处于末世，内囊即将耗尽，为此，小说开篇便以女娲补天的遗石为引子为小说蒙上一层神幻色彩，紧接着在第二回通过冷子兴之口道出贾府是一个已历五世的贵族，参照望族存亡的历史周期律以及现状，贾府已到了生死存亡的关键时刻，但偌大的贾府此时仍沉浸在酒色财气的欢乐中，就连带有荣、宁二公影子的贾宝玉同样沾染了纨绔子弟的习气，所以亟须"补天之人"出现，这也可看作秦可卿丧礼之后，小说紧接着就设置元妃省亲情节的原因。还有一个原因，宝玉经过警幻仙姑"情"的警告，仍未觉悟，与秦钟等人厮混度日。既然在"人"上无法得到突破，那么此时只能在"势"上打开通道。《红楼梦》的后续故事若要继续，就需要添加使贾府势力上中兴的动力[①]情节。小说开头便写本书人物中有着异样风采的是女孩子，要为闺阁女子立传，那么按照嫡庶地位、辈分排行、与宝玉关系之远近等因

---

[①] 有关《红楼梦》"叙述动力"的研究，可参见王彬《红楼梦叙事》，人民出版社2014年版，第236—275页。

素考虑，元春这个人物成为故事继续发展的新动力再合适不过，元妃省亲是整部小说不可切割的一部分。元妃是擎起小说"补天"思想的支撑者，是补贾府之天的顶梁柱。如果说元妃在政治上为贾府"补天"，试图使贾府能够重振山河，那么第五十六回探春理家则是以"财"补天，即在经济上开源节流为贾府"补天"。然而，从改革范围（大观园）、改革对象（大观园内的花圃、众小姐丫鬟的花销等）、改革成效（初期得到了众多婆子们的支持，一阵短暂的欢乐后，很快就出现了"嗔莺咤燕""召将飞符"等多重矛盾）来看，探春理家虽然遵照"施惠须从疏而贱者始"[①]的原则，仍然无法从根本上解决贾府的诸多宿弊，尤其是经济入不敷出的难题。元妃省亲相比探春理家，无论政治社会影响、参与人员人数与地位、对整个贾府的发展走向而言，都要广泛而深远得多。然而，依靠皇家权势来挽救贵族大家的命运，在作者看来，也是徒劳的，仍然无法避免衰落的宿命。

## 二、高潮拐点：由"风月宝鉴"向"红楼故事"过渡

元妃省亲是小说由"风月宝鉴"主题向宝黛爱情与贾府兴衰主题的过渡。这里，不得不提及成书与书名的问题。《红楼梦》曾名《风月宝鉴》，甲戌眉批注曰："雪芹旧有《风月宝鉴》之书，乃其弟棠村序也。今棠村已逝，余睹新怀旧，故仍因之。"[②] 此处暂不枝蔓《红楼梦》与《风月宝鉴》之关系，只谈"风月宝鉴"故事在元妃省亲前的痕迹。概括起来讲主要有甄英莲与冯渊、薛蟠的故事，有贾瑞与凤姐的故事，秦可卿与贾珍的故事，秦钟与宝玉的故事，宝玉与袭人的故事，贾琏与凤姐的故事等。这些涉及风月的故事中最重要的要属秦可卿与贾珍的故事了，因为他们的故事引出秦氏亡

---

① 萨孟武：《〈红楼梦〉与中国旧家庭》，北京出版社 2016 年版，第 172 页。
② ［法］陈庆浩编著：《新编石头记脂砚斋评语辑校（增订本）》，中国友谊出版公司 1987 年版，第 12 页。

故，再牵出秦可卿丧礼。而作者设置了秦可卿丧礼这一事件，主要是用来暴露贾府存在致命性质的两大问题：奢华太过与乱伦无耻。为体现奢华，小说通过贾政之眼看秦可卿丧礼是"已越祖制"，又通过权势上仰仗太监戴权卖官鬻爵、北静王爷路祭等情节体现贾府的社会地位之高；乱伦无耻方面，虽然小说通过秦可卿丧礼与贾瑞之死一再提醒淫乱致命的危险，然而贾府之人尚未警醒，而是一如既往地沉醉于色欲中，元妃省亲后小说紧随其后提及茗烟的风流韵事，可以说贾府后来的伦理道德问题都是对秦可卿之死暴露出来的问题的延续与拓展。但是，我们会发现风月故事渐渐成为辅笔，成为一带而过的事，无论是谈及贾琏与鲍二家的、贾珍与二尤、贾琏与尤二姐等有违道德的两性关系时，还是谈及小红与贾芸、龄官与贾蔷、司棋与潘又安、尤三姐与柳湘莲等青年人的爱情时，小说去淫化的倾向非常明显。倘若小说仅停留在对伤风败俗、道德堕落之层面的披露，那《红楼梦》就成了第二部《金瓶梅》，艺术内涵与价值将大打折扣。为此，元妃省亲高潮过后，小说转向宝黛爱情与凤姐治家带来的一系列问题的主题上，从而凸显作者对"末世"之因的思考。

## 三、高潮影响：成为后续高潮事件的必要条件

元妃省亲是时任皇帝"以孝治天下"的体现。对"孝"的追求，也串联起后续高潮事件。如宝玉挨打是体现宝玉对贾政的不孝；祭宗祠开夜宴关涉家族和谐，是体现子弟们对祖宗先烈的孝；抄检大观园是体现贾宝玉对王夫人的不孝；黛死钗嫁是体现宝钗等人对贾母的孝；贾府抄家是体现众子弟对贾母的不孝。同时，该事件为后续其他高潮事件的发生提供了必要条件与土壤，奠定了一定的社会关系。首先，元妃省亲题匾额展露出以宝玉为代表的新生力量与以贾政为代表的家长在思想层面上的多重矛盾，省亲后宝玉搬进大观园，使宝玉最大限度地摆脱贾政等家长追求功名富贵的催逼。宝玉开

始放开自我的本性，真正成了"富贵闲人"，日夜放纵于与众姐妹玩乐的青春中、放荡于与园外琪官等相交欢愉的场景里，日益走向纨绔子弟行列，最后在淫辱母婢的导火索下爆发了小说的第二大高潮宝玉挨打。其次，元妃省亲为贾府博得了无上荣光，贾府男性们高乐、炫耀的本性暴露无遗，做事交友不计长远，对祖公恩德的糟蹋达到了极致；贾府女性或贪利徇私，或溺爱纵容，或冷眼旁观，对贾府男性的行为习以为常。相比散发着浓浓帝王气息的元妃省亲，小说设置了体现贵族内部应有的豪华派势的祭宗祠开夜宴高潮，是整部小说由喜转悲、由盛转衰的分水岭。再次，元妃省亲建造了与世俗世界、神仙世界相对的理想世界，或者叫诗意世界，即大观园，为充满纯真情感的少男少女营造了较为纯洁的环境，所以诸钗才有了更多的交流机会，伴随着元妃的失势，大观园也就失去了保护的屏障，世俗世界不断对其打压、破坏、剿杀。当这种破坏力达到一定程度，在绣春囊事件的引爆下，小说设置了贾府人自杀自灭的丑行，即抄检大观园高潮，为后四十回两大高潮的到来铺叙力量。此外，元妃省亲对宝玉与黛玉、宝钗、湘云、妙玉等的关系的进一步发展提供了良好的生活环境，尤其宝玉与黛玉的住处相近，二人的感情步步升温。又因元妃的态度以及王夫人、薛姨妈的左右，宝黛爱情"如梦如幻如泡如影"①，自由爱情被禁锢与扼杀，众多女性的悲剧不可避免。最终，在贾府衰败的大形势下，"金玉良缘"战胜了"木石前盟"，小说后四十回设置了黛死钗嫁的高潮。最后，元妃省亲营造的海市蜃楼、"虚架子"，既使贾府众人欺人仗势之气焰有增无减，种种矛盾积重难返，东拼西凑寅吃卯粮，又因奢华几乎压垮贾府的经济承受力，第五十三回乌进孝交租、第七十二回贾母筹金过寿是例证，又如前六十回贾母吃饭总是摆满各种珍贵美味，到第七十五回贾母的饭菜已出现饥荒之象，物质匮乏可见一斑。

总之，元妃省亲无论从家事还是政事上来看，对贾府都是一个大事件，

---

① （清）黄宗羲：《明儒学案》卷二十四，清文渊阁四库全书本。

尤其在政事上，延缓了贾府衰败的速度。省亲是大事也是喜事，然而作者寓悲于喜，省亲过程看似繁花似锦、热闹非常，但省亲过程中众人小心谨慎、情感矜持的行止，又给人压抑之感。这使得省亲前阖府众人的希望、兴奋与省亲中压抑的氛围形成强烈反差，从而形成礼仪化的省亲与贾府心理期盼之间的巨大落差。"元妃省亲"奠定了贾府人人事事"登高必跌重""盛极必衰"的叙事基调，暴露出靡费与生计难题。之后，小说的几大高潮都是以"福祚难长""盛极必衰"为底色。也就是说，该高潮事件所暗示的末世信息、萦绕的悲凉氛围与其他高潮事件中的悲凉氛围相统一，这就将小说的悲剧精神融合起来。元妃省亲对整部《红楼梦》高潮情节的设置而言，是个开端，影响了整个故事的大致走向，影响了小说人物的命运走势。同时，该事件体现着作者对百年望族以及整个封建时代必然走向灭亡的思考，深化了整部小说的重大社会主题。而这，正是这部文学巨著的巨大价值所在。

第二章

世俗与脱俗冲突的高潮
——宝玉挨打

第二章 世俗与脱俗冲突的高潮——宝玉挨打 | 085

　　宝玉挨打发生在小说第三十三回"手足眈眈小动唇舌 不肖种种大承笞挞"，无论从事件本身、父子关系脉络等微观层面，还是从整部《红楼梦》的布局安排、人物形象、主线贯串、主旨彰显等宏观层面看，宝玉挨打都称得上小说的高潮事件，是《红楼梦》中最夺人心魄的重要事件之一。因该事件前后牵涉复杂，故本文先以图表形式来说明宝玉挨打原委，然后一一分析之。宝玉挨打的前因后果大致如图3所示：

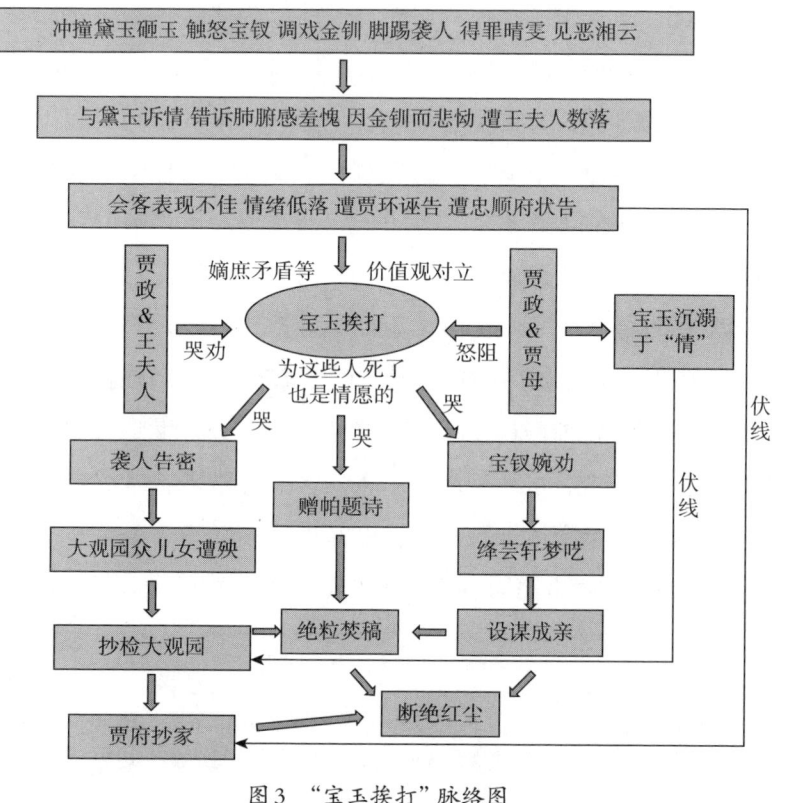

图3 "宝玉挨打"脉络图

从图3可知，宝玉挨打一事与众多事件密切关联，其间，层层风波、种种枝节，好比《老残游记》里的王小玉说书，愈说愈密，愈密愈紧。它不仅直接反映了贾政与宝玉父子两种价值观的对立，而且再现了王夫人哭劝、贾母怒阻、众姐妹悲戚的鲜活场面，同时引出黛玉、宝钗、袭人等人的情节，并为后文抄检大观园、贾府抄家、断绝红尘等事件的发生设下伏线。那么，小说究竟是如何集中描述宝玉挨打场面的呢？该事件是如何在父子线及小说主旨、主线、人物形象中制造高潮的呢？下文将以"点—线—面"的方式展开论述。

往哲前贤有关宝玉挨打的论述，鲜有涉及"索隐"与"考证"的内容，而多从文本分析入手。如清人王希廉的观点，在二百多年后的今天，仍为真知灼见。他注意到宝玉挨打的"伏笔"艺术，认为"蒋琪置买庄房，已伏后来娶袭人事"，"马婆魇魔，衅起生彩霞，宝玉几死于鬼；贾环搬舌，祸由死金钏，宝玉几死于打。其实皆赵姨所致，是后来结果案据"，"焙茗向袭人所说……为下回薛蟠剖辩地步"。[①]哈斯宝则注意到了小说艺术真实的特点，认为"几乎忘其虚构，当作真事"，并指出"写贾政，活龙活现写出一个气急败坏的父亲。写王夫人，逼真勾画出一个疼子心切的母亲。尤其老夫人，写得同老婆子毫无二致"[②]。

查阅中国知网，1954—2019年，有百余篇专论宝玉挨打的文章，且这些文章，尚有承其脉而扬其波者。研究类型大致可分为两类：一类是对宝玉挨打叙事艺术的探究，这种探究多从蓄势笔法、余波影响、人物对话结构等展开；另一类是对宝玉挨打的主题思想的研究。

第一类者，如学者高国藩认为王夫人的骂声"下作小娼妇儿"与宝玉

---

[①] 徐复初编：《红楼梦附集十二种》，知识产权出版社2012年版，第102—103页。
[②] （清）哈斯宝：《〈新译红楼梦〉回批》，内蒙古人民出版社1979年版，第56—57页。

挨打要表达的主题思想紧密相关[1]；梁彩琴强调贾政五种情绪的递变为宝玉挨打做了充足的蓄势准备[2]；王德福从袭人、宝钗、黛玉三人与宝玉的对话用语的不同出发，认为袭人更关注宝玉的肌肤之痛、宝钗更关注宝玉挨打的原因及合理性、黛玉更关注宝玉的心灵情感[3]；白先勇从袭人与蒋玉菡关系的角度，认为袭人被踢是在负担贾宝玉肉体上的重量，第三十三回为蒋玉菡挨打，是为了了却贾宝玉肉体在尘世上最后的俗缘[4]；周宝东不但指出"荒疏学业"是宝玉挨打的根本原因、"流荡优伶"是前者的延伸、"淫辱母婢"是直接诱因，还指出宝玉挨打事件的伏笔及后续影响。[5]

第二类者，如红学家蒋和森认为宝玉挨打一节揭露的是封建统治的腐朽、残暴及内部矛盾，是对《红楼梦》反封建主题的强化[6]；梁归智认为宝玉挨打构成了情与礼的张力，是诗意思维与常规思维之间的冲突，以"万恶淫为首，百善孝为先"的价值理念为写作逻辑来推进情节发展[7]；刘敬圻认为宝玉挨打是贾政绝望情绪的极致，是主流价值期待与骨肉亲情牵绊矛盾的大爆发[8]；柴俊丽认为宝玉挨打是宝玉由少年向青年成长的转折点，也是贾府各种人物思想、情感的一次大碰撞，是贾府各种矛盾的一次上演[9]；石静通过对比贾宝玉与贾琏挨打的异同，认为宝玉不喊痛、不就医的理由是对家长教诲的

---

[1] 参见高国藩《〈红楼梦〉中的骂人语》，《固原师专学报（社会科学版）》1985 年第 Z1 期。
[2] 参见梁彩琴《〈红楼梦·宝玉挨打〉蓄势写法赏析》，《写作》2011 年第 Z1 期。
[3] 参见王德福《宝玉挨打后的会话结构分析》，《红楼梦学刊》2010 年第 1 辑。
[4] 参见白先勇《白先勇细说红楼梦》，广西师范大学出版社 2017 年版，第 261 页。
[5] 参见周宝东《细论"宝玉挨打"》，《天津师范大学学报（社会科学版）》2019 年第 3 期。
[6] 参见蒋和森《红楼梦论稿》，人民文学出版社 1981 年版，第 251 页。
[7] 参见梁归智《万恶淫为首，百善孝为先——论"贾宝玉挨打"的思想文化内涵和写作逻辑》，《红楼梦学刊》2003 年第 3 辑。
[8] 参见刘敬圻《贾政与贾宝玉关系还原批评》，《学习与探索》2005 年第 2 期。
[9] 参见柴俊丽《论宝玉挨打的叙事逻辑和矛盾冲突》，《名作欣赏》2005 年第 20 期。

感恩、对父权的遵认。①

  质言之，研究者多从探究宝玉挨打事件的起因、经过、结果及发掘该事件主题思想的角度出发，对该事件表现出来的高潮艺术尚缺乏较为全面深入的认识，这正是本章要研讨的重点问题。

---

① 参见石静《从受笞不医看〈红楼梦〉中的礼制观念》，《红楼梦学刊》2016年第2辑。

## 第一节　宝玉挨打高潮艺术

严父教子，贾政教训宝玉一事，起承转合间尽显冲突的白炽激烈、来龙去脉中饱含情绪的起伏跌宕。那么，曹公是如何牵引出宝玉挨打的高潮呢？本文拟从挨打的前奏、挨打中的众人表现、挨打后的余波，以"剥洋葱"的方式，探究《红楼梦》小说的高潮艺术。

### 一、顿挫之笔，层层造势

#### （一）突发事件紧处愈紧

夏天的一个下午，宝玉先遵贾政之命会见贾雨村，回来路上忽闻金钏跳井，至王夫人处被教训。正不知何往时，刚转过屏门，就与贾政相撞。贾政欲要训斥宝玉，忽闻忠顺亲王府来人做客。未及叙谈，忠顺府长史官冷面冷言将宝玉窝藏蒋玉菡的事和盘托出。贾政即命叫宝玉，宝玉本欲抵赖，物证已在，难以辩驳。贾政恭送长史官，令宝玉不得擅自离开。刚送走这位不速之客，忽见贾环乱跑，贾政喝令小厮教训贾环，贾环故意泄露下人跳井消息。贾政忙喝令贾琏、赖大等人来前询问，贾环忙上前阻止并告知缘由，更趁机污蔑状告金钏跳井皆因宝玉的强奸行为。至此，在如此短的时间内，突发事件接二连三、一桩一件地发生，紧锣密鼓，预示着一场暴风雨即将来临。

### （二）人物情绪躁处愈躁

夏天的这个下午，对贾府人而言，注定是一个漫长躁动的下午。宝玉的情绪起伏承接第三十二回，当他听说贾政命令自己要去会见贾雨村时，心中便有些不自在。又因史湘云在场，规劝他留意仕途经济、应酬世务，宝玉的不自在又添一层。待出门，忽见林黛玉在前面边走边拭泪，心生怜惜。情急之中，为林黛玉拭泪忘了礼数，遭林黛玉误解，脸红筋暴。林黛玉深感造次，为弥补过错，深情为宝玉拭汗。宝玉被林黛玉的行为触动，痴呆出神，掏心窝的话儿误说他人，弄得满面羞愧。之后，宝玉带着满脑子愁闷不情愿地会见了贾雨村，回来路上听到金钏自尽，被王夫人数落，五内摧伤，悲戚不已。正心情低落烦躁之际，惊遇贾政，恐慌之感袭遍全身。又想到金钏一事，只是怔呵呵状，呆若木鸡。后流荡优伶一事爆发，宝玉说着便哭了起来，又被贾政严厉斥责，再增惶悚惊惧之情。预知凶多吉少，欲搬救兵，宝玉在厅上心急火燎，偏生没个捎信儿人出现。搓手顿脚时分，偏生来了个聋婆子。至此，宝玉处在了一种极度自责、委屈、失望、焦躁、恐惧的情绪中，等待着命运最后的宣判。

贾政在这个下午，也是倍感煎熬难挨。先是因见宝玉见贾雨村时葳头耷脑，表现不佳而心生不快。后因宝玉与自己撞了个满怀，不仅失了礼教，且没有往日的精神，再添三分怒气。听闻长史官状告之辞，又惊又气。坐实宝玉与琪官有瓜葛一事后，目瞪口呆，怒火中烧。听闻下人跳井，惊讶狐疑。得知下人自尽乃因宝玉强奸未遂，贾政"气的面如金纸"（第三十三回），火冒三丈，"喘吁吁直挺挺坐在椅子上，满面泪痕，一叠声'拿宝玉！拿大棍！拿索子捆上！把各门都关上！有人传信往里头去，立刻打死！'"至此，贾政的情绪由"气"而"怒"而"暴怒"，对宝玉的不满、愤懑，甚至绝望，达到了制高点！

## （三）牵涉矛盾广处愈广

一个下午的时间，牵三挂四倒出众多事件，这些事件涉及各种矛盾。首先，宝玉与父亲二人之间价值观上的矛盾。宝玉对父亲安排与经济仕途相关的会客行为不满，贾政对宝玉的懈怠行为不满。其次，贾府主子与下人之间的矛盾。贾府向来标榜"自祖宗以来，皆是宽柔以待下人"的作风，然一旦有人触犯了贾府的利益，定将受到责罚，不是被轰出去就是被随意婚配，全无昔日情分。宝玉受笞挞之前，曾调戏金钏，王夫人为维护宝玉的名声，竟冷面狠心地逼死了金钏。然而，金钏的死，换来的只是几两银子和几件衣服，以王夫人和薛宝钗为首的主子们对此麻木不仁，并无十分伤心，而以聋婆子为代表的下人们也是持司空见惯的态度："跳井让他跳去，二爷怕什么？""有什么不了的事？""赏了衣服，又赏了银子，怎么不了事的！"再次，贾府与其他政治权势的矛盾。贾府权倾一时，与众多显赫贵族交往密切。然而，有利益就有纷争。忠顺王府便是与贾府不合拍的利益集团，贾政听闻忠顺亲王府有人来见时，第一反应是疑惑，"素日并不和忠顺府来往"，接下来并做出了"快请""急走出来""忙接""忙赔笑起身"等一系列毕恭毕敬的行为来，唯恐两家拉仇结怨。长史官的态度则是"先就说道""冷笑道""忙打一躬""冷笑道"，复又"冷笑道"，颇为仗势欺人。按照古代的爵位制度，贾府祖辈的功劳爵位曾达到过"公"的级别，然至"文"字辈时，已没落下来，贾政非科举出身，仰仗皇恩，被赐为工部员外郎；忠顺亲王的级别是"王"，比贾府的政治地位高出许多。面对这样的亲王，贾府是得罪不起的。而宝玉竟暗地里与忠顺亲王倾心的小旦琪官相厚，在贾政的立场看来，这自然是大逆不道之事。最后，嫡庶之间的矛盾。贾环是庶出，宝玉是嫡出，分别代表着贾府内部不同的利益集团。贾环为争夺贾府财产的继承权以及转移贾政此时愤怒的注意力，趁机诬陷宝玉，进一步激化矛盾，使宝玉的危险处境雪上加霜。至此，多重矛盾斩不断，理还乱，齐刷刷地展现在贾政面前，为教训宝玉敲响了警钟。

### （四）出人意料之处密处愈密

山雨欲来风满楼，小说采用"出人意料的"造势笔法，为宝玉挨打蘸足了笔墨。首先，宝玉与贾政的这次见面，既不是倒身下拜，也不是垂手侍立，竟然是"撞了个满怀"！这在贾政看来，完全违反"孔鲤趋庭而过"的礼教，如何了得！其次，忠顺亲王府抓人这天，宝玉恰恰佩戴着琪官赠予的红汗巾子，物证即在眼前，再无抵赖的余地。再次，贾环将"调戏"夸张为"强奸"，导致事态进一步恶化。最后，平时宝玉都有小厮相随，可巧这个下午落了单儿，好不容易盼来一个人，却又是个聋人，啼笑皆非地把"要紧"还偏偏听成了"跳井"。这些造势笔法，张弛相济、文情曲折，巧妙地交代出宝玉挨打的偶然性，同时，也为宝玉挨打前的紧张氛围做了层层铺垫。

综上，小说以顿挫之笔，步步深入、层层蓄势，描摹出宝玉与贾政父子间的冲突，为这顿"急、快、狠"的板子，创造了十足的条件。

## 二、痛怛之情，竭力渲染

### （一）挨打板数愈来愈多，笞挞力度越来越大

宝玉因种种不肖行为，终于倒在了贾政的棍棒之下。宝玉在挨打的过程中，先是被贾政的贴身小厮在"不敢违拗"的前提下"打了十来下"，后贾政嫌弃打得太轻，亲自"狠命盖了三四十下"。待王夫人来时，贾政的板子"越发下去的又狠又快"。最后，贾政甚至想用绳子勒死宝玉。而宝玉在这顿毒打中，先被"堵其嘴来"，后被"打的不祥"，最后"已动弹不得""面白气弱"，衣服上全是血渍，体无完肤。至此，宝玉的挨打告一段落。

## （二）出场人物的地位愈来愈高

首先，落实笞挞行为的人先是小厮，后贾政看不惯，自己亲自上场执板。其次，劝阻笞挞行为的人中，先出场的是贾政身边的众清客，接下来是皇妃贾元春之母、贾政之妻、荣国府掌权管事的王夫人，随后李纨、王熙凤与迎春姊妹相继出场，最后出场的是贾府的最高权位者、金字塔尖上的史太君贾母。由此，出场人物地位由低到高，出场人数由少到多，惊动范围由贾政处波及整个贾府，足见宝玉挨打一事影响之大。

## （三）出场人物痛怛之情愈来愈烈

宝玉挨打中，贾政、王夫人、李纨、贾母各怀心事，痛怛之情愈来愈深刻。贾政先因小厮下手太轻，一怒之下，"一脚踢开""夺过来""咬着牙""狠命盖"起板子来，表现出怒不可遏。后因王夫人闯进房来，他"更如火上浇油"，爆发出雷霆之怒："今日必定要气死我才罢！"待王夫人说出"一发勒死，以绝将来之患"时，贾政真要找绳索将宝玉勒死了事。此时，贾政对宝玉的愤怒之情达到高潮。后王夫人以夫妻情分劝阻时，贾政"不觉长叹一声，向椅上坐了，泪如雨下"，听到贾珠名字时，"泪珠更似滚瓜一般滚了下来"。这里，贾政对宝玉的逼迫有所和缓，愤怒中增添了酸楚、悲戚之情。待贾母登场后，贾政先是"又急又痛"，愤怒悲戚中夹杂着急、无奈、愧疚，后躬身赔笑，反遭贾母训斥，忙含泪跪下，赔笑道歉。贾母不依不饶，贾政只得叩头如捣蒜，大哭起来。此时，贾政对贾母的愧疚之情达到高潮。

与贾政不同的是，王夫人听到宝玉挨打一事后，"忙穿衣出来"，"也不顾有人没人，忙忙赶往书房来"，表现出的是火急火燎，甚为担忧之情。待看到贾政狠打宝玉的场面时，王夫人抱着板子哭，表现出的是对贾政的不满、对宝玉的袒护之情。等贾政欲勒死宝玉时，王夫人"连忙抱住哭""爬在宝玉身上大哭"，表现出的是对贾政的哀求、对宝玉的心疼之情。发现宝玉已被打坏，王夫人"失声大哭"，表现出的是对贾政的气愤、对宝玉的悲楚、无奈、心疼之情。至此，王夫人的痛苦情绪达到了高潮。

贾母是贾府中最后一个得知宝玉挨打之人。她在丫鬟的搀扶下，"颤巍巍""喘吁吁"地走来，表现出贾母欲解救宝玉的迫切心情。后贾母借题发挥，百感交集，"厉声""啐了一口""不觉滚下泪来"，表现出贾母的感伤、无奈之情。待贾政赔笑，贾母发出两次"冷笑"，表现出对贾政的不满、对宝玉的偏袒之情。至此，贾母的不满情绪达到了高潮。

由此，众人的情感得以释放。贾政由主动变被动，情绪由不满、愤怒变为愧疚、无奈；王夫人、贾母等人由被动变主动，情绪由着急变为心疼。

### （四）劝阻理由愈来愈有力

宝玉大受笞挞，对贾政进行劝阻之人总体而言共有三拨：众清客、王夫人及贾母。小说对众清客的劝阻行为轻描淡写，一笔带过，没有力度，而是把重点放在王夫人与贾母两个人身上。王夫人先陈述事实，指出宝玉的确该打，以此摆明立场，缓和气氛；后指出，贾政教训儿子的同时，更要保重自己的身子，以妻子的口气，安抚贾政；又指出，贾政应顾及贾母的颜面，不应使贾母感到不自在。王夫人以退为进，步步为营，本想使贾政消消火气，但贾政对此更为恼火。王夫人见此，运用情感勒索[①]的方式，大打感情牌，进一步挑明利害关系。她先指明自己已是有年岁之人，也想把宝玉管教好，再指出勒死宝玉也可以，但前提是先勒死她。王夫人不但是都太尉统制县伯王公之后，也是皇妃之母，政治地位颇为显赫，这就置贾政于进退不得境地。待贾政怒气渐消，悲情渐长，王夫人拿出了她的杀手锏——死掉的贾

---

① "情感勒索"概括起来讲就是，在关系中的甲方通过对乙方施加压力，让乙方产生挫败、恐惧，最终选择放弃自我、服从对方要求的行为，一句话就是"如果你不按照我的要求做，有你好看的"。见［美］苏珊·福沃德、唐娜·弗雷泽：《情感勒索：助你成功应对人际关系中的软暴力》，王斌译，金城出版社2010年版，第4—5页。

珠,直戳贾政的软肋,惹得贾政泪珠滚滚,悲从中来。至此,王夫人"倒找根源"①"再一逼""追进一层"②,对贾政的劝阻力度达到制高点。

如果说王夫人的劝阻力度由轻到重、逐层加深,劝阻内容多由夫妻情分展开,劝阻口气多带有劝诫、哀求成分,那么,贾母对贾政的劝阻力度自始至终都有雷霆万钧之势,劝阻内容由母子情分展开,劝阻口气多带有威胁、压制成分。贾母占据家庭伦理道德的高点,首先以"先打死我,再打死他"压住了贾政的气势,又以"可怜我一生没养个好儿子",将贾政与宝玉之间的父子矛盾巧妙转移为贾政与自己之间的母子矛盾。最后以带着宝玉、王夫人等离开贾政到南京去为理由,让贾政不容辩驳、叩头谢罪,陷于众叛亲离、不忠不孝的处境。至此,贾母"句句反逼,愈逼愈紧"③,对贾政教训宝玉的不满达到了高潮。

### (五)"意料之中"之事恰到好处

可以说,宝玉是整个贾府最娇贵、最受宠、最有脸面的人物。他的一行一动,时时刻刻牵扯着众人的心。为增强宝玉挨打中的艺术张力,小说设置了"意料之中"的事情。首先,宝玉挨打时,贾政能够预料一旦被袒护之人如王夫人,尤其是贾母得到消息,棍棒教训宝玉是不可能的。所以贾政为防止走漏风声,特意堵上了宝玉的嘴巴,这才有了宝玉被打的事实。其次,贾政身边经常围绕着一群清客,他们深知贾政对宝玉的不满,也了解宝玉在内宅中的受宠程度。所以,当这帮清客看到贾政这般动怒,自然赶紧派人往内宅送信,这才依次引来王夫人、贾母。最后,贾母身份尊贵且年事已高,当有突发事件时,往往是最后一个得知的人。而嫡母王夫人,作为荣国府掌权者,最有发言权,所以小说安排王夫人先出场。安排王熙凤、李纨等跟从

---

① 冯其庸辑校:《重校〈八家评批红楼梦〉》,青岛出版社2015年版,第887页。
② 冯其庸辑校:《重校〈八家评批红楼梦〉》,青岛出版社2015年版,第887页。
③ 冯其庸辑校:《重校〈八家评批红楼梦〉》,青岛出版社2015年版,第889页。

出场，方显架势之大。贾母最后出场，使得宝玉挨打一事震惊了贾府的整个上层，情节气势达到了高潮。

荣国府的这个下午，时间仿佛被延长，空间仿佛被扩大，贾政与宝玉之间的矛盾渐次增加，烦躁情绪层层酝酿，最终，贾政的板子狠狠地落在宝玉的身上。此时，王夫人、贾母晓之以理、动之以情，将父子矛盾转化为夫妻矛盾、母子矛盾，展开了一场激烈的、动情的较量。

## 三、柔情脉脉，自然收束

故事在高潮到来之前，努力蓄势，以求故事爆发时形成磅礴的气势。而故事结束时，也应注重完整性，安排好余波，不能虎头蛇尾。宝玉挨打后，小说并没有草草地结束全篇，而是借众人探视一事，再次使宝玉成为焦点人物。重要人物纷纷登场，"乱了半日"，为此次事件的结束拉上了幕布。

### （一）叙事场景由书房转移至内宅

宝玉挨打是在书房里，贾政经常在此会客，气氛比较庄重、严肃，处在书房中众人情绪自然紧张。宝玉挨打后，场景先转移到贾母房中。贾母房中属于内宅，贾母经常与众子孙在此玩乐，气氛比较轻松、和谐，处在内宅众人情绪自然舒缓。此时贾政的情绪，已由施打前的愤怒、施打中的痛心，变为此刻的冷静、后悔，"自悔不该下毒手打到如此地步"。王夫人、贾母等人，情绪明显没有得知宝玉挨打时的激动，也不再用过激的话刺伤贾政。最后，场景转移至怡红院。怡红院是宝玉的卧房，在这里，宝玉昼夜欢愉，从不把科考放在心上。宝玉被安排进怡红院，代表着挨打风波的结束。这样，贾政与宝玉之间剑拔弩张的紧张关系，逐渐走向缓和，显示出小说叙事的层次感与节奏美。

## （二）宝玉挨打后众人皆来探视

这种探视行为，既是小说遵照世俗常理的自然延展，也体现出事件的严重性，同时，也是为事件画上句号的内在要求。宝玉挨打后，众人的探视行为，从宝玉被抬至贾母房中起，一直延续到掌灯时分。探视队伍中，小说重点刻画了袭人、薛宝钗、林黛玉等人。

袭人，作为平日对宝玉照顾最周到的丫鬟，这个下午的风波，对她造成了"满心委屈"。这委屈一方面源自她与宝玉的特殊情感，另一方面源自她对宝玉的失察、失劝，辜负了主子们对她的托付。所以，当众人在场，不便帮忙时，她赶紧找茗烟询问原因。待王夫人召唤时，她有理有据地说出看法，建议王夫人想办法将宝玉搬出大观园。林黛玉，作为宝玉的知音，在宝玉挨打后，她"两个眼睛肿的桃儿一般，满面泪光"（第三十四回），选择黄昏时分悄悄地来探视。待王熙凤等人前来，她便从后院走了。如果说林黛玉来看宝玉时展现的是一种"真"，那么，薛宝钗则展现出一种"饰"。薛宝钗是在贾母、王夫人走后，就赶到了怡红院。她没有像林黛玉那样眼中带泪，而是带着丸药过来探视宝玉。她十分心疼，说了句"就是我们看着，心里也疼"（第三十四回）。后又自悔，便转移话题，同袭人聊天去了。

至此，宝玉挨打告一段落。

综上可见，宝玉挨打一事，从挨打前到挨打中再到挨打后，小说紧紧遵循"'立主脑''减头绪''密针线'"[①]的原则，在每个阶段或通过接二连三的事件增强贾政与宝玉父子之间的激烈矛盾，或通过重要人物出场保护渲染贾政与宝玉父子之间的冲突高潮，或通过场景的转移、人物的探视收束贾政与宝玉父子之间的冲突。最终，贾政的行为受到阻拦甚至谴责，宝玉赢来一段潇洒散漫、随心悦兴的时光。可以说，贾政的板子，不但没有规劝成宝玉关注仕途经济，反而将宝玉彻底推进了享乐的富贵窝、爱情的温柔乡。

---

① （明）吕天成撰：《曲品校注》，吴书荫校注，中华书局2006年版，第450页。

## 第二节　宝玉挨打在父子冲突关系中的高潮艺术

在审视贾政与宝玉父子关系的过程中，我们不仅要注重对父子关系中单个重要事件的研究，重视该事件内部各要素之间的联系，还应该把该事件作为一个独立的完整的个体，注意该个体与整体各要素之间的关联。只有这样，我们才能避免陷入一叶障目、盲人摸象的危险，达到既见树木又见森林的目的。在上一部分，我们已分析宝玉挨打事件本身所蕴含的意义，这里我们将把宝玉挨打作为一个整体事件，分析它在父子关系全局中的意义。在剖析宝玉挨打在父子关系全局中的意义前，我们要先回顾梳理《红楼梦》中涉及的众父子关系及贾政与宝玉的父子关系。

### 一、众父子关系爬梳

《红楼梦》提及众多人物关系，其中父子关系是小说重点摹画的对象。小说中涉及父子关系的人物主要有：贾代化与贾敬、贾代善与贾政、贾敬与贾珍、贾赦与贾琏、贾珍与贾蓉、贾政与贾环、贾政与宝玉。对这几对父与子，小说用墨不同，各有详略。

贾代化与贾敬的父子关系，最为模糊，无具体描述。二人关系是在第四十五回由赖嬷嬷之口道出的：贾代化是个火上浇油性格的人，对待贾敬严苛至极，一旦恼怒，六亲不认，"什么儿子，竟是审贼"（第四十五回）。

贾代善与贾政的父子关系，较贾代化与贾敬，稍显和谐。第二回从冷子兴之口得知，贾政从小十分喜欢读书，被祖父十分疼爱。但贾政也逃不过贾代善的棍棒，第四十五回，赖嬷嬷说大家有目共睹，贾政小时候也是要挨贾代善打的。第三十三回，贾母劝阻贾政笞挞宝玉时，提及贾代善，"你说教训儿子是光宗耀祖，当初你父亲怎么教训你来"。可见，贾代善是一位严父，对待贾政的教育上，也是实行棍棒教育的方式。

贾敬与贾珍的父子关系，最令人难堪。贾敬单住在都外玄真观，对家事几乎不闻不问，对子女实行"冷暴力"的教育方式。第十一回，贾敬寿辰，贾珍让贾蓉代替自己送去寿礼。第六十三回，贾敬宾天，贾珍不但无秦可卿丧礼时如丧考妣的悲痛欲绝，反而听到尤氏姐妹来府，和贾蓉会心一笑。闲闲几语，贾敬与贾珍的生疏、无情跃然纸上。

贾赦与贾琏的父子关系，最令人咋舌。小说着重借两件事来刻画二人的父子关系。其一，第四十六回，贾赦欲强娶鸳鸯，无果，令贾琏唤金彩进都。贾琏称"叫来也无用"，贾赦怒气冲天，先"喝了一声"，接下来"又骂"。只等贾赦睡着了，贾琏战战兢兢，方才离开。其二，第四十八回，贾赦因贾琏办事不力，不能把石呆子的扇子弄到手，大发雷霆，把贾琏"打了个动不得"，虽没用"板子棍子"，只"混打一顿"，"脸上打破了两处"。由上述诸事可见，贾赦对贾琏施暴也属家常便饭，只要贾琏忤逆他的主张，贾赦对贾琏就是一顿拳打脚踢。反观第六十九回，贾赦认可贾琏偷娶尤二姐行为，既赏钱又赏人，令贾琏"喜之不尽"，满足了贾琏对他众多姬妾丫鬟的垂涎之心。

贾珍与贾蓉的父子关系，最令人费解。聚麀之癖、爬灰乱伦，是这对父子表现出来的最显著特点。贾珍以父辈身份施压于贾蓉，虽"管的到三不着两""倒也像当日老祖宗的规矩"（第四十五回）。贾蓉惧怕贾珍，第二十九回，贾珍见贾蓉乘凉偷懒，便叫小厮对贾蓉啐骂，贾蓉"一声不敢说"；第五十三回，黑山村的乌庄头送来禀帖和账目，贾蓉恭恭敬敬地展开捧着，贾珍只是倒背着手，往贾蓉手里看：寥寥数笔，贾珍与贾蓉的紧张父子关系便被刻画得十分到位。

贾政与贾环的父子关系，在小说中虽非一笔带过，但也非细致描摹。贾政对贾环管教严格，其教育方式与父辈如出一辙。如第三十三回，看到贾环带小厮乱跑，盛怒非常，喝令小厮"快打！快打！"贾环便吓得骨软筋酥。一旦贾政不在家，贾环便像脱了缰绳的野马，撒欢享乐，露出本性来。如第六十回，贾政不在家，贾环便连日装病逃学，寻彩云找乐子。

　　以上种种父子关系，暴露出贾府合族教子都倾向"棍棒信仰"，通过发脾气、挥板子来震慑儿孙，做法与巴金笔下的高老太爷如出一辙。[①] 贾府教子鲜少涉及"达则兼济天下，穷则独善其身"[②] 的价值取向，必然不能达到立德树人的目的。尤其是贾赦、贾珍等人，奉持"这是高老太爷的意志"，便是违逆不得的教条。他们不分皂白，不辨是非，一言不合，就使脸色或上下一通打骂。从这几对父子关系中，我们可以看出，这些父亲都是严父形象，然与我们传统意义上的正面严父形象不同的是，以贾赦、贾珍为首的严父对待儿子不是敦品行、身为范的舐犊情深，更像是"审贼"般的毫无骨肉情分，是上级对待下级的严酷欺压。

　　如果说，前面所提几对父子关系，因事件不连续，不具备情节构成的必需要素[③]，都是作者"无意为之"，为忙中闲笔，并无浓墨重彩的描摹，那么，小说对贾政和宝玉的父子关系的刻画应是"有意为之"。这对父子关系，自与别个不同：形式上，篇幅尤长，钩攀错杂，贯串始末，完整度高，张弛相济；内容上，贾政与宝玉在小说中的地位与身份最为高贵，二人的父子关系牵连着贾府的人际关系，延展到整个贾府的兴衰；主旨上，贾政与宝玉的父子关系，涉及"学而优则仕"的社会主流价值观与反抗封建礼教、尚真

---

① 高老太爷是作家巴金在小说《家》中塑造的一位专横、冷酷的封建家长。他要求儿孙时时刻刻都要按照他的意愿行事，若有违抗，便要进行严厉的说教甚至毒打。
② 《孟子·尽心上》，载（汉）应劭撰《风俗通义校注》，王利器校注，中华书局1981年版，第263页。
③ 情节构成要素，应具备故事情节的发生、发展、高潮、结局等几大方面的内容。

情、任自然新潮价值观的较量，饱含着曹雪芹对人生出路、人生价值的体悟与思考。

## 二、贾政与宝玉父子关系爬梳

作为《红楼梦》中最重要的主人公，宝玉因具有衔玉而生、嫡出独子的身份特征，一出生就获得了非同一般的关注度，被贾母、王夫人视为"命根子"。但他与其父贾政的关系，由于种种原因，始终处于剑拔弩张的紧张境地。为清晰明了地理清宝玉与贾政之间的交涉纠葛，现将一百二十回本内容中涉及父子二人的大事件，概述如下：

周岁抓周，宝玉只知抓取脂粉钗环，令贾政怒火中烧、大失所望，不但被冠以"酒色之徒"，更是为父子日后发生各种冲突埋下隐患。

宝玉欲探望有恙的薛宝钗，因怕遇见贾政，宁绕远路，也不走上房后角门。得知贾政在梦坡斋小书房午休，宝玉才转弯向北去了梨香院。

正式入书塾读书，贾政对此的态度是"冷笑""再提'上学'两个字，连我也羞死""先把《四书》讲明背熟，是要紧的"，首次正面写出贾政对宝玉的不满态度及严格要求。

第一次拜谒北静王，宝玉将御赐鹡鸰香念珠"回身奉与贾政"。对此，庚辰本夹批有"转出没调教"[①]之语。

大观园题匾试才，宝玉被贾政冷嘲热讽，吝于表扬，多次被当面斥责为"畜生""无知的业障""无知的蠢物"。

上元节制灯谜，宝玉由平时的长谈阔论变为唯唯诺诺。

搬进大观园前，贾政见宝玉形神颇佳，憎恶之情减了几分。但得知袭

---

① ［法］陈庆浩编著：《新编石头记脂砚斋评语辑校（增订本）》，中国友谊出版公司1987年版，第256页。

人之名为宝玉所起时，断喝宝玉是"作业的畜生"。

遭受魇魔法，贾政见宝玉病重难愈，寻僧问道无疗效，欲放弃救治。

惨遭笞挞，因宝玉做出流荡优伶、荒废学业、淫辱母婢、怠慢庶务等一系列大不孝事情后，贾政痛打宝玉。

挨打后，宝玉获得众多庇护，贾政因被点学差外出，鲜少管及宝玉功课，宝玉由此获得了一定程度上的自由与空间。

中秋夜宴，贾政令宝玉作诗，贾政对其诗作再生不满。

对作《姽婳词》，宝玉口述，贾政代笔。贾政虽有微词，但未加苛责。

再入家塾，贾政为宝玉拜见贾代儒，且安排好课程。

失玉娶亲，贾政被迫从贾母之命，同意为宝玉进行冲喜，施行"掉包计"。

赴考离家，贾政令宝玉参加科举考试，宝玉榜上有名。宝玉离家出走。

弃绝红尘，宝玉于毗陵驿拜别贾政，了悟尘缘，跟随一僧一道消失在白茫茫的旷野中。

综观宝玉与贾政的过往，贾政与其说是一位父亲，不如说是一位冷面私塾先生。他的存在价值，就是无时无刻不督促宝玉读书科考。宝玉历经"有些乐事""乐极生悲""万境归空"的人生磨炼，在目睹了众清净女儿的离散衰败，尤其是在林黛玉死亡后，情灭心死。至此，父子情分已尽，宝玉于毗陵驿拜别贾政，跟着一僧一道，彻底离开了曾带给他无尽喜悦与忧愁的世俗之地。

《红楼梦》在前八十回中，直接正面表述贾政与宝玉父子关系的回目有：第九回、第十五回、第十七至第十八回、第二十二回、第二十三回、第二十五回、第三十三回、第三十六回、第三十七回、第七十回、第七十三回、第七十五回、第七十七回、第七十八回、第七十九回。在这些回目中，小说始终围绕着一个主题——贾政与宝玉在价值观上的矛盾，即贾政望子成龙而不得的不满、愤怒与宝玉不学违礼而形成的乖僻、闲散之间的不和谐。

同样的主题思想，发生在同样的人物身上，形成了不同的情节，各自发挥着不同的艺术效果。小说在每一回中或通过上学前的指责，或通过逛园题匾中的训斥，或通过听到宝玉为丫鬟起名时的断喝，或通过种种不肖后的杖责，或通过举业情况的盘考，或通过合作诗文时的训诫，都深刻、深情地传达了出来。然对以上父子间的互动行为，小说用墨是不均衡的，有轻重之分，主次之别。对比这些情节，就故事的篇幅与完整度、出场人物的数量与地位、人物情绪情感的起伏、故事开展前的征兆、故事结束后的余波与影响、叙事节奏进度的缓急、矛盾的繁简、思想主旨等方面而言，宝玉挨打一事，都可谓表现父子关系的高潮事件。

《红楼梦》后四十回因贾政思想观念与前八十回有所抵牾，此问题已在上文讲明，此不赘述。并且，后四十回中，父子二人也未再发生激烈的矛盾冲突。因此，我们可以这样说，在父子关系这条线上，宝玉挨打既是前八十回本的一个高潮事件，也是一百二十回本的一个高潮事件。

## 三、宝玉挨打在父子关系中的高潮艺术

### （一）篇幅最长

小说对宝玉与贾政父子关系的正面描写，是从第九回宝玉即将进入学堂学习开始的。该回仅用五百余字的篇幅，即点明了贾政对宝玉上学一事的态度，并无其他波澜。至第十七回和第十八回，篇幅虽长，但其目的与其说是叙述贾政对宝玉才情的考查，不如说是为介绍大观园的各处景致，与第三十九回另安排刘姥姥观赏大观园的情节遥相呼应，用考查宝玉才情的方式，避免了贾政与门客题咏的索然枯燥。第二十二回，元宵作乐，贾政与宝玉之间虽有交叉，但小说并未进行重点介绍。贾政参与，则是为以贾政之口道出众小儿女命运遭际的需要，醉翁之意不在酒也！第二十三回，元春下

谕，令宝玉等人搬进大观园，小说安排贾政与宝玉的见面，是为再次重申贾政希望宝玉不要荒废学业的需要。待第七十三回，贾政学差归来，小说用简短的篇幅，三言两语写贾政要叫宝玉检查功课，结果宝玉装病，也就没了下文。

然而，宝玉挨打就不同了，小说采用一个完整的回目来交代这次事件的前因后果，详细叙述挨打前、挨打中、挨打后的各种情形，上文已做分析，不再赘述。在描述父子关系的整条主线上，像这样热闹的场面、宏大的气势、多重的矛盾，相对《红楼梦》中的其他有关父子关系的故事片段而言，是难能可贵的，是无可比拟的，这足以见出此回在整本小说中地位的重要性。

### （二）出场人物最多

有故事，就要有人物。一般而言，故事越复杂，参与人物就越多，而当故事高潮到来时，无论在人物数量上，还是人物地位上，都要达到一个制高点。这样，故事的爆发力、情感的爆发力才更震撼人心。贾府上下四五百人，很少有哪一回，几乎牵涉了所有核心人物。有关贾政与宝玉父子关系的事件中，宝玉挨打事件，就几乎牵涉了贾府中所有核心人物。宝玉挨打的那个下午，前前后后，上至贾母贾政，下至清客小厮，甚至贾府外的忠顺王府之人，齐刷刷登上了舞台，共同参演了这出戏。相比宝玉挨打，其他讲述贾政与宝玉父子关系的事件，出场人物不但少，而且地位也不显赫。如宝玉入学前、题匾试才中、共作《姽婳词》等故事关涉人物只有贾政、宝玉、众清客相公们、小厮等人，不具备形成重大事件的条件。

### （三）情感波动最剧烈

故事发展的高潮也是人物情感波动的顶点，只有当各角色将自己的情绪不断酝酿，直至爆发的那一刻，故事想要达到的艺术效果才能最震撼人心。贾政与宝玉的父子矛盾，自宝玉抓周起，越来越深，越来越不可调和。贾政常多冷脸斥责，鲜有夸赞；宝玉每听到"老爷叫宝玉"，便顿时呆若木鸡，变了颜色。在宝玉挨打之前，贾政即使心有不满，也保持着威而不怒的姿态。

对贾政而言，宝玉读书进仕是第一要事，马虎不得。可以说，在宝玉出生的那一刻，贾政就热切希望他能够以科考的方式拜将入相，博得功名。但天悖人愿，宝玉偏偏最讨厌这些"道学话"，实难与"禄蠹"为伍。看到宝玉抓周行为的那一刻，贾政内心自然是生气的、不满的，甚至是凄凉的，是惶恐的。所以，在宝玉的成长中，贾政始终板着一副冷冷的面孔，期望宝玉能够迷途知返，一心向学，按照贾政预定的、认可的路坚定地走下去。然宝玉终究是"潦倒不通世务，愚顽怕读文章""于国于家无望"，在贾政眼里成了扶不起的阿斗。宝玉即将入学，贾政以冷笑的态度待之，"你如果再提'上学'两个字，连我也羞死了"，脂批对此有曰："是严父之声。"①然宝玉并没有受到冷笑的影响，这可从下文他笑对李贵、喜辞黛玉看得出来。这里，贾政只是以惯常的严父态度教训儿子要用功上进，属于本色出演。

题匾试才，贾政刚见到宝玉时，首先想到的是塾师赞美宝玉之事，心中充满怀疑与期待，因此要试一试宝玉"专能对对联"的"歪才情"是否属实。同时，他深知贾元春对宝玉的疼惜之情，大观园的修建正是为省亲所用，用宝玉题匾正是"不负其素日切望之意"。有心意就有行动、有形式，虽然，父子二人在这期间有数次不合，尤其是对"稻香村"提名时，宝玉"不等贾政的命"，擅自发表见解，贾政批评他为"无知的业障"。在整个题匾过程中，贾政对宝玉的表现虽多是"拈髯点头不语"或"点头微笑"，后来也有"摇头""冷笑""断喝""气的喝命""先要议论人家的好歹，可见就是

---

① ［法］陈庆浩编著：《新编石头记脂砚斋评语辑校（增订本）》，中国友谊出版公司1987年版，第198页。

个轻薄人""畜生,畜生""也未见长""无知的蠢物""又出去……回来……再提一联,若不通,一并打嘴""更批胡说""谁问你来""你这畜生,也竟有不能之时了"之语,但是庚辰本夹批、眉批对此则有"知子者莫如父""严父大露悦容""爱之至,喜之至,故作此语"等语。宝玉这次的行为,在小厮眼中是"展才",是"彩头",在贾母眼中是"知不曾难为着他,心中自是欢喜"。可以说,这次试才是贾政以严父身份对宝玉"歪才情"采取"寓褒于贬"的特殊方式,中间有埋怨,更有期待、有父爱。

贾政在宝玉搬进大观园前,特令宝玉来到跟前吩咐叮嘱。此刻的宝玉"神采飘逸,秀色夺人",与"人物委琐,举止荒疏"的贾环形成鲜明对比,贾政想起宝玉为王夫人的独苗,自己胡须苍白,于是把素日对宝玉的嫌弃、厌恶之情削减了八九分。此时,贾政对宝玉是充满父爱的,告诫他要"好生用心习学,再如不守分安常,你可仔细"(第二十三回)。接下来,王夫人问询宝玉是否吃完丸药一事,当贾政听到"袭人"这个名字时,突然不自在起来,指责名字太刁钻,认为宝玉专在浓词艳赋上下功夫,没有好好读书,是个"作业的畜生"。贾政前后的态度,一缓一急,自有情理。

贾政一有机会就令宝玉吟诗作赋。中秋赏月,宝玉见贾政在座,不敢造次,怕招来训斥,所以干脆起身作辞。不料,贾政仍令宝玉即景作诗。贾母担心,进行阻拦,"好好的行令,如何又作诗",但贾政坚持己见,认为"他能的"。于是,宝玉马上草就一首,"贾政看了,点头不语",或许贾政碍于贾母的面子,或许宝玉作诗质量还可以,最终,贾政还是将从海南带来的扇子赏予了宝玉。

如果说题匾试才中,贾政对宝玉没有发脾气,是因为要照顾贾元春的面子;中秋即景作诗,贾政没有对宝玉发脾气,是因为要照顾贾母的面子;那么,二人合作《姽婳词》一事,贾政不用刻意顾及他人,只因自己的年迈和贾母的溺爱,不再像往日逼迫宝玉读书,所以,当宝玉道出自己的见解时,贾政的态度不但没有冷笑,还觉得是"合了主意"。虽然他仍放不下一贯的严父姿态，但这期间对宝玉的评价仍是"若不好了，我捶你那肉。谁许你先大言不惭了""粗鄙""姑存之""休谬加奖誉，且看转的如何""这又有你说嘴的了""你有多大本领""且放着，再续""多话！不好了再作，便作十篇百篇，还怕辛苦了不成""又一段。底下怎样""太多了，底下只怕累赘呢""虽然说了几句，到底不大恳切"等语，但这次不似往日，没有断喝，而是平心静气地说了一句"去罢"。

诸上事件中，贾政常以"喝道""断喝一声"等神态以及"畜生""蠢物""业障"等惯用词，表现自己平时对宝玉不满的情绪。但，在这些小事上，没有涉及家族利益、贾政尊严的小事上，双方可以和平相处。贾政对宝玉采取严中带宽、姑息俯就的态度；宝玉每次面见贾政前紧张害怕，见贾政中被动为难，见贾政后满怀欣喜。所以，二人未曾产生不可调和的矛盾，在情绪上也就没有激烈的反应。总之，无论是入学还是试才、作词，贾政与宝玉之间虽有小摩擦出现，但二人的情绪都偏向于愉悦，且没有什么起伏。没有起伏的情绪，也就没有低潮和高潮，即使有事件经过，但仍无法构成父子关系线中的高潮。

但是宝玉挨打这次事件，人物情绪明显起伏波动很大。小说分别从语言、动作、神态、心理等多角度细腻地凸显贾政怒气的逐渐升级。贾政先是"喝了一声'站住'"，又连续发问"你那些还不足，还不自在？无故这样，却是为何？"待琪官之事爆发，先是"该死的奴才""不许动！回来有话问你！"，后经贾环煽风点火，贾政"一叠声"大喝，"快拿宝玉来！""今日再有人劝我，我把这冠带家私一应交与他与宝玉过去！""拿宝玉！拿大棍！拿索子捆上！把各门都关上！"，极力凸显贾政情绪波动的激烈。

通过以上事件的对比，我们可以发现，在宝玉挨打中，二人的剑拔弩张的紧张情绪达到了制高点，而其他回目中，二人的情绪都较为稳定。人物情绪达到了高潮，自然可以助推小说故事达到高潮。

## （四）事情爆发前兆最为复杂、铺垫最为细密

曹雪芹对《红楼梦》的文心经营，绝非草草而就。如果说宝玉挨打情节本身体现出突然、急骤的特点，那么，小说为营造这种急促、紧张的氛围、气势，在该事件爆发前必将埋下一个又一个伏笔，不断地进行蓄势准备，使故事之间跨越时空产生联系，一波未平一波又起，以此逐渐引爆小说中主人公的情感与读者的情感。如若没有草蛇灰线、伏脉千里的蓄势准备，小说强烈的思想感染力、艺术冲击力便被平凡、琐碎的事件消解了，高潮也就无从谈起。

宝玉挨打是各种偶然因素交融在一起后的必然结果。偶然因素如王府要人、金钏投井、贾环诬告等各种事件叠加在一起发生，对此前文已作交代，不再赘述。我们要讨论的是，导致这些偶然事件一起爆发的必然因素。宝玉挨打前，各种征兆、伏笔已在小说中出现。这一点，前人已多有高见，如清洪秋蕃就认为"宝玉自清虚观看佛事回来，冲撞黛玉，唐突宝钗，坑害金钏，脚踢袭人，得罪晴雯，见恶湘云，数日之内，种种与人乖迕，皆为受笞一回渲染。盖人有大不如意事来，必有许多小不如意事为之先"[①]。确为的评！宝玉为什么会有这么多不如意的地方呢？大致而言，宝玉与林黛玉的爱情曲曲折折，劳心费神；与贾环的兄弟关系，步步恶化；与众男性朋友的友好程度，与日俱增。

首先，与林黛玉的爱情关系，追踪溯源，我们可以追溯至小说第八回。识金锁、认通灵、有冷香、劝热酒，使得宝玉与林黛玉之间有了第一次误会。剪穗子、续南华、听曲文、读西厢、埋香冢，使得宝玉对林黛玉的爱恋进一步加深，才有了识知音、诉肺腑等一系列行为。每次林黛玉一不高兴，宝玉就要左劝右哄，自己的心情如过山车般起起伏伏。诉肺腑一事，彼此素日之意、揣度之心，种种情事，终于坦诚相告。当这种久藏内心的真情终于和盘

---

[①] 冯其庸辑校：《重校〈八家评批红楼梦〉》，青岛出版社2015年版，第875页。

托出，表露出来时，宝玉和林黛玉两个人都是"怔怔的"。所以，当林黛玉脸挂泪痕走了时，宝玉仍"站着，只管发起呆来"，然情话却误被袭人听到，宝玉"羞的满面紫胀，夺了扇子，便忙忙的抽身跑了"（第三十二回）。想必，宝玉此时应是五味杂陈，既有欢愉、坦然，更有羞愧、惊吓。所以，宝玉去拜见贾政、贾雨村时，心思未定，惊魂未定，才没有往日那种机灵劲儿。

其次，与贾环的不和，小说对此的正面描写可追溯至第二十回。贾环与莺儿因玩骰子赌钱置气，莺儿无意中夸赞了宝玉，宝玉又以兄长的身份训斥了贾环几句，引起了贾环对宝玉的不满。后王子腾夫人寿诞，贾环在王夫人屋里抄经书，目睹宝玉调戏彩霞，故意推到蜡烛，烫伤宝玉。可以说，性格扭曲的贾环要抓住一切机会报复宝玉。所以，当贾政盛怒之时，贾环趁机诬告宝玉强奸婢女导致贾政暴打宝玉，这是一种必然结果。

再次，与优伶结交，小说可以追溯到第二十八回。宝玉参加由冯紫英、薛蟠等人组织的娱乐活动，遇到了倾慕已久的琪官，于是，二人互赠礼物以示友好。琪官，也就是蒋玉菡，在当时可谓红极一时的戏子，受到了忠顺王府与北静王的青睐。宝玉收下蒋玉菡的贴身之物红汗巾子（相当于现在的腰带），在忠顺王爷眼里颇有横刀夺爱的意思，这就为宝玉挨打埋下了隐患。此外，北静王与贾府交好，然忠顺王府鲜少与贾府往来，宝玉却与琪官惺惺相惜，犯了政治大忌，为贾府政治危机埋下了隐患。所以，当忠顺王府前来要人时，贾政是紧张的、惶恐的。此外，宝玉竟然在贾政的眼皮底下，结交优伶，这对寄托希望于宝玉科考的贾政是一个莫大的打击。可见，宝玉的挨打，是早晚的事，并非贾政一时兴起。

最后，第二十六回，薛蟠为邀请宝玉赶赴生日宴，特谎称是贾政要见宝玉，袭人不知是祸是福。对此，庚辰本侧批则曰："下文伏线。"[①] 宝玉遭

---

[①] （清）曹雪芹著，吴铭恩汇校：《红楼梦脂评汇校本》，北方联合出版传媒（集团）股份有限公司、万卷出版公司2013年版，第369页。

戏弄，虽是虚惊一场，但侧面写出了宝玉与贾政紧张的父子关系。

相较宝玉挨打的情节，其他涉及贾政与宝玉父子的故事，其伏线设置略显单薄。如宝玉入私塾前受贾政嗔说一事，因是小说第一次正面描写宝玉见贾政，所以，没有太多铺垫。试才题匾额一节，是因贾元春晋封凤藻宫尚书，嘉封贤德妃而来。贾琏曾说周贵妃的父亲已在家里动工修盖省亲别墅，吴贵妃的父亲吴天佑也往城外踏看地方去了，所以，贾府也会按照周、吴二家的方式，为元妃盖一座省亲别墅，由此，才有了贾政带着宝玉等人游园题诗的下文。

可见，宝玉挨打一事，用穿插法不断增加情节的断续性与跳跃性，曲而不乖，繁而有章，前奏、伏线撷拾皆是，且更比父子线中的其他情节曲折、精彩，既激发了读者的阅读兴趣，又扩大了读者的欣赏空间。

### （五）人物矛盾最为复杂

《红楼梦》高潮艺术的体现，离不开小说成功塑造的人物矛盾。矛盾越复杂，头绪越多，越能增强核心事件爆发时的气势。宝玉挨打中除贯穿着贾政与宝玉的父子矛盾、贾母与贾政的母子矛盾、贾政与王夫人的夫妻矛盾，还涉及宝玉与贾环的嫡庶矛盾、贾府主人与仆人之间的矛盾以及贾府与其他王府之间的政治矛盾，由内而外，由表而里，各种矛盾错综交杂。而有关贾政与宝玉父子之间其他情节的矛盾，明显少于宝玉挨打情节中的矛盾。如宝玉上学受训、宝玉题匾、宝玉作《姽婳词》等事件，鲜少涉及其他矛盾。

### （六）清客们的表现最为惊慌

清客，即门客，是为古代高官贵族彰显身份地位、协助处理各类事务的文人学士。因其有才艺，又自诩清高，被雅称为"清客"。然而，贾政身边的这些清客，却是一群帮闲文人、篾片相公。他们既非幕僚，又非塾师，除帮衬贾府做些"审察两府地方，缮画省亲殿宇，一面察度办理人丁"（第十六回)之类的事务外,主要就是围绕在贾政身边,做些凑趣献艺、附庸风雅之事。笔者发现,贾政每次召见宝玉,清客们基本都在场。可以说,这些清客见证了贾政与宝玉的父子关系。清客们的表现,一定程度而言,也可以作为反映贾政与宝玉父子矛盾的一面镜子。

宝玉即将入学堂时,众清客面对贾政对宝玉的训诫,知道贾政不过是摆摆严父的架子而已,所以都是笑道:"老世翁何必又如此。今日世兄一去,三二年就可显身成名的了,断不似往年仍作小儿之态了。"当听到李贵说"呦呦鹿鸣,荷叶浮萍"时,众人更是哄然大笑起来。对此,清人洪秋蕃评曰:"(宝玉)正在心神无主,忽插入清客相公来,称誉之,解劝之,携手而引出之,于是宝玉得以顺溜而出。此清客之有适于用者也。"① 宝玉匾额题诗时,若得贾政的赞许,众清客不是随声附和、称赞不已,就是说些溢美之词,"是极""极是""是极,是极""哄然叫妙!更妙!更妙""哄声拍手""更妙""妙";当贾政稍微有动怒的迹象时,众清客的表现则是,"忙用话开释""见宝玉牛心……忙道""忙都劝贾政:'罢,罢,明日再题罢'"等等。贾政与宝玉合作《姽婳词》时,众清客的表现是"拍手笑道""极妙……最得体""妙!好个'不见尘沙起'!""众人拍案叫绝""好个'走'字""妙极,妙极!布置,叙事,词藻,无不尽美!""大赞不止"。综上可见,贾政与宝玉没有产生巨大矛盾时,众清客表现出一副轻松、和谐的状态,一旦贾政不悦,还时时可以庇佑宝玉,不用惊动贾母出面解决。

但宝玉挨打时,众清客是慌乱、无奈的,"一个个都是咂指咬舌,连忙退出""见打的不祥了,忙上前夺劝""忙又退出,只得觅人进去给信"。可见,贾政对宝玉的不满达到极点时,众清客的庇佑、求情是没有效用的。就价值观而言,众清客与贾政属于同一个立场上的人,但他们与贾政身份地位的差异,使得他们与贾政在性格、行为上产生反差,从而导致对宝玉态度上

---

① 冯其庸辑校:《重校〈八家评批红楼梦〉》,青岛出版社2015年版,第364页。

的差异。贾政与宝玉没有大的矛盾时，他们是一群很随和、通文墨、能缓解尴尬气氛的人，但当宝玉触犯了贾政的底线时，他们这种治标不治本的调解方式，起不到真正的纾解作用，所以，这也从反面凸显出宝玉挨打是父子矛盾的高潮。

## 第三节　宝玉挨打在全书中的意义

通过上文对宝玉挨打事件本身及其在父子线中的特殊性分析，可以看出，在建构贾政和宝玉的父子关系时，小说是有着精巧的布局与严密的结构的。就篇幅的长短而言，所有关乎二人父子关系的事件中，大观园题匾试才、惨遭笞挞、对作《姽婳词》篇幅最长，用墨最多。而就矛盾冲突、人物性格、主题思想、角色情绪、故事的完整性、节奏的紧张度、前后情节的勾连等方面而言，无疑宝玉挨打一事本身就是小说叙事艺术的高潮，而且它也是涉及父子关系所有事件的矛盾集合点与情绪释放的高潮，更是整部《红楼梦》整体架构中的一个关键转捩点，深化了小说主题，暗示出儒家规范对男女之情的规训。那么，纵于平日、责于一时的失教之祸，最终带来了什么样的结果呢？

### 一、高潮特征：宝玉对"意淫"的执念达到顶点

宝玉"天分中生成一段痴情"，尤其钟爱纯情灵秀的女孩儿，是一块补天的"有情石"。但与"皮肤滥淫之蠢物"不同，在与众女儿相互娱玩的同时，他常常放低姿态，做小伏低，时刻保持着对美的事物尤其是纯情女儿的感同身受，表达着对真与美与善的欣赏之情。因此，他被警幻仙姑称之为"天下第一淫人"，其痴情与体贴之精神，被冠以"意淫"之名。

对于"意淫"的解读，历来为学者重视。其中，学者卜喜逢在梳理学界已有成果的基础上，得出"'意淫'首先是针对'皮肤滥淫'而提出来的

观念，是对真与美的执着与对真与美的体贴，也是'情不情'的总体性格之下，对有美好因子的女性的着力爱护……体现在贾宝玉身上的'意淫'是有变化的，而这个变化的过程正与宝玉的成长与悟道有关"①的结论，颇有道理。恰恰是因为宝玉这种另类的"爱红"行为，所以我们读第十九回宝玉与黛玉争枕头、第四十四回"平儿理妆"以及第六十二回"情解石榴裙"等宝玉与女性的互动事件时，读不出风月场中"郎君领袖""浪子班头"②那种好色轻浮的性的骚动，也读不出郁达夫《沉沦》里那种关乎青年灵与肉的烦闷，我们读出的是宝玉对女性的真切的爱恋与体贴。

宝玉挨打事件发生前，小说中的人物被拘囿在"礼"的范围内。自此之后，象征着正统价值观的贾政被遣开外出，宝玉与众儿女进入一个相对自由的天地。拒绝长大、拒绝扮演社会角色的宝玉对"意淫"的体味与行动，更加频繁起来，故事由此转入新的阶段。此回中，代表封建势力的贾政想置宝玉于死地，"以绝将来之患"，宝玉在挨了一顿毒打之后，非但没有屈服，反而因此认清了封建家长打压青春与生命的凶恶面目。他的叛逆性格更为坚定，敢于以死抗争，说出了那句"就便为这些人死了，也是情愿的"话。

相比宝玉挨打高潮中，宝玉为了"意淫"可以用命相抵的魄力，其他高潮事件中，宝玉的"意淫"并非如此强烈。如抄检大观园时，宝玉见王夫人在盛怒之际，不敢多言，眼睁睁看着丫鬟们被排挤出大观园，或对着司棋散魄失魂地说"这却怎的好"，或望着周瑞家的等婆子们恨恨地说"比男人更可杀了"，并没有做出与王夫人等人面对面的反抗行为。再如黛死钗嫁时，当他发现所娶非人，也没有像《金粉世家》中的柳春江那般抵抗逃脱，而是在一边怀念着黛玉，一边与宝钗共同度过了一段时间，直至抄家后才选择离家出走。为何会如此呢？

---

① 卜喜逢：《红楼梦中的神话》，文化艺术出版社2019年版，第90页。
② （元）关汉卿：《一枝花·汉卿不伏老》，载（明）郭勋辑《雍熙乐府》卷十，四部丛刊续编景明嘉靖刻本。

这就要注意上文提及的观点，宝玉的"意淫"是与其成长和悟道紧密相关的。宝玉之所以在挨打时说出以命相抵的硬气话来，一则因为贾府尚处于元妃省亲后的显赫权势中，大观园尚可以得到元妃的保护，众姐妹尚未离散；二则宝玉与袭人、宝钗、黛玉、湘云等关系融洽，尤其是挨打后宝钗和黛玉流露出来的真情，让宝玉十分感动，那份渴望得到天下所有女孩儿眼泪的心得到了极大满足。然而，毕竟"龄官划蔷"曾给过宝玉一个警示，"各人各得眼泪罢了"，再加上后来宝黛爱情逐渐成熟，第五十七回"情婢试玉"使宝玉在"情悟"之路上有了质的变化；贾府生存环境日趋恶劣，大观园的萧索渐成定局：至此，"取次花丛懒回顾，半缘修道半缘君"[①]，他由"情不情"偏向了"情情"，黛玉成为他爱慕的唯一的最终的对象。所以当看到其他女孩儿，他内心虽也升腾起一股体贴之情，只是这份体贴不再掺杂"淫"的意味，只剩下善良与纯粹的关心。到大观园荒废、贾府被抄时，在宝玉看来，整个世界不再保护人的个性张扬、创造力，身边都是宝钗、袭人类的"无情人"，情感的家园日益荒芜，也就意味着失去了"有情世界"。他不能像林黛玉般选择"殉情"，那只有选择"妥协"，带着"情的家园"去流浪，从而也就完成了"因空见色，由色生情，传情入色，自色悟空"的"情悟"哲学。

## 二、高潮内核：世俗与脱俗的冲突

贾政，严厉、方正、固执，无论做官还是为父、为夫、为子，都严格遵守当时的道德标准，他希望自己的行止能被子侄辈当作模范、榜样。他常常怀有一种不祥的预感，在秦可卿棺木的选用、元宵节晚辈们作诗等事件

---

[①] （唐）元稹：《离思五首》，载（清）彭定求等编《全唐诗》卷四百二十二，中华书局1960年版，第4643页。

中，多次透漏出他对这个家族的隐忧。在他看来，科举出仕之路才是唯一的好路、正路。然而，历经五代的贾府，此时空有"诗书簪缨"之名，合族男儿只知醉生梦死、荒淫无度，早已将读书仕进、家国天下抛至脑后。贾府已经走到"一代不如一代"，甚至"无可以继业者"的窘迫地步。作为贾府最中正、最符合礼教模范的他，欲扛起振兴礼教的大旗，自然而然地把所有希望放在这个嫡出独子（虽有贾珠，早亡）宝玉身上。他不许宝玉追求除仕途经济之外的东西，要求宝玉"留意于孔孟之间，委身于经济之道"（第五回），一心企盼宝玉能够做个孝子贤孙，博取功名，光耀门楣。但是，宝玉满腹都是见识，却又满腹不合时宜。

张天翼说："一个不肯庸俗的人，往往会不见容于世的。"[①] 在传统封建社会中，宝玉便是个不肯庸俗的人，甚至可以说是"异端"之人。他从小和姐妹们生养在一起，又加天生一种痴病，专爱清净女儿，扬言"女儿是水作的骨肉，男人是泥作的骨肉。我见了女儿，我便清爽；见了男子，便觉浊臭逼人"（第二回），对热衷功名之人、汲汲于富贵之事甚为厌恶。他将八股文看作是诓功名、混饭吃的手段，将科举制度视为"饵名钓禄之阶"，将"代圣贤立言"的著述看作是"杜撰"，将"读书上进"之人斥为"禄蠹"，将与仕途经济相关的论断戏称为"混帐话"，将"文死谏，武死战"的士大夫行为视为"胡闹"。

由宝玉挨打事件，可以看出代表世俗的贾政与代表自由的宝玉在价值观上存有很大矛盾。贾政与宝玉父子关系的矛盾，历来是红学家们关注的焦点。如薛瑞生先生认为："贾政与宝玉的关系，既是父与子的关系，又是封建卫道者与封建叛逆者的关系。思想的分野，造成了两代人在感情上的鸿

---

① 张天翼：《宝玉的出家》，载吕启祥、林东海主编，中国艺术研究院红楼梦研究所编《红楼梦研究稀见资料汇编（增订本）》（全2册），人民文学出版社2016年版，第840页。

沟。"①梁归智先生则认为贾政代表着封建主流意识形态儒家代表思想"礼",宝玉代表着唯情主义、唯美主义、唯诗主义,他们的较量是"万恶淫为首""百善孝为先"的正统观念与"情"的较量。②刘敬圻先生则提出,贾政与宝玉的矛盾,受到两种力的牵制:一是主流文化对男人(含少年男子)的价值期待;二是作为寻常人的骨肉亲情,属于人的自然属性。③卜喜逢先生认为父子二人价值观的不同,才是二人冲突最核心的问题。④可见,众学者对这一问题,颇为用力。对此,笔者也愿意去尝试,探究父子二人的矛盾焦点,以期为探究父子关系矛盾的高潮找到较为恰当的立脚点。

那么,贾政和宝玉的种种不和,归根结底是因为什么呢?蒋和森先生曾言:"作品越是伟大,就越是富有时代的特色,越是敏锐而深刻地反映着时代生活中的重大问题。"⑤贾政与贾宝玉的父子关系,恰恰反映出封建末世两个不同利益体的分袂。归根结底,这是因二者所代表的利益阶层、所秉持的思想价值观的差异造成的。贾政是封建儒家正统君子的代表,以"礼"为核心,守规矩、要尊严、讲求忠孝两全;宝玉则是封建时代萌芽出来的带有冲击力、反主流的新生力量,以"情"为核心,无视性别、地位、利益的差异,追求心灵、性情相一致的更深层次的生命意义。李辰冬先生曾言:"他(宝玉)的人生观就是爱,得到了爱就是幸福,得不到爱就是苦痛,至于人生的贫富贵贱,尊卑际遇,他是毫不在意的。"⑥可以说,贾宝玉的思想支撑

---

① 薛瑞生:《红楼梦谫论》,太白文艺出版社1998年版,第181页。
② 参见梁归智《万恶淫为首,百善孝为先——论宝玉挨打的思想文化内涵和写作逻辑》,《红楼梦学刊》2003年第3辑。
③ 参见刘敬圻《贾政与贾宝玉关系还原批评》,《学习与探索》2005年第2期。
④ 参见卜喜逢《宝玉挨打的必然与偶然》,载《红楼梦学刊》编辑部主编《微语红楼:红楼梦学刊微信订阅号选萃(二)》,文化艺术出版社2018年版,第74—80页。
⑤ 蒋和森:《〈红楼梦〉爱情描写的时代意义及其局限》,《文学评论》1963年第6期。
⑥ 李辰冬:《红楼梦重要人物的分析》,载吕启祥、林东海主编,中国艺术研究院红楼梦研究所编《红楼梦研究稀见资料汇编(增订本)》(全2册),人民文学出版社2016年版。

是那些能够感发他性灵与生命的"边缘"文艺，为此，他有意搁置蔚然大宗的封建道学。很难说，宝玉的独特天赋性情，到底是对"爱"的诉求养成了如此趣味，还是这般趣味决定了他别样的人生选择。然而，这种不合时宜的天赋性情、对"边缘"文艺尤其是重儿女情长的诗歌、戏剧的吸收与萃取，让他走向另一种偏执，与世俗之间形成了一道无法逾越的鸿沟。再进一步说，贾政的失败"教子模式"与宝玉失败的反抗行为，写出了作者对封建末世未来新出路的思考、对人应该在社会中如何扮演有价值的角色的尝试。

在此，我们不得不提及程高本后四十回关于贾政思想上的前后变化。前八十回中，自宝玉挨打之后，小说荡开一笔，父子关系有所缓和。贾政被点学差赶赴外任，归来后也不再强迫宝玉读书仕进，第七十八回直接点明了贾政的这种心理变化："就思及祖宗们，各各亦皆如此，虽有深精举业的，也不曾发迹过一个，看来此亦贾门之数。况母亲溺爱，遂也不强以举业逼他了。"然而，后四十回贾政又开始令宝玉入家塾、备举业，这是有违曹公原意的。

## 三、高潮影响：关涉后续高潮事件的走向

故事高潮到来后，小说无论在主题思想上还是在人物形象、性格的刻画上，都有一个较为完整的反映。同时，故事结束时应该有相应的余波，紧张后要有缓和的笔墨，人物、故事要有相应的延伸与交代。宝玉挨打的故事，就整个父子关系主线而言，余波最长，影响最广。宝玉挨打，最终以贾政教子失败而告终，小说采用腾挪之法，直到第七十回后才再次安排贾政问询宝玉的功课。第三十三回之后，小说的叙述重点转向宝玉与林黛玉、薛宝钗等众儿女之间的喜怒哀乐之事。

就内容而言，宝玉挨打是情与理、世俗与脱俗的第一次正面冲突，是宝玉彻底背离士大夫核心价值观的标志；就形式而言，宝玉挨打使小说人物

的活动场景由开放（贾府）转向封闭（大观园）。从此，宝黛爱情开始成为小说叙述的重点。

首先，宝玉与林黛玉的关系更进一步。解弢在《小说话》中评曰："《红楼》宝玉受打，为一大关键。受打之先，宝玉、黛玉时相讽讥口角；受打之后，互相宾礼。所以然者，在诗帕之传递耳。此回情节，犹赴岸之波，层层相追逐，不达彼岸不止。发端于宝玉、湘云谈话，黛玉窃听，听至'林姑娘不说这些混帐话'，已感知己于无涯。至宝玉出来，为黛玉眼泪所逼，已逼出心肝之语，而作者不为伤雅之笔，故为狡狯，以袭人送扇为解脱。既出而受打，归卧怡红，梦中复惊床头之哭，露泪淋浪，不能不逼出遗帕之赠。此后二人相遇，其言语概可想矣，复可口角讽讥之有哉？余于十四岁时，已见于此。"[1] 至此，赠帕定情，使宝玉与林黛玉由之前的猜疑、口角之争变为相知、相惜、相依，宝玉的泛爱用情发展到"从此各人各得眼泪"的专情，从此再没有与其他女孩子甚至戏子优伶发生爱狎、亵玩的行为。宝玉对薛宝钗的感觉更加复杂。薛宝钗拿药探宝玉，流露真情。薛宝钗得知宝玉挨打，哥哥薛蟠脱不了干系后，便就此事与哥哥发生口角。对此，护花主人评曰："一是情不自禁，一是情由人激，然总是因宝玉一人而起。"[2] 通过薛蟠之口，点明薛宝钗对宝玉的爱恋之情。太平闲人评曰："此回为黛玉作一束，自'意绵绵''警芳心''发幽情''惜情女'诸回书迤逦而来，到此结穴；为宝钗作一起，凡'梅花络''绛芸轩''解疑癖''金兰语''见土仪'以至'成大礼'诸回书络绎而生，从此发源。"[3]

其次，袭人利用王夫人询问贾环一事，巧妙地向王夫人进言，"怎么变个法儿，以后竟还教二爷搬出园外来住就好了"。这次事件不但使袭人得到

---

[1] 解弢：《小说话》，载一粟编《古典文学研究资料汇编·红楼梦卷》，中华书局1963年版，第623页。
[2] 冯其庸辑校：《重校〈八家评批红楼梦〉》，青岛出版社2015年版，第917页。
[3] 冯其庸辑校：《重校〈八家评批红楼梦〉》，青岛出版社2015年版，第917页。

了王夫人的信任，而且为以后众儿女搬离大观园、王夫人在贾母面前为她说尽好话（第七十八回）等情节埋下伏笔。同时，第三十五回，宝玉因对金钏之死深感愧疚，因而特意向金钏的妹妹玉钏献殷勤，玉钏由满脸怒意嫌弃宝玉，到不计前嫌且为之亲尝莲叶羹，可谓宝玉挨打余波的余波。此外，本来贾府之前与忠顺王府是毫无过节的，但宝玉因琪官得罪忠顺王府，导致忠顺王府在贾府败落之际，落井下石，打压贾府。可见，抄家的祸胎，也为此时埋下的。

可以说，宝玉挨打的余波一直延续到贾府抄家，可见，此事件在整部《红楼梦》小说中有着举足轻重的地位，在父子关系全局中也尤为关键。其他有关父子关系的事件，虽也前后勾连，各有余波，但明显没有宝玉挨打余波宏远。如第九回，宝玉上学前遭贾政申饬一事，护花主人评曰："贾政申饬李贵、嗔说宝玉是反衬后文大闹，又为李贵调停之伏笔。"[1] 第十七至第十八回，宝玉题匾一事，其一，为林黛玉误剪香囊做伏笔。因贾政没有为难宝玉，小厮等人很高兴，一下子将宝玉的佩物一抢而光。林黛玉误以为自己做的荷包也被宝玉施舍给他人，生气伤心之下，将做了一半的精致香袋剪坏了；其二，"为下回做诗引线。若此时不预先一试，则下回做诗岂不突如其来？"[2] 第七十三回，宝玉从赵姨娘的丫鬟小鹊口中得知，有可能会被贾政查问功课，正心神不宁，晴雯巧生一计：谎称受惊吓而生病。晴雯的谎言，虽没有明确的前兆，但为后文查抄大观园等事件的爆发埋下了隐患。护花主人评曰："晴雯教宝玉装病，故意乱闹，因此惹出金凤、香囊等事，以致司棋及迎春之乳母等人或死或逐，均受其害，而晴雯亦即被逐殒命。"[3] 父子二人共作《姽婳词》，则为宝玉写《芙蓉诔》作陪衬、铺垫。

总之，宝玉挨打事件的余波最长，影响力最大，涉及面最广。从第

---

[1] 冯其庸辑校：《重校〈八家评批红楼梦〉》，青岛出版社 2015 年版，第 362 页。
[2] 冯其庸辑校：《重校〈八家评批红楼梦〉》，青岛出版社 2015 年版，第 503 页。
[3] 冯其庸辑校：《重校〈八家评批红楼梦〉》，青岛出版社 2015 年版，第 1814 页。

三十四回，薛、林二人与宝玉之间的情感纠葛，一直到第七十一回宝玉对尤氏所说"后事"的不屑一顾，第七十八回袭人被王夫人禀明贾母即将令其作宝玉房中的姨太太，第七十八回抄检大观园，再到续书第一〇五回锦衣卫查抄宁国府，再到第一百二十回蒋玉菡娶袭人为妻，都可谓宝玉挨打事件的余波、影响。宝玉挨打后，小说将叙述重点转向宝黛爱情的发展以及贾府的欢乐。同时，这又隐喻存在着泰极必否、盛极必衰的危险。

综上所述，宝玉挨打将小矛盾凝成了大矛盾、小事件积成大事件。在宝玉挨打之前，有顽童闹书房、叔嫂逢五鬼、宝玉诉肺腑、情赠茜香罗、金钏投井、小动唇舌、忠顺王府索人等，使宝玉挨打成为集众多矛盾的大事件；挨打之中王夫人求情、贾母发怒、贾政认错等，将宝玉挨打推向了父子关系的高潮；挨打之后致使袭人进谗、晴雯送帕、黛玉题诗、宝钗送药、钗蟠争吵等一系列事件，揭示出宝玉与贾政秉持不同价值观、不同人生信条的冲突，揭露了父子之间、嫡庶之间、夫妻之间、母子之间、主奴之间等的矛盾，生动刻画出人物的不同性格，推动了故事情节的发展与生活场景的转换，为下一个高潮的到来做好人物关系与人物性格的铺垫。

# 第三章
## 由盛转衰的高潮
## ——祭宗祠开夜宴

## 第三章　由盛转衰的高潮——祭宗祠开夜宴

　　祭宗祠开夜宴发生在小说第五十三至第五十四回，时间节点是腊月离过年日近，叙事空间从宁国府转至荣国府，核心人物从贾珍转向贾母，宁国府的祭宗祠场面整饬凝重，荣国府的开夜宴场面尽显天伦之乐，这一点与元妃省亲时的威严近似冷酷之氛围形成对比。祭宗祠开夜宴收结贾府日常琐碎生活，以坠儿偷镯、晴雯补裘之事为引子，以乌进孝进租子为背景，从除夕开始，写至元宵之夜。小说先是提及贾珍准备祭祀、贾蓉领春祭恩赏、贾母等进宫朝贺，继而以薛宝琴之眼看宁国府场面壮大的除夕祭宗祠，接着是亲朋好友之间热热闹闹地吃年酒，最后是荣、宁二府全家团圆，看戏听书，阖府上下进行了一场欢乐和洽的元宵夜宴，并以凤姐的笑话"咱们也该'聋子放炮仗——散了'罢"之语作结。

## 第一节　贾府现状

祭宗祠开夜宴是继元妃省亲、宝玉挨打之后全书整体艺术结构上的第三个高潮事件，是贾府依仗天恩祖德最后的、全局性的欢乐高潮，是贾府由盛转衰的转折点，也是家族兴衰线上元妃省亲与贾府抄家两大高潮中的中间节点。如果说元妃省亲高潮事件侧重于展示贾府在皇恩外力下的煊赫之象，那么，祭宗祠开夜宴高潮事件则侧重于展示贾府内力积淀下的煊赫之象。为体现贾府此时兴盛的表象，小说分别在权势、经济、人丁、礼仪等方面不断造势。

### 一、贾府权势达到巅峰

作为功臣国公的后代，贾府即使没有荣宁二公时的显赫，但因仰赖祖宗荫庇，仍不失为当时贵族世家，用荣宁二公的话来说，那便是"吾家自国朝定鼎以来，功名奕世，富贵流传，虽历百年"（第五回）。由第二回冷子兴之口与第十三回秦可卿丧礼内容，可以得知宁国府的权势情况："曾祖，原任京营节度使世袭一等神威将军贾代化；祖，乙卯科进士贾敬；父，世袭三品爵威烈将军贾珍。"第五代"草"字辈子孙中贾蓉则通过宫人戴权之手，花了一千二百两银子捐了个五品龙禁尉之官。再看荣国府这边，小说第三回通过林如海之口，道出贾赦现今袭一等将军、贾政为皇帝恩典的工部员外郎，第二回通过冷子兴之口道出不喜读书的贾琏也捐了个同知的官位。贾府成年男性除贾敬做了道士外，其余都有官职。与贾府联姻的四大家族，史家为金陵世勋钟鼎之家，贾母便是保龄侯尚书令的千金；王家为都太尉统制县伯，其子王子腾又从京营节度使一路升迁，官运最为亨通；薛家祖上乃紫薇舍人，薛蟠是薛公之后，家世富贵，倚仗祖父之威名在户部挂虚名，领着内帑皇粮，经营着多家典当铺，是名副其实的皇商；贾敏之夫家是个不折不扣的书香门第，林如海家虽已过五代，他本人也是前科的探花，已升至兰台寺大夫，当今圣上钦点为巡盐御史。可以说，贾府及其姻亲之族，非富即贵，贾府的显赫有着深厚的历史渊源与现实基础。就在这样深厚的根基上，荣国府里的嫡子、深受贾府偏爱的贾政，其长女元春进宫做了女史，并当上了贤德妃，还深受皇帝恩宠，这种恩宠的极致表现便是小说的第一个高潮事件元妃省亲，且省亲后，"龙颜甚悦，又发内帑彩缎金银等物，以赐贾政及各椒房等员"（第十九回），从此，贾府与皇家的关系愈加密切。

除去贾府及与贾府有姻亲关系的贵胄外，从秦可卿丧礼上送殡官客（"有镇国公牛清之孙现袭一等伯牛继宗……余者更有南安郡王之孙……余者锦乡伯公子韩奇……不可枚数"）以及祭棚之人（东平王府、南安郡王、西宁郡王、北静郡王）的身份，可以看出，贾府平日结交的都是些王侯贵戚。这些王侯之家，齐来贾府送殡，各怀鬼胎，关系微妙，在彰显贾府显赫的同时，也为日后贾府落难埋下隐患。

至祭宗祠开夜宴前夕，小说虽然仅用了27个字，即"王子腾升了九省督检点，贾雨村补授了大司马，协理军机参赞朝政"，就道出了贾府此时政治势力如日中天的形势。前文已经介绍王子腾作为王夫人的娘家哥哥，他的官位高低、稳固与否，可以影响贾府与皇家的关系。王子腾的升迁与元妃的得宠共同形成贾府最有效的政治保障。与此同时，一直受到贾府提携的贾雨村，此时的官职也得到提升。

这里我们需要梳理一遍贾雨村的仕途情况。他先是得到甄士隐的慷慨资助，进京赶考，中了进士，选入外班，凭借着出众的才华，平步青云，做了本地知府。不到一年，因贪酷徇私、恃才侮上被革职。后恰值朝廷有起复旧员之政策，贾雨村因是林黛玉老师，得到林如海引荐、贾政保举，方谋补了金陵应天府之职，然后乱判了冯渊的命案，即小说第四回"葫芦僧乱判葫芦案"。在这一判案过程中，贾雨村不仅熟稔了"护官符"的含义，还十分用心地修书两封，分别向贾政与王子腾告知案件处理过程与结果。这种做法带来的好处便是攀附上了官运亨通的王子腾，第十六回王子腾"累上保本"，使贾雨村从地方升迁至京都。之后，贾雨村以贾政为人际桥梁，在第四十六回通过帮助贾赦弄到梦寐以求的石呆子的古扇，讨好巴结上了贾赦。这里，有两点需要格外注意。其一，与贾政的文官职位不同，贾赦是一等将军，袭的是武职。其二，贾政对贾雨村的赏识，更多的是在才气、诗情上，并非志同道合意义上的欣赏，与人品优劣无关；贾赦对贾雨村的赏识，更多的是因为后者为官处事之手段，他俩是沆瀣一气、臭味相投之人。小说第七十二回通过林之孝之口侧面道出东府贾珍与贾雨村过往甚密，关系非常。贾珍是世袭三品爵威烈将军，与贾赦一样，都是吃皇粮的人。所以，这样的巴结带来的直接便利，就是贾雨村的官越来越大，仕途越来越顺。就在贾府政治最鼎盛的时刻，也就是第五十三回，贾雨村补授了大司马，协理军机参赞朝政，由地方官向京官角色转变，由文官向位高权重的武官转变，由政治边缘向政治权力中心靠拢。从官路来看，贾雨村正是依靠着贾府、凭借着王子腾的关系，官位愈加显贵。第五十三回之后，贾雨村再次出场时，已是第七十二回，由贾琏之口道出其降官的消息。后四十回中，第九十二回复写贾雨村因某事连降三级，又升迁。俗话说得好，"未达时友善，既达时友隙"，随着多年官场的打拼，贾雨村已有了较好的人脉关系，且相当熟谙官场规则，而此时贾府政治权势即将崩塌，于是，他转而去攀附了贾府的死对头忠顺王府。

正是因为贾府平日与身居要位的权贵过从甚密，又加上贾元春成为深受皇宠的皇妃，使贾府一时似乎重新回到了曾经最荣光的时刻。而在第五十三回，小说为塑造贾府政治上的炙手可热之势，使作为贾府直系贵戚的王子腾、作为贾府非常器重的门客贾雨村，一个从内，一个在外，对整个贾府形成了由内而外的政治保障力。同时,小说又借贾蓉到光禄寺领取皇帝恩赏一事,道出"皇恩浩荡"才是无与伦比的体面。诸多方面无非意在说明,祭宗祠开夜宴是整个贾府在荣宁二公之后,势力鼎盛之又一节点。后四十回再次提及王子腾时,已是他忽然薨逝的消息;再次提及贾雨村时,已是他降职的消息,即使攀附忠顺王府保住了乌纱帽,权势也大不如前,最后被第四回中出现的葫芦僧状告下狱,成为阶下囚。也就是说,祭宗祠开夜宴高潮到来时,王子腾、贾雨村以及贾府各有官职之人,其官位达到了他们各自一生中的最高点。祭宗祠开夜宴后,因种种缘由,他们死的死、发配的发配、革职的革职,曾经的仕途巅峰成了过眼烟云。

## 二、经济支撑力达到极限

综观《红楼梦》四大家族(贾、史、王、薛)的经济来源,有恩荫的皇饷、特殊事件中的皇赏、官老爷们的俸禄、放高利贷与徇私枉法所得之钱财、皇商生意、购置的房产以及一些当铺等。小说以薛、贾二家为重点,连带简单提及王家的经济来源,至于史家,鲜少涉及。薛家是四大家族中政治实力相对弱的一家,并没有世袭爵位,所以小说为维持四大家族实力的平衡,将薛家设置成世家贵族中的钱袋子。薛家支领着皇帝内帑,成为皇商,扮演着维持几大家族关系的经济保障角色。小说在第三十七、四十八、五十七回中多次提到薛家的当铺,第四回提到薛家在京中还有几处房舍,以及在甄英莲案件"护官符"中说"丰年好大雪,珍珠如土金如铁"。此外,第十三回薛蟠以满不在乎的口气说将一副"恐非常人可享"的棺木大方地送给贾珍,第二十八回薛蟠只为一个药方就花上千两银子等等,都是薛家经济实力之雄厚的写照。与此同时,王家的经济实力也不容小觑。第七十二回凤姐与贾琏斗气,凤姐曾言,"把我王家的地缝子扫一扫,就够你们过一辈子呢……把太太和我的嫁妆细看看,比一比你们的,那一样是配不上你们的",

可见王家经济实力也很雄厚。

与薛家的皇商身份不同，贾府除荣、宁二府享有官职的老爷在朝廷供事所得的俸禄外，还有其他收入。作为贾府的"财政大臣"，王熙凤经常将下人们的月钱拿去放贷，赚取利钱，"一年不到，上千的银子"（第三十九回）；同时，她还常常玩弄政治手段，如第十五回在金哥与守备之子的婚事上净赚三千两银子，且"胆识愈壮。以后有了这样的事，便恣意的作为起来"。再如，第六十八回，凤姐为惩治贾琏偷娶尤二姐一事兴诉讼、闹宁国府，也不离财字，从宁国府整来五百两银子。然而，凤姐得来的这些钱财多为中饱私囊，并未入贾府账本上。贾赦、贾政、贾琏乃至贾珍、贾蓉，究竟每年的俸禄多少，小说并未直接说明，只是后四十回贾政任江西粮道时，写及因张十儿等恶仆捣鬼，"带来银两早使没有了，藩库俸银尚早，该打发京里取去"（第九十九回），还要预备各种人情往来的费用，可见，贾政在外花销颇大。至于皇帝的恩典与贾妃的赏赐，用贾蓉的话来说，那便是："按时到节不过是些彩缎古董顽意儿。纵赏银子，不过一百两金子，才值了一千两银子，够一年的什么？"所以贾蓉领来春祭恩赏拿给贾珍时，小说写道："只见贾蓉捧了一个小黄布口袋进来。"（第五十三回）一个"捧"字，在写出贾府对皇权的敬畏外，更写出赏赐数量之少。为此，王伯沆认为："不言数目，甚冠冕。但二分祭赏，在一小黄布口袋中，蓉可捧入，其并不多矣。"[①] 除以上收益外，贾府还有一些老宅子与家庙，如在第二个高潮事件宝玉挨打中贾母便喊着要回的南京老宅子、第四十六回鸳鸯与平儿论说贾赦时提及自己的老子娘在南京给贾府看的宅子、第十五回停灵的铁槛寺等，都可以看作贾府的不动产。然而，这些收入多数时候并不能直接产生增值，如老宅等还要雇人看守，并不能转化成实际生产力。

---

[①] （清）曹雪芹原著，（清）程伟元、高鹗整理，张俊、沈治钧评批：《新批校注红楼梦》，商务印书馆2013年版，第955页。

相比之下，贾府最主要的经济来源便是各地方田庄每年定交的折卖银两与各色货物。而这一点，小说在第五十三回乌进孝进租一事娓娓道来。其一，乌进孝作为田庄的总负责人，按惯例每到年底都要往贾府送钱送货。这一点可以通过其对贾珍的奉承话，"不瞒爷说，小的们走惯了"，可以看出乌进孝已经是向贾府进租的老人，经验丰富，这也是为何在贾珍、贾蓉的刁难质问下他能够游刃有余地"打擂台"。其二，通过进租一事，小说还透露出一个问题，往年宁国府八九个庄子除了上缴名目繁多、琳琅满目的货物外，还要上缴五千两左右的银子，而今年，淫雨冰雹等天灾，使得稼穑艰难，只能上缴二三千两银子。其三，荣国府现今虽比宁国府多几处庄地，所得数量与宁国府相差不多，也处于打饥荒的境地，荣国府不但不能添些银子，还添了许多花钱的事，经济上陷入出多进少的困境。其四，这种天灾并非一年就停止，接下来的年岁里，天灾不断，匪盗连连。为此，小说在第七十五回通过西瓜口感欠佳道出"雨水太勤"，第六十六回薛蟠在平安州界遇到一伙强盗，后四十回中贾府奸盗丛生等不利情况，共同构成一幅末世景象。

所以，乌进孝进租的这个年关，是荣、宁二府经济支撑力达到极限的时刻。恰如第十三回秦可卿托梦给凤姐时所说的"如今盛时固不缺祭祀供给"。虽然此时，"外头体面里头苦"，贾府尚且可以保持属于贵族的最后排面，租单上的山珍海味、飞禽走兽，数量之大、种类之多，恰恰是对贾府经济实力回光返照的写照。此后，贾府经济左支右绌，显出衰世景象，因此贾府以典当抵押、东挪西借的方式解燃眉之急的频率愈来愈高，到最后发展为以偷取贾母积蓄来维持生计的程度，标志着贾府的破产。

## 三、人丁最兴旺、支派最繁盛

经荣宁二公至"草"字辈子孙，绵延下来，贾府已立五世，生齿日繁，人烟阜盛。石头城的荣、宁二府旧宅门第之大，"竟将大半条街占了"（第二回）。小说要展现的正是人口最盛的"文""王"两字辈时代。有学者统计过人数，但始终未能达成统一意见。①此处重点并非要精确核算贾府人口，因此，本书只选取小说部分章节句段，以点明贾府人口之多。婢女善姐曾以"这些妯娌姊妹，上下几百男女，天天起来，都等他的话。一日少说，大事也有一二十件，小事还有三五十件"（第六十八回）之语来搪塞尤二姐。可见，贾府发展到第三辈、第四辈时，俨然已成为一个拥有数百口人的大族。

如此大家族的府邸，贾府之人会在各种节日、各种大事上举行聚会。如秦可卿丧礼上，小说前后提及32个具有贾府主子身份的男丁②，但是作为宁国府的当家人，贾敬因怕"染了红尘，将前功尽弃"并未在意孙子媳妇的丧事，所以并未回宁国府；建造省亲别墅时，也只是让与荣国府关系和谐的赵嬷嬷、贾蔷等人参与进来（第十六回）；打醮之事，贾母高兴放话想去者皆可去，去者也不过是贾府内部的男女（第二十九回）；贾敬、贾宝玉、贾母、凤姐等人的寿辰生日时，也往往只宴请荣、宁二府部分相关人员；外客如刘姥姥来贾府时，最热闹的一次也不过是贾母带领小姐、夫人们出场（第四十回）；清明时节，荣国府贾琏带领贾环、贾琮、贾兰三人，宁国府贾蓉同族中几人一同去往铁槛寺祭柩烧纸，人数并不多（第五十八回）等等。这

---

① 除众所周知的学界前辈徐恭时、顾平旦、徐文等，尚有诸联《红楼评梦》、姜祺《红楼梦诗自序》、姚燮《红楼梦人索》、寿芝《红楼梦谱》、星白《红楼梦人谱》、颍川红光《红楼梦人名表》、赵苕狂《红楼梦人名辞典》、李君侠《红楼梦人物介绍》、朱一玄《红楼梦人物谱》、王昆仑《红楼梦人物论》、朱眉叔《红楼梦的背景与人物》、李希凡等《传神文笔足千秋》、张庆善等《红楼梦中人》、李鸿渊《〈红楼梦〉人物对比研究》、周书文《红楼梦人物塑造的辩证艺术》、陈存仁等《红楼梦人物医事考》、谢鹏雄《红楼梦女人新解》、韩金瑞等《红楼梦人物大全》以及各高校如北京师范学院中文系《红楼梦人名表》、南充师范学院中文系《红楼梦人名总表》、南京大学中文系《红楼梦人名索引》、贵州省红学会编《红楼梦人物谱》等做出了颇见功力的努力。
② 分别是贾代儒、贾代修、贾敕、贾效、贾敦、贾赦、贾政、贾珍、贾琏、贾宝玉、贾环、贾琮、贾瑞、贾珩、贾㻞、贾琛、贾琼、贾璘、贾蔷、贾菖、贾菱、贾芸、贾芹、贾蓁、贾萍、贾藻、贾蘅、贾芬、贾芳、贾兰、贾菌、贾芝等。

些节日聚会多属于家庭内部的小欢乐,并未将贾府近族之人涵盖在内。那么,在将贾府同宗近亲会聚到一起的事件中,祭祀祖先无疑是号召力最大的,涉及的族人应该是最多、最全的。

这次祭祀宗祠,在都外玄真观修炼的贾敬都回到了贾府,要知道他就连自己过寿辰都不曾回府的,而这次,贾敬则是作为主祭出现的。除贾政未到场外[①],贾赦、贾珍、贾琏、贾琮、贾宝玉、贾环、贾蓉、贾芹、贾蔷、贾菖、贾菱、贾荇、贾芷等合族男子全部到齐。贾府女眷中,贾母为首,带领贾母的妯娌们、邢夫人、王夫人、尤氏、凤姐、贾蓉媳妇以及宝琴等众姊妹,也都入了祠堂,齐刷刷"将五间大厅,三间抱厦,内外廊檐,阶上阶下两丹墀内,花团锦簇,塞的无一隙空地"(第五十三回),极力名状贾府人丁兴旺之态。

这种人丁兴旺的表象,更反衬出贾府后继无人的凄凉。祭祀宗祠,祭的是贾家的列祖列宗,而列祖列宗正是贾家富贵的奠基者。小说中,荣宁二公之灵,时隐时现,洞烛先机,成为贯串贾府之盛衰的又一条线索。宁国公、荣国公等首次出现是在第二回"冷子兴演说荣国府",主要功能是介绍贾府的人物关系。而荣宁二公真正意义上的出场则是在第五回"游幻境指迷十二钗"。该回中作者以幻笔形式由警幻仙姑之口道出了荣宁二公亡灵的悲叹之原因及殷切之期待。它所反映出来的第一个问题,与小说第一个高潮事件元妃省亲相通,则当有曹家的影子在,有其真实历史的成分;第二个问题,则是贾府后继无人的现状,从第一代发迹到第四代除宝玉外,斗鸡走狗、淫糜沦落,第五代每况愈下,一败涂地之势已成定局。荣宁二公的忧虑恰恰反映了贾府子孙不肖、后继无人的难题。

对这一难题,小说进行了多次点染、铺叙。从书中所记录的生活琐事、

---

① 据小说第三十七回交代,贾政被点了学差,去了海南。直至第七十一回,贾政于六月份归来。所以,祭宗祠时,贾政并未在家。

细节描写中便让读者深刻真实地感受到贾府子孙们的窝囊、堕落，只一味贪图享乐，可谓纤毫毕现。他们没有将欲念提炼成才华和美德，他们往往把女子作为满足肉欲的工具，充斥着荒淫无度的床笫之欢。他们生活奢靡、沉迷于声色犬马、扬欲抑情，时时刻刻对修身、齐家、治国进行解构，糜烂的生活已经形成"奥吉亚斯牛圈"。所以读者在看《红楼梦》的人物群像时，往往会想起《恨海·情变》第八回"论用情正言砭恶俗　归大限慈母撇娇娃"中仲蔼的言论。仲蔼认为《红楼梦》里的"钗，黛诸人都是闺女，轻易不见一个男子，宝玉混在里面用情，那些闺女自然感他的情……幸而世人不善学宝玉，不过用情不当，变了痴魔；若是善学宝玉，那非礼越分之事，便要充塞天地了"[①]。

贾政，曹雪芹给他用一个"政"字，谐音"正"，然而又是一个"假正"。他表面上身体力行维护着正统道德，小说基本上没有正面描写他身上的任何污点，然而我们从他身边经常围着的那群清客如詹光（沾光）、单聘仁（善骗人）、卜固修（不顾羞）、程日兴（整日兴事）、胡斯来（胡着来）的名字又不得不感到疑惑，从其谐音中就可知这些人的品性道德。贾政谐音"假正"，也就是假正经、道貌岸然的意思，白天陪伴他的是这些为人不齿的清客们，那么晚上呢？小说中对贾政和赵姨娘同房的情节就寥寥几笔，但我们可管中窥豹。赵姨娘几乎是整本小说中从头到尾都让人生恨的人，可是贾政为什么偏偏喜欢"阴微鄙贱"（第二十七回）的赵姨娘呢？清朝的读花人涂瀛在其《红楼梦论赞》中给了一个有趣的解释，即"食色性也……贾政且大嚼之有余味焉，岂所赏在德耶？"[②]也就是说贾政是把"苦瓠子"赵姨娘当成了泄欲工具，何其悲哉！贾赦，表面曰"赦"，实际是"假赦""假色"，是不可饶恕的色魔淫魔。小说中的他可谓色中饿鬼（如威逼鸳鸯做小老婆），

---

[①]（清）吴趼人：《恨海·情变》，天津古籍出版社1987年版，第64页。
[②]（清）涂瀛：《红楼梦论赞》，载一粟编《古典文学研究资料汇编·红楼梦卷》，中华书局1963年版，第139—140页。

见物眼开之人（为扇诬陷石呆子），连贾母这样看惯大家公子偷鸡摸狗的人都对其有了意见，可见贾赦完全没有大家君子之风，是不可饶恕赦免的。然而乾隆甲辰抄本中偏偏添加了"为人平静中和"的评价语，凸显了小说对贾赦的反讽张力。"平静中和"与贾赦因几把扇子便暴打贾琏斥其办事不力、因鸳鸯不肯做妾而扬言无人敢娶、放着身子不保养却成日家和小老婆喝酒等行为，甚为相悖，所以俞平伯在《读红楼梦随笔》中指出贾赦"不伦不类，荒谬极矣"[①]。

长辈不能做到不动于微利之诱、不眩于五色之惑，那子侄辈如何呢？贾琏，作为贾府管理家事的重要之人，却也同乃父是一丘之貉。但是曹雪芹偏偏给他用一个"琏"字，这大有趣味。《论语·公冶长篇第五》子贡问曰："赐也何如？"子曰："女器也。"曰："何器也？"曰："瑚琏也。"钱逊先生解释为："瑚琏：古代宗庙中祭祀用的盛粮食的器皿，竹制，上面用玉装饰，是祭器中贵重而华美的一种。"[②] "琏"是尊贵的、有用的祭祀器皿，然而贾琏这个"内惧娇妻，外惧娈宠"之人却无法真正成为贾府的顶梁柱，他虽可承担护送林黛玉的任务，能看清贾雨村"他那官儿也未必保得长……宁可疏远着他好"，在贾家用人之际可以担当一面，但在《红楼梦》一书中，作者用了更多的笔墨来重点塑造他"浪荡子"的形象："只离了凤姐便要寻事，独寝了两夜，便十分难熬"，所以在其女儿巧姐出痘期间与"宁荣二府之人都得入手"的多姑娘多次媾和，难分难舍；在王熙凤过生日之际与鲍二媳妇偷情被捉奸在床后发狠撒野；在大办丧事期间背着王熙凤与尤二姐蜜意缱绻，这种不体面、不合礼法的行为为尤二姐日后在贾府的尴尬处境埋下隐患；与贾赦房中的丫鬟秋桐"真是一对烈火干柴，如胶投漆"。以上种种，贾琏由色生情的形象栩栩如生。再看贾环，这个贪小赖账的富家子弟，心胸狭窄，

---

[①] 中国作家协会武汉分会编印：《读红楼梦随笔》，内部资料，红楼梦研究问题参考资料，第32页。

[②] 钱逊：《〈论语〉读本》，中华书局2007年版，第57页。

落落寡合,然而不得不让人同情,因为大观园的小儿女们,大部分只对贾宝玉青眼相待,导致贾环长期备受排挤,朝着畸形人格发展下去。

男性如此,再看女性,我们以管家奶奶凤姐与李纨为代表。王熙凤管起家来"十个男人不敌她",然而也热衷于抓尖卖乖、中饱私囊、卖弄权威,其个人的聪明才智不但无力回天反而加剧了贾府的瓦解没落进程;被王熙凤戏称为"佛爷"、被贾琏的小厮兴儿称为"大菩萨"的李纨,"虽青春丧偶,居家处膏粱锦绣之中,竟如槁木死灰一般,一概无见无闻,惟知侍亲养子,外则陪侍小姑等针黹诵读而已"(第四回),所以著名红学家李希凡认为"曹雪芹对李纨形象的创造,既表达着对其高洁品质和才智的敬重与赞美,又渗透着对其形单影只、清心寡欲的悲苦命运的同情与惋惜"[①]。李纨就像一口永无波澜的枯井,好似一盆行将就木的弱兰,全无个性,从"威赫赫爵禄高登"走向"昏惨惨黄泉路近"(第五回)。

可以说,以贾母为代表的中老年女性偏于玩乐享福,以贾珍为代表的中老年男性偏于感官刺激,唯一有望成才的宝玉,则偏于意淫与清谈遐思。无论是"阆苑仙葩、美玉无瑕"还是"如今的儿孙竟一代不如一代"(第二回),到头来是"一朝春尽红颜老,花落人亡两不知"(第二十七回),是"落了片白茫茫大地真干净"(第五回)。它是曹雪芹对"审美"和"审丑",人生凋零、残落的一种叹息。生存的欢乐也好,苦恼也罢,一切都成为泡影,最后只剩下"一把辛酸泪"!享乐主义泛滥成风的前提下,人丁的繁多,从某种意义上来说,加快了贾府的败亡速度。

## 四、仪礼约束力最明显

"无规矩不成方圆",规矩仪礼是维持世家大族秩序与脸面的重要手段。

---

[①] 李希凡、李萌:《传神文笔足千秋——〈红楼梦〉人物论》,东方出版中心2017年版,第306页。

作为钟鸣鼎食之家、翰墨诗书之族的贾府，人与人之间自然也有着严格的礼数界限。

这种仪礼约束第一表现在对长辈的尊敬、孝顺、顺从上。每日晨昏定省不说，还要伺候长辈吃饭、陪长辈娱乐、听从长辈的训教。如小说多次写贾母用饭的场景，邢、王两位夫人都要先摆放饭菜，贾母让其坐下一起用餐方可用餐，李纨、凤姐、尤氏等孙子辈的媳妇只能站着相陪。即使令丫头们都瞧不上的贾赦，在处理代贾母问候这种事情时，不敢失了礼数，也要先站起来回复贾母的话。邢夫人见了宝玉，也是先站起来回了贾母的安，再给宝玉让座、倒茶，因为宝玉辈分上虽是他们的侄子，但此时是带着贾母的使命而来，贾赦、邢夫人的做法表达的是对贾母的尊重（第二十四回）。再如，清虚观打醮，贾珍见贾蓉径自去乘凉，失了教养，于是令小厮啐他，贾蓉也只能"垂着手，一声不敢说"，因为此时小厮的训斥代表着贾珍的训斥（第二十九回）。宝玉向来畏惧贾政，见了贾政就像个"避猫鼠儿"（贾母语，第二十五回），出门经过贾政的书房时，也要下马。即使贾政不在家，书房锁着门，宝玉仍然坚持"虽锁着，也要下来的"的规矩（第五十二回）。为此一点，贾母便十分溺爱宝玉，"见人礼数竟比大人行出来的不错"（第五十六回）。

规矩约束力第二表现在同辈之间对年长者的尊敬。如宝玉搬进大观园前去王夫人的屋里，探春、惜春、贾环都要站起来，迎春因为年长不必站起来，就体现出姊妹们之间的礼数。规矩的约束力第三表现在身份贵贱之间的礼数上。如与凤姐相厚，作为凤姐最得力助手的平儿，当凤姐用餐时，都是在一边伺候，即使没有下人在与凤姐同时进餐，她也是"屈一膝于炕沿之上，半身犹立于炕下"（第五十五回），平儿身份是奴仆，这样的做法才是得体之法。即使身为贾政宠妾的赵姨娘，在王夫人面前，也是不敢越礼的，常要与"众婆娘丫头们忙着打帘子，立靠背，铺褥子"（第三十五回）。除此之外，贾府还规定仆人要分等级，做粗活的丫头婆子不能走进主子的屋里来；

有了新鲜果品、玩意，首先要孝敬长者、尊者，然后方可享用等。所以，凭借着这样的礼数，贾府虽然人口众多，但主子们依然能够做到彬彬有礼、仆人们能够各司其职，怪不得刘姥姥当着贾母、凤姐等人的面夸赞说，"我只爱你们家这行事。怪道说'礼出大家'"（第四十回）。

　　除夕夜，祭祀宗祠，恰恰体现出贾府往日的规矩来。祭祖的规矩是左昭右穆，男东女西，仪门是主仆分界处。由贾府男性辈分最高者贾敬主祭，贾赦陪祭，贾珍献爵，除长房长孙贾蓉外，贾府其他男性儿孙每人各执一祭物，礼仪秩然；传送供品时，先由贾敬捧菜至，传于贾蓉，贾蓉再传于贾蓉媳妇，又传于凤姐、尤氏诸人；摆放供品时，则以贾府女性辈分最高、地位最尊贵者贾母为主，长媳邢夫人陪同；贾府未出嫁的女孩们则只跟随行礼，不参与祭祀。整个祭祠过程，井然有序，尊卑有别，"鸦雀无闻，只听铿锵叮当，金铃玉珮微微摇曳之声，并起跪靴履飒沓之响"。庙礼完结后，家礼紧随其后。贾母最先入座，在其两边请贾母一辈的两三位妯娌入座，之后是邢夫人等人，再之后才是宝琴等姐妹们。布置席面、各人奉茶阶段，尤氏亲捧茶与贾母，贾蓉媳妇再捧与众老祖母，然后尤氏又捧与邢夫人等，贾蓉媳妇又捧与众姐妹。凤姐、李纨等只在地下伺候。再之后，邢夫人等先起身来服侍贾母吃茶，凤姐、尤氏紧随其后搀扶贾母从宁国府出来回到荣国府，接受辞岁礼，"左右两旁设下交椅，然后又按长幼挨次归坐受礼。两府男妇小厮丫鬟亦按差役上中下行礼毕"。至此，小说对宁、荣两府的铺设、女眷们的次第家礼，方介绍完毕。到了元宵节这天，贾府的规矩再次发挥了重要作用。因贾母为荣国府之尊，只要有她在，每次宴会都会以其为核心。小说曾在第四十回设宴大观园时，将宴会座次、待客规矩详细介绍过。这次元宵座次因人物身份有所变化，与上次相比略有调整，李婶娘与薛姨妈坐上席，贾母坐在其对面。在旁边一席，宝琴、湘云、黛玉、宝玉四人并坐，下面是邢夫人、王夫人之位，再下边才是尤氏、李纨、凤姐、贾蓉媳妇，西边是宝钗、李纹、李绮、岫烟、迎春姐妹等。主宾各坐其位，礼数丝毫不差。

　　"仓廪实而知礼节"，经济基础决定上层建筑，祭宗祠开夜宴时刻，贾府经济的支撑力还处于鼎盛阶段，因此，贾府规矩尚在，体面尚在，规矩约束力、道德的律令尚可起到作用。再加上内外围政治势力炙手可热，各支脉子孙众多，诸要素形成巨大合力，将贾府的兴盛气象烘托出来。

## 第二节　祭宗祠开夜宴高潮艺术

贾府在政治、经济、人丁、秩序等因素俱佳的基础上，迎来了可以凝聚人心、汇聚族群、彰显秩序的祭祀与家宴活动。这场活动，可以说是"富而好礼"的贾府恪守封建礼法的最集中表演。

### 一、以陌生化手法渐次写出煊赫气势

有关祭祀家宴的描写，其他小说中也多次提及，如《儒林外史》中的"祭泰伯祠"。然而，《红楼梦》不落俗套，并未完全以全知视角展开描写，曹公颇具匠心，以薛宝琴之眼一一写来。薛宝琴就像一部移动的摄像机，将整个祭祀场所的摆设、祭祀过程及繁缛的礼仪，一一"拍摄"下来。薛宝琴为薛宝钗之妹，宝琴来贾府时，很快就得到了贾母的偏爱。贾母不但逼着王夫人认宝琴为干女儿，与宝琴同吃同住，以一件珍贵的凫靥裘慷慨相送，还叮嘱宝钗不要管紧了宝琴，"让他爱怎么样就怎么样"（第四十九回）。与此同时，宝琴自幼跟随其父行商，足迹广，见识多，对贾府祭祀一事会有新鲜感，但并不会一惊一乍。所以，作者将"一篇绝大典制文字"（第五十三回回前总批）[①]借助宝琴的眼睛，侧面写出祭祀礼仪，既省去不必要的繁文缛节，也增强了行文的陌生化效果。

---

① ［法］陈庆浩编著：《新编石头记脂砚斋评语辑校（增订本）》，中国友谊出版公司1987年版，第616页。

为体现贾府极盛的景象，小说从五个层面来写祭祀宗祠的煊赫场面。第一层点明时间，即腊月二十九，贾府为祭祀宗祠做好了各种准备，到处焕然一新，"空架子"甚为轩昂。第二层通过介绍贾母等有封诰者进宫朝贺一事，点明贾府与皇家关系之紧密。从第三层开始，小说以薛宝琴之眼，依次介绍贾氏宗祠大门匾字与联语、甬路翠柏、月台摆设、抱厦前悬挂的金匾及联语、正殿前悬挂的匾及对联、内部灯烛锦幛及神主，有板有眼，笔笔分明，尽显贾府家庙规模之宏大，贵族气象之彬彬。这些匾额及对联与小说第三回以黛玉之眼介绍荣禧堂对联、第五回宁荣二公之灵托付警幻仙姑之语、第七回焦大醉骂、第十三回秦氏托梦，彼此贯连。小说前文数次的侧面点染、铺垫，与此次正面介绍，形成前后照应之势，彰显贾府不可一世的显赫勋业、富贵风光。第四层，铺叙贾府族人壮观而秩序井然的行礼场面，以"只见""只听"两词，从空间音响的角度分别写出贾府人丁兴旺之象与世家规矩礼数之严。第五层，描摹宁国府尤氏上房陈设布置及女眷行家礼的场面。以上五层写出了贾府祭祀宗祠的昂昂气派。

## 二、以烘云托月之法写出欢乐与冷清

小说详细写完除夕祭祀宗祠活动之后，以寥寥数语概写初一至元宵前一日之事，然后集中笔墨叙述以贾母为核心的元宵夜宴。在这场宴会上，曹公将生活酝酿成艺术，精心布局，将一幅载歌行乐的"夜宴图"呈现在读者面前。如果说宁国府祭祀宗祠主要是为彰显贾府祖上的累累功业、赫赫声名，气氛较为肃穆，那么，接下来的荣国府元宵开夜宴则主要是为体现贾府族人之间的安乐和美，气氛一下子活跃起来，将贾府的鼎盛之势推向高潮。

夜宴一开始，小说将笔墨重点放在绘物摹景上，不厌其烦地介绍宴席上的物件之珍贵、众人座次之安排、门梁挂饰之奢华、族人不和之因、贾母倚枕看戏、贾珍等撒钱斟酒等等，既渲染了夜宴的富丽炫目和井然有序，又为下文集中凸显人物做好准备。之后，小说采用"横云断山"之法，插入宝玉离席后进大观园看袭人、宝玉小解、婢仆斗嘴等情节，将叙述视角由内厅转向外园，不但使宴会的情节发展略一停顿，避免了小说的平铺直叙，还扩大了小说的叙事容量，延展了叙事空间。待宝玉入座，小说正式将笔墨集中转向核心人物的描写上，由静态描写转向动态叙述，氛围由冷转热，相继叙及贾母破旧套、凤姐效戏、梨香院家班唱戏、众人击鼓传梅、贾母设笑谈、凤姐讲笑话，上场的人物越来越多，欢乐的氛围越来越浓，最后在放炮仗点烟花、戏班抢钱取乐的欢乐高潮中，夜宴结束。

　　俗语有曰"祸福相依"，就在这热闹场面中，小说多处插入冷清之笔，令原本应该欢乐的宴会充满着说不尽的冷清之感，然冷清氛围中又有热闹，从而形成强烈的艺术张力。首先，贾敬因为修仙只在静室默处，并不参加这种充满人间烟火气的热闹事。其次，贾赦"在此不便"，竟也告辞独乐去了。因为贾赦曾强娶鸳鸯不得，与贾母闹得不愉快（第四十六回）；贾赦屋里姬妾众多，所以"取乐与这里不同"。贾珍、贾琏、贾蓉等人相约追欢买笑，另设一席，难改纨绔习气。需要注意的是，除夕祭祀宗祠时，祠堂正殿上的匾额"慎终追远"恰恰在提醒贾府子孙要保持孝悌人伦的家风。然而，贾敬、贾赦的行为正是对匾额的极大讽刺。再次，贾府部分族人并不接受贾母的盛情邀请，或因年老不便，或因疾病淹留，或因妒富愧贫，或因不肯攀龙附凤，或因不惯见人，百般理由，万般说辞，终究不肯前来凑趣捧场，可见族人之间并非如表面上的一团和气，而是在暗地里你争我斗，这也就是探春所说的"先从家里自杀自灭起来"，这也预伏着第七十五至第七十六回的中秋夜宴，贾母哀叹人丁稀少之事，乐极生悲，凄凉败落之景尽显。最后，最能承欢娱亲的凤姐，讲笑话时，两言"完了"，五言"散了"，也在暗示后四十回家破人亡的结局。

## 第三节　祭宗祠开夜宴在全书中的意义

总体而言，祭宗祠开夜宴，场面由静到动、气氛由冷到热，叙事场景由宁国府到荣国府、由厅内到厅外，由男性为主到女眷为主，是展现贾府仰赖天恩祖德后由盛转衰的分界线。

### 一、高潮本质：由盛转衰的分水岭

从全书艺术结构而言，祭宗祠开夜宴是贾府兴衰的转捩点。如果说第五十二、五十三回贾府还有看似光鲜的表象，也只能说在勉力支撑了，贾府政治实力达到顶峰、经济支撑力达到极限后，必然走向衰败。无论多么显赫的世家大族，都逃不出"三世而衰，五世而斩"的诅咒。元宵节之后，贾府衰颓之势日渐明显。此后，贾府内外交困，各种矛盾冲突逐渐激化，待元妃薨逝、王子腾病故后，最终走入穷途末路。为更加直观地展现贾府兴衰的拐点，本文拟构了"贾府兴衰走势图"，将贾府建业、兴盛、衰微、没落几个不同阶段勾勒出来。

图 4 贾府兴衰走势图

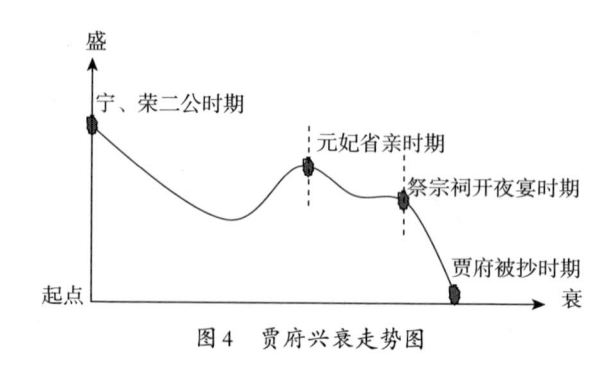

如图 4 所示，宁、荣二府的总体发展趋势是衰败，其中，宁荣二公时期是贾府地位显赫的顶点，元妃省亲时期是贾府势力中兴的顶点。自荣宁二公之后，贾府再也没有出现那般有魄力的人物。从尤氏评焦大"只因他从小儿跟着太爷们出过三四回兵，从死人堆里把太爷背了出来，得了命"（第七回），我们可以读出两个信息，其一，宁荣二公经常出兵作战；其二，贾府的家业根基是用命拼出来的，得之不易。可以说，贾源、贾演是家族创业者，是开国元勋，戎马一生，允文允武，被封为"国公"。宁荣二公一出场，便已作古，其儿子贾代善、贾代化袭了官。根据"袭"字，我们或许可以这样猜测，第二辈"代"字辈子孙无论文还是武，都未能超过或者比肩父辈，其政治势力并没有父辈显赫。同时，从贾母的见识、眼光来看，我们还可推测出这辈人也是颇有智慧之人，只是这辈人皆非长寿之人。

这样的高起点，至第三代"文"辈时期，太平盛世下的贾府子孙此时只拥有侯爵爵位，社会地位比祖辈、父辈更低一级。这一代人，修仙的修仙、高乐的高乐，就连最有祖辈遗风的贾政，也要靠着恩荫才封了官。贾府在"文"字辈时期，骄奢淫逸已然成风，喜的是元春凭借德才为贾府政治迎来中兴。元妃省亲为贾府势力的复兴注入一股新力量，在元春晋封贵妃的同时，贾政、王子腾的仕途也愈加坦荡，备受隆恩。

这里要明了一个问题，即所以说元妃省亲时刻是贾府势力中兴的顶点，是继宁荣二公时期之后的又一鼎盛点,而非第五十二、五十三回祭宗祠开夜宴王子腾、贾雨村等人官位达到最高的时刻,是因为对贾府而言,元妃省亲是贾府势力回升的直接借力点、第一借力点。王家虽与贾家"一荣俱荣,一损俱损",但是王子腾毕竟不是贾府族人,他只是贾府势力回升的间接借力点、第二借力点。至于贾雨村,他借势于贾府与王府,一定程度而言,与二府也是同呼吸、共命运之人。但他毕竟只是贾府一个门客,一个备受重视的门客。贾雨村的升迁,对贾府只能算是更外围借力点、第三借力点。因此,元春晋封省亲,为贾府带来最直接、最得力、最有效的政治保障,王子腾、贾雨村以及江南的甄家等,只是与贾府形成政治上的相互依附关系,只是贾府的政治盟友。所以说元妃省亲是贾府政治势力最鼎盛的写照。

元妃省亲后,贾府靠着恩荫祖德、皇家庇佑,迎来一段更加奢靡、更加淫狎、更加放肆的生活。前有秦可卿托梦,后有元妃劝诫,然而贾府掌权人并未醒悟,一味要享受、一味摆体面、一味讲形式,在除夕祭祀宗祠、元宵大开夜宴时将这种体面、狂欢送上顶点。

这里也需要明了一个问题。贾府此时的"盛"是继宁荣二公之后,在大衰落的前提下,一种全面的"盛",由内(元妃、贾政)到外(王子腾)到又外(贾雨村)构成的政治保障力达到最大值、经济上支撑力达到最强、人员上全族人丁达到最繁、宗法制度上礼法约束最力。这之后,再也没有任何一个阶段,可以与此阶段比肩。

只是好花不常开,好景不常在,元妃的位置并未坐稳坐牢,加上贾府内部蛀虫的腐蚀、外部各方矛盾集中爆发,贾府的"空架子"很快失去了支撑,以"醉金刚小鳅生大浪"为引爆点,内外夹击,贾府最终被抄家,一败涂地,达到家族悲剧的高潮。

## 二、高潮导向：叙事基调由欢乐转向哀怨

中国社会自古以孝悌为伦理之本。颇能体现孝悌观念的方式之一便是大家族子弟的同居方式，尤其是父母在世之时，更是不提倡分家异爨的。这一点，《旧唐书》中的《孝友传》篇、《宋史》中的《孝义传》篇便是例证。然而，世家大族数代同居，传代既久，导致血统关系日渐疏远，且随着人口的增多，矛盾、暧昧自然也就随之而来，甚至发生祸起萧墙的悲剧，成为探春口中的"乌眼鸡"。所以，这种大家族往往只能依靠相互之间的忍耐，来维持形式上的和谐团结。祭宗祠开夜宴便是贾府数代同居带来的结果，表面上一家和谐，实际上喜庆中氤氲着悲凉，繁荣里预示着衰颓。对此，清人张新之（太平闲人）曾在第五十三回回后评曰："而盛衰倚伏之机已令人洞若观火。五十三、四回正书之中幅，非此何足以镇全部。"[①] 的确，如果说小说在前半部主要突出贾府的欢乐和谐，那么，祭宗祠开夜宴便是这种欢乐和谐表象的最高呈现形式，它写出了一个世家大族的气派。然而，自该高潮过后，小说的叙事主调则由欢乐、融洽转向忧愤、哀怨，表达意图重点转向对各方矛盾斗争的书写。

从第五十五回开始，贾府下人抱怨"争闲气"，至第五十八回"生事"、第五十九回各屋"作反"、第六十回"家反作乱"、第六十一回下人偷盗，之后是琏、凤夫妻关系彻底恶化。就在贾府内矛盾波澜骤起之时，宝黛爱情却愈加成熟，两人惺惺相惜，在"紫鹃试玉"后，宝黛爱情由暗至明，但以王夫人为首的贾府家长，开始对宝黛爱情进行打压。抄检大观园高潮的到来，既是贾府内部矛盾白热化的写照，也预示着宝黛爱情最终的毁灭。

---

[①] 冯其庸辑校：《重校〈八家评批红楼梦〉》，青岛出版社2015年版，第1356页。

# 第四章
## 『自杀自灭』的高潮——抄检大观园

## 第四章 "自杀自灭"的高潮——抄检大观园

抄检大观园发生在小说第七十四回,是继元妃省亲、宝玉挨打、祭宗祠开夜宴三个高潮事件之后的第四个高潮。此次事件,以甄家被抄家且贾府日渐败落为大背景,以"裁减人员"、解决"道德风化"问题为噱头,聚焦贾府内部婆媳、妯娌与主仆、仆仆等人际矛盾,聚焦主子为维护贾府利益而采取抄查手段及奴仆为捍卫自身权益而采取的反抗行动。抄检大观园前半回"惑奸谗"从晴雯生,后半回"避嫌疑"从尤氏生,这是一场以一个小小的绣春囊为导火索,而引发的"自杀自灭"的窝里斗闹剧。

在这次行动中,大观园外的敌对势力对大观园内代表着美与善与真的小儿女们实施了毁灭性的报复。究其原因,一则以司棋为首的丫鬟妄动风月,生活作风不检点,遗把柄于大观园外之主子;二则院内众婆子、媳妇们趁着主子们"撞丧的撞丧去了(贾母与王夫人吊丧),挺床的挺床(凤姐小产卧病)"屡生事端,刁奴欺幼主、赵姨娘无理取闹、芳官大战干娘、莺儿编花篮风波等,致使大观园沦落为是非之地;其三,贾府生齿日繁,人浮于事,更有天灾人祸,借裁减人员以减少花销的措施迫在眉睫;其四,邢夫人与王夫人、凤姐表面一团和气,实际在鸳鸯抗婚后,邢夫人将贾母、贾赦对她的怨气移至王夫人与凤姐身上,多次挑事,致使妯娌生隙、妇姑怀怨;其五,王夫人自金钏事件后,对宝玉身边女仆防备心增强,加之以其颠预刚愎的性格,自会借助绣春囊迁怒于打扮得妖精似的丫头身上等等。内外诸多因素,导致抄检一事的发生。该次抄检行动所涉及的每个人都是受害者,凤姐、迎春、宝玉、探春、惜春、宝钗、黛玉是,邢夫人、王夫人也是,而以晴雯、司棋、四儿为代表的丫鬟一派,或被驱逐或丢掉了性命,更是受害者。抄检大观园这个高潮事件,使"天上人间诸景备"的大观园被世俗搅和得一片狼藉,是诸钗飘零的开始,不但标志着作者苦心孤诣建构起来的大观园理想——"有情世界"和"意淫"[①]"爱红"理念就此破灭,是作者重构与改写男女两性社会话语体系的失败,也预示着贾府最终的败落。

该事件本身一波三折,一开始王夫人异常愤怒,在凤姐的辩解下渐渐平息。不料,王善保家的突然蹿出来挑唆是非,王夫人即刻叫来晴雯严厉呵斥,情势急转直下,抄检开始。抄检过程中由婆子处开始,矛盾尚未显露出来,来到晴雯处,抄检队伍初遇抵抗者,后忽然写探春反抗剧烈、悲愤交加,最后以王善保家的打嘴现世作结。整个事件层层叠叠,波澜起伏。同时,该事件又前后牵涉复杂,从第六十三回寿怡红开始处处伏脉,一再蓄势渲染,抄检大观园达到情节发展的高潮,至第七十六回悲怨笛声、第七十八回祭晴雯,大观园故事才作一小结。故本文先以图表形式来说明抄检大观园事件的原委,然后一一分析之。抄检大观园事件的前因后果大致如图 5 所示:

---

① "意淫"可以理解为"审美体验",它剔除了世俗中的"皮肤滥淫""颠倒衣裳"之"淫",保留了对"美"的倾慕、爱护。或许我们可以使用《聊斋志异·娇娜》中的"色授魂与"一词进行解释,即孔生见到娇娜后,"生望见颜色,嚬呻顿忘,精神为之一爽""观其容可以忘饥,听其声可以解颐。得此良友,时一谈宴,则'色授魂与',尤胜于'颠倒衣裳'矣"。见(清)蒲松龄,马振方选注《聊斋志异:精选本》,高等教育出版社 2008 年版,第 17 页。

第四章 "自杀自灭"的高潮——抄检大观园 | 151

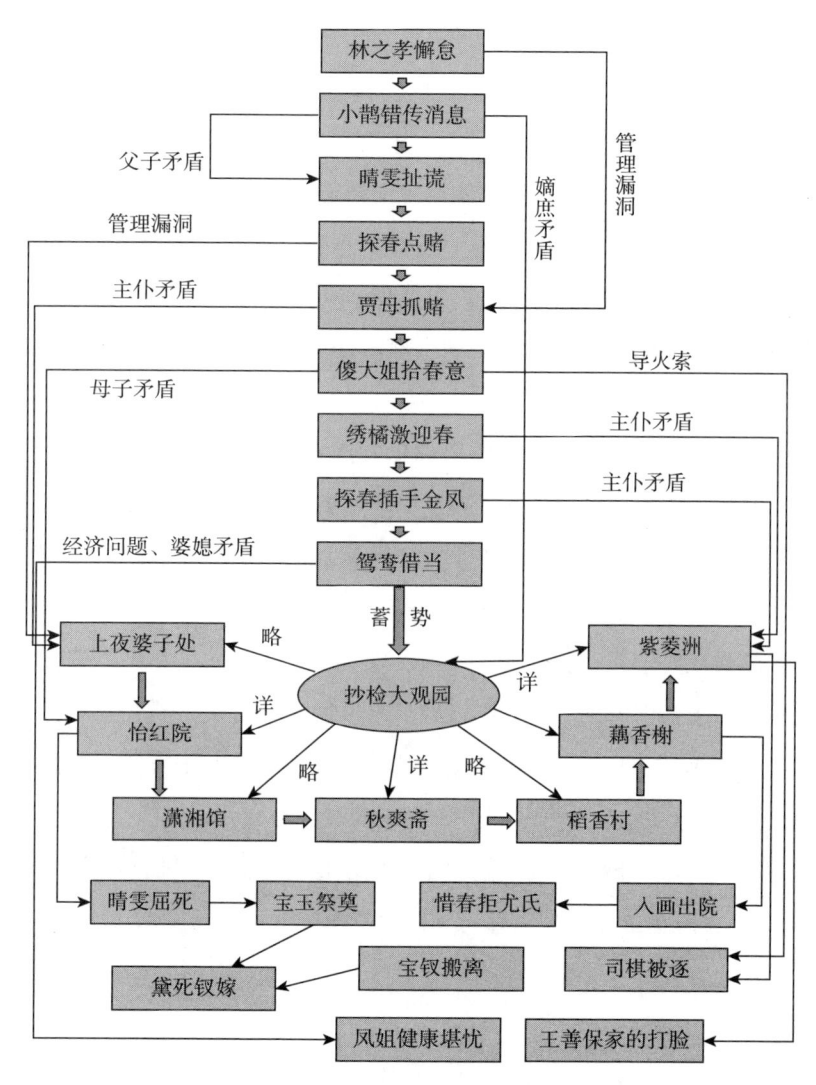

图5 "抄检大观园"脉络图

抄检大观园历来是学者重点关注的事件，检索中国知网，涉及抄检大观园的论文超过百篇，各种专著、合著、编著对其讨论更是珠玉满眼，除在绪论中提及的，归纳起来，大抵分为以下几类。

第一类，剖析抄检大观园事件涉及的主要人物形象，以探春、晴雯、司棋为主，如红学家王昆仑在《红楼梦人物论》"晴雯之死"中认为晴雯的死使宝玉失去在怡红院中的知己，这导致宝玉在黛玉死后真正变成了"赤条条来去无牵挂"的孤魂野鬼，使得宝玉被迫选择弃世。① 学者段江丽《敏慧之女——探春（红楼人物家庭角色论之十五）》一文谈及探春在抄检大观园事件中的各种表现都展现出她作为贵族小姐超越众人的见识与胆魄，尤其是掌掴王善保家的细节，集中表现出探春作为主子小姐尊严受到伤害时的愤怒。②

第二类，从抄检大观园整体事件出发探究各种矛盾、影响以及与全书主题、主旨的关系。如作家王蒙认为抄检大观园是前八十回具有"大场面大冲突"特点的高潮事件，它以各种阴差阳错之事用喜剧形式书写了悲剧的主题。③ 学者卜键认为抄检大观园是曹雪芹定稿的最后十回大观园儿女突然遭逢劫难的最重要一回，从贾府"嫌隙人"（尤氏、王夫人、尤氏丫头、袭人、周瑞家的、王善保家的）、封建宗法制下的"治一经损一经"之弊端（凤姐治家、贾赦抱怨、邢夫人不满）、大观园错综复杂的人际关系（司棋偷情、小鹊告密、贼人跳墙、婆子聚赌）、闹剧的过程等方面总结出抄检大观园的主题是美与优秀不容于世。④ 余英时先生则在《红楼梦的两个世界》一书中指出："许多迹象显示，曹雪芹从《红楼梦》的七十一回到八十回之间，已在积极地布置大观园理想世界的幻灭。"⑤

---

① 参见王昆仑《红楼梦人物论》，北京出版社 2004 年版，第 16—37 页。
② 参见段江丽《敏慧之女——探春（红楼人物家庭角色论之十五）》，原文于 2018 年 8 月 24 日发表于"古代小说网"微信公众号；后被收录于《红楼人物家庭角色论》（辽宁人民出版社 2019 年版）一书第七章"大观园的女儿"第五节。
③ 参见王蒙《〈搜检大观园〉评说》，《文学遗产》1990 年第 2 期。
④ 参见卜键《是谁偷换了搜检的主题——关于"抄检大观园"的思考》，《红楼梦学刊》2003 年第 2 辑。
⑤ ［美］余英时：《红楼梦的两个世界》，上海社会科学院出版社 2002 年版，第 56 页。

第三类，从版本、翻译角度出发，探讨抄检大观园的艺术特色。如赵巍、薄振杰从抄检大观园事件的作者意图、人物形象、情节设置出发，认为霍克斯本优于杨宪益本。[①]

由上述可见，学人们从不同角度对抄检大观园事件所反映出的可能性问题研究都做了很大的努力，诸多成果，不一而足。然而，对抄检大观园事件所反映出的叙事艺术，尚属该研究领域的薄弱环节。

---

[①] 参见赵巍、薄振杰《版本差别与作者意图——〈红楼梦〉"抄检大观园"的英译本比较研究》，《英语研究》2008年第4期。

## 第一节　抄检大观园高潮艺术

抄检大观园是贾府内部人际关系矛盾冲突的又一高潮，是贾府"自杀自灭"的制高点，是美被毁灭的高潮。同样写矛盾斗争，与宝玉挨打事件艺术手法相同的是，在处理抄检大观园事件时，小说依旧延续了"无巧不成书"与"横云断山"的方法；都注重伏线设置以及细节处理，伏线的设置使读者形成一定的心理预期，细节处理则有助于读者形成情感聚焦。不同的是，诸多矛盾为宝玉挨打事件服务，形成不断内聚的同心圆，它融会了戏曲舞台艺术处理矛盾冲突的方法，把诸种矛盾关系集中在同一个时间、同一个舞台上[①]；抄检大观园则以绣春囊为引爆点，不断向外辐射扩散、不断锐化各方矛盾，以"分镜头"处理的方式展现这种"丑态"。

### 一、抄检前不断蓄势

#### （一）风云流散之兆频现

继第五十三回祭宗祠开夜宴后，小说开始提及一系列的离散破败之象。

其一，贾府管理层出现"真空"问题。首先是奔走在治家一线的凤姐在健康与权力方面都出了麻烦。在第五十五回小说先是提及凤姐小月，后添

---

[①] 有关宝玉挨打事件的艺术表现方法，可参见段启明在《红楼梦艺术论》（江西人民出版社 1980 年版，第 79—89 页）以及鲁德才在《明清小说鉴赏辞典》（上海辞书出版社 2018 年版，第 1067—1070 页）的相关论述。

下红之症。后又因年内年外操劳太过以及一时不检点,身体再次抱恙。刚有好转,又忙着张罗王子腾之女与保宁侯之子婚嫁之事,常三五日不在家。同时,凤姐在治死尤二姐的事上处心积虑、劳心费神,再加上邢夫人的逼迫,身体恶化至"支不住"的程度,"着实亏虚下来",出现了"血山崩"的病征。第七十二回"恃强羞说病",凤姐的管家地位一步步受到威胁。第七十四回发生绣春囊事件,彻底激怒了王夫人,凤姐感到岌岌可危。这对"运筹谋画者无一"的贾府而言,不啻雪上加霜。其次是端方正直的贾政被点学差在外,六七月才可回京。即使回来后,也持一副"一应大小事务一概益发付之度外"(第七十一回)的态度。本来就"不管理家事"的贾赦看上了贾母最得力的丫鬟鸳鸯,并威胁鸳鸯若不嫁自己只能是死路一条,为后四十回鸳鸯殉主埋下伏笔。"一味高乐"的贾珍、贾蓉与贾琏照旧眠花宿柳,尤其是贾琏偷娶尤二姐,使得凤姐备受打击。在凤姐治死尤二姐后,夫妻关系彻底破裂,为日后凤姐遭休或高鹗笔下的凤姐摊上人命官司埋下伏笔。再次,贾母等人因为几位老太妃薨逝,每日入朝随班,按爵守制,无暇顾及贾府内部事务。这种情况下,小说从第五十八至第六十四回集中描写了贾府内部丫鬟、婆子、半奴半主之间接连不断的矛盾与纠纷。这些矛盾表面看都是琐碎小事,其实都是积弊深化、公开化的结果。最后,贾府虽有探春实施了一系列开源节流的治家措施,但"治一经损一经",仍然无法从根源上解决贾府经济困境。一是因为贾府内部开销巨大,二是夏太监、周太监等人在这一阶段加快了对贾府的勒索搜刮。当坐吃山空时,大观园也就失去了存在的经济基础,也就注定了诸钗流散的命运。

其二,抄检大观园之前,小说不断渲染诸钗即将各奔东西的迹象。首先是彩云与贾环分崩,染上了无医之症。其次是第七十回中林之孝告诉凤姐有八个二十五岁的单身小厮等着里面的该放的丫头以求指配娶妻,言外之意就是有一批女孩子即将被遣出贾府。而贾府丫头聚集地便是大观园,这就意味着大观园不得不遭受大观园外势力的干扰。这一点,第七十二回来旺媳妇仰仗凤姐势力，强迫彩霞与"酗酒赌博""容颜丑陋"的旺儿之子成婚便是实例。再次，司棋等"副小姐"们春心萌动、红玉等被欺压的丫鬟皆向往着与中意男儿结成良缘，这意味着大观园内部成员对爱情的憧憬。如果说林小红的爱情是慢热型的，小说用了多个篇幅、多个场景来详细介绍她的爱情发展进程；那么，司棋的爱情则是爆裂型的，从被鸳鸯撞见那一刻，她的爱情才露出水面，至第七十二回，小说点明司棋病重，要往外挪，也就是说大观园中容不下生病之人[①]；随后爆发的绣春囊事件，将她的爱情裹挟其中，给了她致命一击。最后，通过碧月找丢了的手绢一事，点出李纨住处的冷清，预示李纹、李绮将离开大观园。同时，宝琴被分去了贾母那里，香菱被薛姨妈带出了大观园。一切迹象，都在说明大观园人的分离。

其三，代表着大观园蓬勃青春的诗社，屡屡被打断。与秋天起的海棠社不同，春天兴的桃花社代表着大观园众儿女对万物更新、正该鼓舞的热情与希望。然而桃花社并不像海棠社那般顺利，总被各种因素打断：探春生日，王子腾嫁女，宝玉功课吃紧，尤二姐、尤三姐、柳湘莲、柳五儿的事让宝玉焦心，"闲愁胡恨"一重未了一重添，怔忡之症愈加明显。在作诗过程中，梦甜香偏偏燃烧得很快，探春只作了一半，待宝玉重新作诗时，梦甜香已经燃尽；探春、黛玉、宝玉等人的词作中尽透日后悲凉境地，用宝钗的话来说就是"不免过于丧败"；负责给诗社提供经济来源的参与者凤姐正处于过度劳神费力的境地，也无暇顾及诗社。对此，清护花主人评曰："此社是归结从前诗社，从此以后，渐渐风流云散，胜会难逢。"[②] 确为的评。大观园的主人们流散之际，众丫鬟也就失去了依附，皮之不存，毛将焉附！

---

[①] 每次大观园出现因后天环境造成病灾之人，一旦被贾府掌权人得知，主人者，除黛玉、宝钗这种带有先天顽疾者，往往被移除大观园，如宝玉魇魔时，便被搬移至王夫人的上房；奴仆者，尤其指女孩子，则要被赶出大观园甚至贾府，司棋、晴雯等如是。

[②] 冯其庸辑校：《重校〈八家评批红楼梦〉》，青岛出版社2015年版，第1756页。

### （二）节外生枝之事互为借势

文章妙处在于事先并不知道它葫芦里卖的什么药，猜不透它有几处变化、几次反复，而事出之后，这种安排又令人觉得恰到好处、合情合理。抄检大观园事件中，小说便显现出这种无意生变、突然转折的妙处来。这些事件一环套一环，前一事件的结果成为后一事件的起因，后一事件的结果又作为再后事件的起因。并且，如果说前几个高潮事件中，元春、宝玉、凤姐等大人物是高潮事件的主角，那么在这次事件爆发前小人物却是主角。平时名不见经传的小丫鬟或者在贾府中被主子怠慢者，在促成抄检大观园事件爆发、左右情节发展走向方面，发挥了不可替代的作用。

其一，林之孝做事懈怠。林之孝是荣国府中世代旧仆，掌管着贾家各处房田事务。这一点，小说在第二十四回介绍林红玉的身世时有所提及。素日勤快、行事谨慎的他，被凤姐戏称为"天聋地哑"。林之孝前期在面对贾府主子时，的确将谨小慎微、勤勤恳恳的精神刻到了骨子里。且看第二十九回，林之孝面对贾珍要伺候好贾母的传话、看护好众多小姐的出行的吩咐时，小说是这样写的，"登时林之孝一手扣着帽子跑了来，到贾珍跟前""林之孝忙答应'晓得'，又说了几个'是'"。通过这一系列的动词，一个低头哈腰、小心翼翼的奴仆形象跃然纸上。第四十四回鲍二家的上吊，贾琏同林之孝商量后在贾府账上做手脚，以填补二百两银子的发送费用，由此可见林之孝是贾琏信任的得力奴仆。然而，这一次，林之孝却懈怠了。起因是贾雨村被降职的传闻尚不知真假，贾琏令其查探，林之孝"答应了，却不动身，坐在下面椅子上，且说些闲话"。面对贾琏的吩咐，他既不动身，竟然还要坐着聊起了天，完全不在意贾琏的主人地位。紧接着，作为管家的林之孝为节省开支，提议贾府放人：出过力的老人家，放几家出去；大观园里的姑娘们，一则太多，二则已到婚配年龄，也应放出去，以缩减贾府费用。贾琏听此，便提及旺儿小子欲娶王夫人屋里的彩云[①]一事，林之孝便将旺儿儿子的劣迹一一说出。贾琏听后，令林之孝惩罚旺儿儿子，林之孝却笑着说不着急。可见，此时的林之孝已显露出奸猾的一面，不再时时刻刻、尽心尽力为贾府做事。正是林之孝的懈怠，或者说不合作，导致彩云的婚事一步步朝悲剧发展。倘或林之孝阻拦这一事，或许彩云婚事便有了转机，也就没有了小鹊错报消息等下文。可以说，林之孝的懈怠牵引出彩云的婚事，彩云的婚事又引爆了赵姨娘处，赵姨娘处的小鹊引出晴雯扯谎，扯谎引出贾母查抄等接二连三的事件，从这一点上来说，林之孝的怠慢是引发抄检大观园的最直接的因素。

其二，小鹊传错消息。小鹊是赵姨娘的小丫头，在小说中仅出现这一次。她的出现，更多的是为了引出宝玉补课、晴雯扯谎来。小鹊从哪里得知的消息呢？又为何要传消息呢？这事又要回溯到彩云婚事上来。彩云素与贾环有旧，小说曾在第三十回通过金钏儿之口、第六十回茉莉粉事件等多处着墨，描写彩云虽身处王夫人处，却"身在曹营心在汉"，时刻关心着赵姨娘与贾环。彩云得知即将被嫁给旺儿儿子，便赶忙让她的妹妹小霞过来找赵姨娘商量对策。于是，才有了晚间赵姨娘向贾政讨彩云的事儿。赵姨娘与贾政刚开启为贾环、宝玉屋里放人的话题，外面的一阵响声就将二人的谈话打断了，原来是窗屉未扣好。小说在此并未言明是小鹊在偷听，但从下文小鹊去

---

[①] 学界历来有"彩云与彩霞是同一个人还是两个人"的争论，学人各持己见，尚无定论。有关此问题，可参见《细说红楼》（周绍良著，北京出版社2016年版，第197—201页）一书《彩霞、彩云》篇。本论文采用"同一人"说，为方便行文，使用"彩云"一名。

怡红院传信，可以得知偷听者便是小鹊。对于这种偷听行为①，小说曾在多处给予描写。正是这种偷听行为，为故事的进一步发展提供了新的契机。再者，赵姨娘是个素日爱挑唆生事的人，她与戏班的女孩们、与亲生女儿探春甚至与贾母都发生过各种各样的摩擦，对宝玉、凤姐更是恨之入骨。赵姨娘身边小丫头对此不可能充耳不闻。所以这次当贾政提及宝玉课业时，小鹊未听全就迫不及待地将此消息告诉宝玉。这也从侧面说明宝玉的人缘之好。接下来小说笔锋一转，就写小鹊赶紧来到怡红院告知宝玉有可能会被贾政叫去问话。

其三，晴雯扯谎。听及小鹊的消息后，怡红院炸开了锅，个个都焦躁起来。宝玉为防备明天贾政问课，临时抱佛脚，怎奈一边复习功课，一边还要心疼小丫头们。恰在此时，春燕、秋纹说有人翻墙闯进大观园来。晴雯机智聪明，心生一计，教宝玉装病，故意乱闹，到处散播宝玉被惊吓生病的消息。可以说，晴雯的乱闹，惹出了金凤香囊事件，以致司棋、迎春乳母等人均受其害，或死或逐，而自己亦被牵涉其中，加之平日对怡红院小丫头等人的欺凌、对大观园中众婆子们的贬斥，最终落得被逐殒命的结局，真是害人即自害。晴雯此时的做法颇有些王善保家的影子，简直是对王善保家的行为的一次预演。本以为小说接下来会写抓贼一事，但小说行文置贼于不顾，转出了赌钱一事。

其四，探春点赌。探春作为《红楼梦》中的明眼人，总是在危难之际显示出她的理性、尖锐性格来。第四十六回当贾母因贾赦娶鸳鸯而错怪王夫

---

① 有关偷听行为的情节，为小说转换话题、埋下伏线、刻画人物、描摹环境提供了方便。《红楼梦》中有多处涉及偷听行为的描写，如第二十五回马道婆听着赵姨娘抱怨贾府寡恩薄情之种种时，询问是否专指凤姐，赵姨娘"唬的忙摇手儿，起身掀帘子一看，见无人，方回身"开始怨怼之语。研究《红楼梦》中的"偷听"行为的论文，可参见傅翀《谈〈红楼梦〉中对"窥听"书写的特点与意义》(《红楼梦学刊》2011年第1辑)，史小军、王舒欣《〈金瓶梅〉与〈红楼梦〉窥听叙事比较论》[《暨南学报（哲学社会科学版）》2019年第11期] 等研究成果。

人时，探春站出来为王夫人辩解，化解了贾母与王夫人的误会。这次，贾母得知宝玉装病后，借题发挥，引出上夜之人很可能就是贼的论点时，探春犀利地指出大观园内众仆人放肆之态，他们或斗酒或聚赌，甚至发生了争斗相打之事。这样小说的重点由晴雯扯谎转到大观园赌钱的行为上来。

其五，贾母抓赌。贾府中无论主子还是奴仆的赌博行为并非一时，上至老祖宗贾母和贾珍，下至丫鬟仆人，无论过节还是日常玩乐，都少不了赌博行为。据笔者粗略统计，前八十回有二十余次叙及赌博事件。如第十二回贾瑞因调戏凤姐被贾蔷勒索五十两银子时的理由是"赌钱输了""借头家银若干两"；第十四回凤姐协理宁国府颁布的法令之一便是惩罚"赌钱吃酒"的人；第十九回跟随宝玉去宁国府看戏的小厮乘机"偷空也有去会赌的"；第二十回，小说通过麝月之口提及晴雯、绮霞、秋纹、碧痕、鸳鸯、琥珀等人玩钱的事实，贾环、宝钗、香菱、莺儿赶围棋作耍，"一磊十个钱"，凤姐知晓贾环输了"一二百钱"时，拿出"一吊钱"来让贾环与姑娘们接着一起玩；第四十五回，黛玉为回谢送燕窝的蘅芜苑婆子，命人给"几百钱"，以弥补耽误婆子"会夜局"赌钱的损失；第四十七回贾府、薛姨妈、凤姐等"起牌，斗了一回"，凤姐连输了几吊钱等等，都在点明贾府由上至下，聚赌成风。贾母命令查赌，也是对往日赌博行为的一次总治理。作为贾府最懂得享受的老祖宗，平时对治家之事几乎不闻不问，全权交由王夫人与凤姐打理。这次，凤姐的生病导致管家机制上漏洞百出，暗示着贾府衰败是迟早之事。贾母出马抓赌，一方面说明出大事的预兆已经形成，当然，也可以说这是贾府这艘大船经过元妃省亲在"势"方面、宝玉挨打在"人"方面、探春理家在"财"方面之后，在"环境"方面的再次修补，是小说"补天"的又一次尝试。然而，尽管贾母深谙"用刑须从亲且贵者始"[①]，才能对赌博行为起到威慑作用，但抓赌收效甚微，或者说适得其反。因为贾母的抓赌伤及了

---

① 萨孟武：《〈红楼梦〉与中国旧家庭》，北京出版社 2016 年版，第 172 页。

迎春的乳母、林之孝家的两姨亲家、厨房柳家媳妇的妹妹，所以，抓赌带来的结果是众人的讨情以及金凤香囊之事，性质发生了根本性的变化。

其六，傻大姐偶拾绣春囊。傻大姐在《红楼梦》中是"来即无端，去亦无谓"①之人，她的作用是为引出绣春囊的出现而设置的。她胸无城府、一片天真，性格上与史湘云颇有相似之处，贾母看她粗粗笨笨，说话逗趣就将其留在身边。然而，她的出场，直接成为抄检大观园事件的导火索。倘或他人拾此"妖精打架"之物，定会掩藏起来，不会像她那样拿着傻笑，还直接给了邢夫人。倘或不是邢夫人遇到傻大姐，而是鸳鸯或袭人遇到傻大姐，绣春囊也会被隐匿起来。鸳鸯碰到司棋幽会之事，将其掩盖起来；袭人听到宝玉诉肺腑之言，也并未武断地向王夫人泄露消息。一直不受待见的邢夫人一直寻找报复的机会，这下，绣春囊到了她手里，使她可以将平日对凤姐的不满、对王夫人的敌视、对贾母的不满统统发泄出来。

其七，绣橘激迎春。小说在贾母抓赌事件之后，为使故事紧中有松，缓解紧张氛围，小说插入迎春乳母私自拿走攒珠累金凤以及邢夫人教训迎春两件事。"二木头"迎春向来宽厚懦弱，在宝钗眼里"是个有气的死人"（第五十七回）。她平日无争无求，不是看《太上感应篇》就是做些"针穿茉莉花"类的事，即使是元宵节未猜中元妃的灯谜而没得到赏赐这种不体面的事，她不像贾环表现出满脸无趣，反而并不介意。这次，她同往常一样，既然不能辖制住下人的争吵，便想自己吃哑巴亏、息事宁人完结乳母一事。怎料身边的小丫头绣橘不依不饶，必要王柱儿媳妇将金凤赎回，否则就要闹将

---

① "来即无端，去亦无谓"的角色是指中国古典小说为推进故事情节发展，往往会设置一些与主要人物相对应的次要人物。该角色的设置只是为辅助故事完成新的情节转向，一旦故事情节转向完毕，该人物便被弃用，不再出现在文本中。如张竹坡在评点《金瓶梅》时指出，潘金莲发现了吴月娘的丫鬟玉箫与西门庆的小厮书童私通一事，但故事的重点并非写玉箫与书童的私通之事，而是为潘金莲抓住玉箫把柄，从而挟制吴月娘提供一个理由。所以，小厮书童即是个"来即无端，去亦无谓"的角色。

起来。需格外注意的是，《红楼梦》多次提及迎春丫鬟的骄横跋扈之事，如司棋与莲花大闹厨房，直到厨房鸡飞狗跳，尚不肯善罢甘休，又把送来的鸡蛋羹连碗一齐狠狠地摔在地上，更加剧了下人们之间的矛盾。这次，绣橘与迎春乳母深结仇怨，水深火热之势已经形成。贾母查赌的影响之一便是迎春异常受气，只能任由其后继嫡母、乳母、丫鬟先后闹腾一番。表面是点出迎春的窝囊、懦弱，实际上是为邢夫人整治大观园作铺垫。大观园中无论宝玉还是探春，无论黛玉还是宝钗，甚至大观园里的丫头们平时也不将邢夫人放在眼里。再者，贾母将管家权力交与王夫人，继子媳妇即凤姐又帮衬着王夫人，邢夫人郁积于内心的新仇旧恨时刻在伺机寻找爆发口。所以，这位秉性愚犟、心胸狭窄、待人冷漠的邢夫人，定要抓住机会惩治大观园，给以贾母、王夫人、凤姐为首之人一个切切实实的下马威。

其八，探春插手金凤之事。正在院内下人吵得不可开交之时，探春等人恰到紫菱洲前来安慰迎春，将王柱儿媳妇打了个措手不及。"玫瑰花"探春向来眼里揉不进沙子，性格锋利可畏，遇到此等麻烦，岂肯袖手旁观？于是，她使眼色给待书[①]，叫来平儿，令王柱儿媳妇不得不毕恭毕敬、按时按点地将金凤赎还回来。到这里，小说又顿一笔，缓冲了矛盾冲突，提及凤姐一改往日得理不饶人的态度，转而在处理王柱儿媳妇和聚赌的柳家时持宽大的态度。至此，这场暴风雨出现了被驱散的兆头，然而树欲静而风不止，暴风急雨一旦形成，凤姐的挽救措施也就难以奏效了。

其九，鸳鸯借当之事走漏风声。贾府人际关系的恶化、山头关系的重组、纪律秩序的松懈、道德风气的恶化，总是伴随着贾府经济的下滑，一同发生。就在凤姐努力化解这场矛盾时，贾琏从鸳鸯借当一事被邢夫人知晓。贾琏为何借当？一方面贾府日常花销不能节俭，耗费巨大，寅吃卯粮；另一方面，整个社会大环境盗贼四起，加上旱涝灾荒，宫里的太监又大肆向贾府勒索

---

① 该角色在后四十回称作"侍书"，本书称谓以小说行文为准。

敲诈，加快了贾府经济的崩溃速度。贾琏称邢夫人为"那边太太"，可见，贾琏与邢夫人关系之疏远，而凤姐、鸳鸯分别与邢夫人结下了不同的梁子。这样，邢夫人处又多了一个给凤姐没脸、给贾琏下马威、报复鸳鸯的筹码。

　　细查以上诸多交织着的阴差阳错之事，可以得出这样的结论：小说为营造抄检大观园的紧张氛围，不断叙及新事件，添加新矛盾，而又在恰当的时机戛然而止，结束新事件，再次添加另一事件，牵引出另一矛盾；这一事件刚刚开始，小说又将之置于一旁，转笔到其他事件上。就这样，"借勺水，兴洪波"①，一波未平，一波又起，构成前一事件的某个要素成为后一事件的发酵剂，后一事件的某个要素又牵引出又一事件。件件桩桩，既发散又收缩，恰似一条怒蛇，蜿蜿蜒蜒，为最终咬开大观园的大门积蓄了力量。笔者将这种蓄势手法叫作"怒蛇飞奔"法，为直观展现这种手法，作图如下：

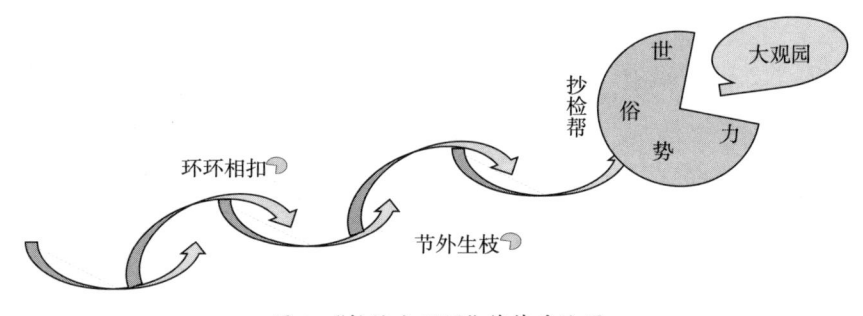

图6 "抄检大观园"蓄势手法图

---

① "借勺水，兴洪波"是中国古典小说常用的叙事方法之一，意在通过一些功能人物在主体故事情节的发展脉络、主要人物的命运走向上起到突转、牵制、推进小说整体进展的一种写作手段。金圣叹评点《水浒传》第十一、四十三回杨志为牛二所苦、杨雄为张保所困的事件时，运用"借勺水，兴洪波"一语，点明牛二、张保等小人物的出现只是为了服务杨志与杨雄的故事发展。当杨志、杨雄故事结束时，牛二、张保的牵引、推进作用也就此作结，二人不再出现。简言之，牛二、张保相对杨志、杨雄而言，在整部《水浒传》中十分卑微、渺小，甚至不值一提，但恰因二人的蛮横小事，才引出了杨志等人的大事。

这种环环相扣、处处合拍的形式，预示着出大事的氛围已经形成，矛盾于四面八方聚拢而来，只待一个恰当的引爆点，这条怒蛇便可张开血盆大口，泥沙俱下，吞没所有。一声"太太来了"，拉开了这等"丑态"事件的序幕，彻底撕了贾府的遮羞布，一切美好的、肮脏的统统暴露在世人面前，已立五世的贾府已经日薄西山，时日不多了。

## 二、抄检中运笔"特犯不犯"[①]

大观园出了绣春囊这等风月玩意儿，并且还是邢夫人派人送过来的。作为当家的王夫人立刻着了慌，她亲自出马，先是审讯凤姐，再一把鼻涕一把泪地诉说自己的苦衷，又在王善保家的教唆下，将不动声色的细细暗查变成了大张旗鼓挨家排户的明搜，且将事态由查"赌"，逐渐发展成查"黄"。无论查"赌"还是查"黄"，都反映出贾府内部出了问题。这位表面看似菩萨心肠的大当家立刻召集周瑞家的、吴兴家的、郑华家的、来旺家的、来喜家的五位陪房以及王善保家的，组成了一支搜查队伍。她们各怀鬼胎、关系微妙，由凤姐率领，于晚饭后，贾母安寝、宝钗进园时对大观园进行了突然查抄。她们先将角门锁上，依次从负责上夜的婆子们处，再到怡红院、潇湘馆、秋爽斋、稻香村、藕香榭、紫菱洲，逐一进行查看。搜检过程中，无非翻箱倒柜，然而小说充分发挥"特犯不犯"的运笔优势，用墨有多有少、气氛有松有紧，急缓相间、快慢交错，以"分镜头"的手法通过人物行动来推动故事高潮情节发展，塑造人物性格，达到了"文气如黄河出昆仑，横流数

---

[①] "犯"在评点家眼中是指相类的事件或人物，"特犯不犯"是指作者特意地将相类似的人物或事件前后写出而又各有千秋，毫不重复。金圣叹评《水浒传》、张竹坡评《金瓶梅》，也多处提及"特犯不犯"的艺术手法。可参见冯其庸、李希凡主编《红楼梦大辞典（增订本）》，文化艺术出版社 2010 年版，第 443 页。

万里,九曲至龙门,又有孟门吕梁峡束不得入海,是何等奇险怪特文字"①的效果。

### (一)叙事详略间隔

　　叙述抄检之事时,小说基本按照略写—详写—略写—详写的间隔进行之法,带给读者强烈的层次感。第一处搜查的地方为上夜的老婆子们,小说仅用了二十余字一笔带过,这也说明本次抄检大观园的主要目的并非为搜查盗窃之事。第二处搜查的地方为怡红院——宝玉的住处。小说上来就用"喝命关门""直扑了丫头们的房内去"几个字,一下子就勾勒出搜检的紧张氛围来,与第六十三回"群芳开夜宴"的关门氛围形成了鲜明对比。到了潇湘馆,伶牙俐齿的黛玉已经睡下,只提及紫鹃谈笑应之,属于略写。接下来,小说浓墨重彩写了秋爽斋。与怡红院处关起门来搜查的方式不同,秋爽斋则是秉烛开门而待,体现出探春处事不惊,有大将风范,不像宝玉遇到事情总是像蜗牛一样缩进壳里,一声不吭。在怡红院,抄检团只是搜查了众丫头们的箱柜包裹,然而在秋爽斋,因为是"玫瑰花"探春的住处,搜查对象又与怡红院有所不同,探春公然袒护丫头,只令抄检团搜检自己的箱柜。待抄检团象征性地搜查完毕探春的包裹后,凤姐带领众人即将离开,谁料王善保家的趁势作脸、越众向前,使本欲平和下来的搜检氛围陡然紧张起来,将搜检斗争双方推向矛盾的高潮。这一点,下文再细细道来。详细写完探春处,小说用 21 个字②极简单地写了对李纨处的搜检,结果也是一无所获。紧接着,抄检团到达惜春处,小说的紧张氛围再次被渲染起来。原来惜春处的入画藏匿了哥哥的个人物品,凤姐对此执意回护入画,怎奈惜春是个冷美人,年少胆小、冷漠自私,看重自己的干净名声,不念主仆之情,将入画交与凤姐。

---

① [法]陈庆浩编著:《新编石头记脂砚斋评语辑校(增订本)》,中国友谊出版公司 1987 年版,第 663 页。
② 《红楼梦》原文是"只到丫鬟们房中一一的搜了一遍,也没有什么东西"。

这就与探春在袒护丫头们的行为上形成了鲜明对比，探春敢作敢为，惜春胆小如鼠；探春有勇有谋，惜春一味避嫌。最后，抄检团到达迎春处。小说详细交代了司棋与王善保家的关系，通过一双男子的棉袜、一双缎鞋、一个同心如意、一个字帖儿等物件，点明司棋与潘又安的关系，这下子羞得王善保家的恨不得钻进地缝里去，绣春囊事件暂告一段落。

需要注意的是，即使都为详写，小说也区别对待。如抄检怡红院与抄检秋爽斋都属于详写部分，然而前者重在体现受迫害的丫头们的反抗，而后者重在体现主子的反抗；如同样是被裹挟进抄检风波的主子惜春与迎春，前者重在体现惜春的心冷寡情，而后者重在体现迎春的软弱无能。这种详略分层的写作方式，既避免了精雕细刻带来的情节繁缛、琐碎的弊端，同时也避免了一笔带过致使情节单调、人物形象干瘪的问题。在抄检大观园的行动中，小说恰到好处地将本来相似的抄检行为写得有疏有密、有紧有慢，使这次高潮事件节奏缓急有致，不疾不徐。

### （二）人物各有性格

查抄行动中，无论抄检团还是被查抄对象，无论是主子如凤姐、探春、惜春，还是陪房如王善保家的、周瑞家的，还是丫头如晴雯、袭人……各人有各人之目的、脾气与性格。

作为抄检团成员，他们手握权力，是实施抄检行动的主动方，但因为身份、地位不同，表现也不同。凤姐作为大观园的实际管理者，面对绣春囊和王夫人的质疑，以及邢夫人的挑战，她的首要目的是还自己一个清白。她首先从绣春囊的做工、携带入园的动机、贾赦与贾珍侍妾入园、大观园内的丫头们、平儿的作风五个角度，来极力辩解绣春囊绝非自己所遗。王夫人听此对凤姐的疑心渐渐打消，但并不代表她完全信任凤姐的话。为此，凤姐不得不安插心腹、以防再生是非，又借故撵人，缓解经济压力，这样凤姐就把主子之间的矛盾转嫁至奴才们身上。孰料王善保家的借风扇火，定要抓住这次机会，来灭园中不待见她之众人的威风，将凤姐的计划架空，甚至有扳倒凤姐的企图。凤姐无法做骑墙者，不得不加入抄检团的队伍中来。如果说元春给予大观园的是政治上的庇护，那么凤姐给予大观园的则是经济与人力上的支持，是大观园一切事物正常运转的保障者。大观园场面最热闹、参与人员最多的诗社盛会，凤姐是出五十两银子作为监社御史的身份参加的；平日宝、黛发生不愉快时，凤姐是作为化解矛盾的和事佬出现的；宝玉要秦钟在贾府私塾读书，凤姐是中间的安排人；园子的婆子们破坏大观园秩序时，凤姐是作为一个强有力的管理者、惩罚者出现的。可以说，凤姐是进大观园次数最多的主子，平日又和宝玉、探春等人关系不错。因此，从一开始对王夫人的建议、对晴雯的含糊评价到搜查过程中处处袒护大观园众儿女，她都表现出对搜检行为的不支持态度。凤姐在晴雯的问题上采取的是慎重的态度，一方面因为晴雯与宝玉交好，她不想得罪宝玉，而且晴雯是贾母派给宝玉的，她更不想得罪贾母；另一方面，王夫人对晴雯偏见颇深，又当着王善保家的面，她若一口认定晴雯无错，就会得罪王夫人与邢夫人。所以，在探春掌掴王善保家的之前，她一直处于被动状态，所到之处，王善保家的总是冲锋在前，拿出主子的范儿来。直至探春扇了王善保家的耳光后，凤姐一方与王善保家的一方势力才发生根本性的变化。这一点，我们从二人说话的口气上便可看出。刚开始凤姐以商量的口吻在同王善保家的说话，如在是否抄检蘅芜苑的问题上，凤姐"我有一句话，不知是不是"，显然是在探听王善保家的口风；王善保家的则允诺道"这个自然"。然而在惜春处，当王善保家的再次撺掇凤姐严惩入画时，凤姐的口气明显强硬起来，"我知道，不用你说"，不但不再看王善保家的脸色行事，还要在众目睽睽之下袒护入画。

王善保家的假公事以泄私愤，极力欲将平日对大观园众人的积怨发泄出来，从上夜的婆子处一直到惜春处，始终处于高高在上、施暴欺人的位置，是掀起大观园抄检风波最积极的倡导者与实践者。即使挨了探春的打、待书的气，对待入画之事仍然指手画脚，嚣张气焰一点也没收敛。她万万想不到的是，她作为整个事件戏剧性的关键人物，自己的外孙女处竟然出了差错。自始至终，王善保家的就像她的名字谐音"忘善报"，不懂得"得饶人处且饶人"，处处落井下石，最后只能搬起石头砸自己的脚。在这里，还要提及抄检团中的另一名成员周瑞家的。同样爱生是非、阿谀奉承的陪房周瑞家的，这次因为站队不同，与王善保家的表现也不同。王善保家的尽显兴风作浪、为虎作伥的小人之相，周瑞家的则见机行事、处处小心，表现出完全不一样的处事方式。

对被抄检的一方，小说着墨最多、最能展现反抗精神的角色便是以晴雯、司棋为代表的奴仆方与以探春为代表的主子方。同样是贾母派过来照顾宝玉的丫鬟，袭人继续发扬一贯的逆来顺受品格，她主动配合，"先出来打开了箱子并匣子，任其搜检一番"。为表现晴雯不堪忍受刁奴的腌臜气，小说运用了一系列的具有动感色彩的词语如"闯进""掀开""捉着""倒出"体现晴雯的怒不可遏、桀骜不驯。这样，晴雯的羞恼与袭人的柔顺再一次体现出来。晴雯作为大观园中唯一一个身为奴才却把自己当小姐看的人，留着两根三寸长的染着金凤花的指甲，平日又事事眼里揉不进沙子，如第八回冬日里她敢于抱怨宝玉让她磨墨干等一天的行为，第二十七回瞧不起红玉的"攀高枝"，第三十一回不满宝玉口中的"蠢才"，第三十七回骂袭人是"西洋花点子哈巴儿"，第五十二回不待袭人回来擅自赶走偷东西"打嘴现世"的坠儿，第五十八回骂芳官、撵何婆子，第七十三回责骂熬不住夜的小丫头等等。可见，晴雯在贾府自始至终都保持着桀骜不驯、心高气傲的本性。这种心高气傲在王善保家的眼里变成了"能说惯道，掐尖要强……立起两个骚眼睛来骂人""受了封诰似的"讨人厌模样。面对着抄检这种有辱尊严的行为，晴雯的刚烈性格是断不会受这般耻辱的。所以，她先将箱内之物全部倒出以证清白。当听到王善保家的说是遵太太之命，她再次控制不住怒气，见依靠动作解决不了的问题，转而发挥伶牙俐齿的优势。她先以贾母压制邢夫人，后谴责王善保家的越俎代庖，一下子给王善保家的一个下马威。

与晴雯不同的是，司棋则是以沉默是金的态度反抗抄检行为。她既没有像晴雯那般破口大骂，也没有像入画般见"赃物"被查出来，"只得跪下哭诉真情"的惊吓、恐惧，而是"低头不语，也并无畏惧惭愧之意"，已完全没有了当日被鸳鸯碰到时的愧惧之态，表现出一种敢做敢当的无畏姿态，预伏第九十二回她的触壁之举。司棋与潘又安的关系在小说第二十七回时即有暗示。红玉为凤姐当差，看到司棋从山洞里出来，站着系裙子。中间搁置多回后，从第七十一回起，小说才渐渐将司棋的爱情推向高潮：第七十一回鸳鸯碰到司棋与潘又安私会，第七十二回司棋为之抑郁成疾，第七十三回傻丫头在山石子上拾到了绣春囊，第七十四回司棋处被搜出与表弟传情的物件，第七十七回司棋被逐出大观园，第七十八回借宝玉之思，提及司棋。后四十回中，小说在第九十二回里将司棋碰壁身亡的结局由他人口中道出。如果说晴雯的斥责使王善保家的窝火、探春的巴掌使王善保家的畏惧，那么，司棋的赃物，则使王善保家的如泄了气的皮球，嚣张气焰一下子全无，只得自打老脸。

作为主子的探春，是抄检大观园事件中最清醒、最痛苦的人。她虽是庶出，但第三回通过黛玉之眼，写出了她的天生丽质；平日里虽常受到赵姨娘的牵连，但始终保持着自尊自爱、自重身份的秉性，时刻保持着那份主子的威严，即使面对代表着邢夫人的奴仆，也不曾低下那高贵的头；身在钩心斗角的贾府，却努力活出了诗意的高雅，喜欢"朴而不俗，直而不拙"的"柳枝儿编的小篮子"，还成为海棠诗社的发起人；她虽是个女儿，却具有极强的管理能力，能够看透贾府捉襟见肘的经济窘境，并且即使手握实权，仍不肯为赵国基的丧礼钱徇私舞弊。就是这样的探春，面对抄检队伍，洞若观火、辞严心痛，指出这是一桩十足的"丑态"，是"自杀自灭"的"窝里斗"行为，点出"今日"甄府被抄的话题。

如果说晴雯的反抗是为维护自我的尊严，那么，探春的反抗更多的是为维护整个家族的利益。她不但敢于对凤姐怒目而视，还对王善保家的拉扯起自己的裙子这一动作,忍无可忍,顿时怒气冲天,大骂王善保家的"狗仗人势",毫不顾忌邢夫人的脸面。后待书帮衬探春说出"你果然回老娘家去,倒是我们的造化了"话后,探春再加一言,"我们作贼的人,嘴里都有三言两语的。这还算笨的,背地里就只不会调唆主子"。暗讽王夫人糊涂至此,这也与标题"惑奸谗"相符。同时,如果说晴雯处是查抄方与被查抄方斗争的开始,那么秋爽斋的反抗便是双方矛盾斗争的高潮,也是抄检团双方势力地位的转捩点,斗争的焦点既包括对尊严的维护,又包括对家族利益的维护,还包括矛盾双方多重关系的斗争,而司棋的反抗便是双方斗争的终结点。

综上,抄检大观园的过程中,小说情节波折,以事写人,通过"特犯不犯"的笔法,或写主子茫然无措者如宝玉、酣睡自若者如李纨、胆小冷漠者如惜春、有理有节者如探春,或写丫头温和恭顺者如袭人、反唇相讥者如晴雯、默然无畏者如司棋、伶牙俐齿者如待书、恐慌啼哭者如入画,或写婆子趁势作脸者如王善保家的、机警凑趣者如周瑞家的,各人各貌,姿态各异,将抄检大观园事件所涉及的人物、地点、情景清晰地区别开来。

## 三、抄检后"提按顿挫"

"提按顿挫"本是书法艺术中的一种用笔形式。"提"是指提起来,"按"是指放下去,"提按"连贯完成,使书法充满向上、稳重的力量感;"顿"是指停顿,"挫"是指反向续笔,"顿挫"合为一体,展现用笔慢若撑篙、快如疾风的动态感。"提""按""顿""挫"避免了书法线条的生硬化与单一化,使线条的形式、质感、力度达到张弛有度、姿态横生的效果,从而带给鉴赏者精神上的愉悦享受、心灵上的震撼。抄检大观园的结局架构便借鉴了书法艺术中的"提按顿挫"之法,以此增强故事的立体感与节奏感、气韵美与章法美。由于抄检大观园使大观园遭到极大破坏,探春理家后刚刚化解的各种矛盾复次显露出来，贾府的内斗使家族的衰败成为既定事实。然而，小说在抄检大观园故事高潮过后，简略提及凤姐身体染恙、入画被带出大观园后，并未接续交代抄检团以及被抄检对象的进一步反应，而是变换笔法，搁置抄检事件，插入了两件小事。其一，借尤氏与老嬷嬷之口补写作为贾府镜中映像的甄府抄家一事，为第一〇五回贾府被抄没作引。其二，艳冠大观园群芳的宝钗，虽未被裹入抄检事件，但为明哲保身、远害避祸，借照料母亲的借口，成为院内正册诸钗中第一位主动搬离大观园的人，是诸钗离散的开始。接下来，小说又用两回的篇幅集中刻画贾珍堂中聚酒淫乐，鬼为悲叹；贾母中秋强颜作乐，笛怨人散；林、史凹晶馆联诗，情归离恨：一切题旨都在点明贾府在抄检大观园后氤氲着衰败、冷清的氛围，曾经的诗酒年华、温情时光，一去不复返。小说在"顿"了两回之后，笔力一转，从第七十七回起，续笔抄检大观园的余波与终结。

　　此时，往日欢声笑语的大观园已变成草菅人命的是非地。这场由最开始查脏查赌变成了查风月之事、后来在王夫人的主导下变成了惩办大观园里的"妖精"之事的搜检行动，最终使众丫头成了这次事件最大的牺牲品。引风月而不能自持的司棋被撵，与宝玉有着共同思想感情的、长相与黛玉相类的晴雯招来王善保家的与王夫人的共同迫害，五儿、芳官、四儿、藕官等也因被视为有"勾引"宝玉的嫌疑，统统被撵出园去，后又借王夫人之口点明柳五儿已死。宝玉目睹王夫人的雷嗔电怒之后，惊吓伤心过度，尤其是晴雯的殒命，更是令他元气大伤。可以说，抄检大观园不但是对丫头们的一次致命性伤害行为，更是"家亡人散各奔腾"的前奏，是对后四十回贾府被抄的一次预演。

## 第二节　抄检大观园在全书中的意义

以愚蠢、蛮横、狠毒、冷漠为主基调的抄检行为之后，无论大观园还是整个贾府都展现出一副分崩离析的破败相。那么，这次抄检行为在全书的意义体现在哪些方面呢？

### 一、高潮表征："内囊"耗尽的顶点

每一次高潮事件，都离不开贾府经济日薄西山的大环境，抄检大观园也不例外，它可以看作贾府经济由略可支撑转向破产的转折点。作为一个"中等人家"（第五十四回，贾母语），贾府靠着"世荫"即荣宁二公的功勋，外加朝廷包括元妃的赏赐（第五十三回，贾蓉领春祭赏）、公奉收入（贾政等人做官的俸禄）、田地房产租赋（第五十三回，乌进孝进租）、高利贷利息（第三十九回，袭人、平儿之语）和其他灰色收入（第十五回，凤姐弄权铁槛寺得三千两银子）等，支撑着整个家族的花销。贾府的花销名目实在是多，不说婢多仆冗，人事费用巨大，只说筹办元妃省亲的花销，多得就能令人咋舌。当时为置办花烛彩灯并各色帘栊帐幔用银就达两万两、买十二个小戏子并行头花了三万两。贾府平日丫头、姑娘们的头油脂粉，外出用的装饰轿子的络子、珠儿线，宝玉上学时糊裱书房的纸料，贾府过节用的各种香料、水果等物花销巨大，甚至在三四百丁的荣国府后门"歇着些生意担子，也有卖吃的，也有卖玩耍物件的"（第六回），形成了颇具规模的集市，贾府的日用耗费可见一斑。小说第二回即通过冷子兴之口点明贾府日用排场之大

已无法使贾府经济正常运转下去。后来多次写凤姐当项圈应急、贾琏等子弟巧立名目多次做假账等，就连平日不关注俗务的黛玉都注意到贾府"必致后手不接"（第六十二回）的危险。此外，元妃在用青春与生命换来贾府"烈火烹油，鲜花着锦"的显赫声势的同时，也为家族埋下了臣子与皇权矛盾的隐患，这一点小说通过贾蓉之口道出贾府因元妃省亲而深陷"精穷"的危险。周太监、夏太监以刘备借荆州的方式对贾府进行长期勒索，凤姐、贾琏对此敢怒不敢言。这种入不敷出发展到后来，连贾母的红稻米粥都要"可着头做帽子"（第七十五回），可见，伴随贾府与皇室间的矛盾加深，贾府已经濒临破产。抄检大观园的诱发点之一便是鸳鸯偷贾母钱财被邢夫人发现，而抄检的出发点之一则是借裁人以节俭用度。可见，贾府此时资财即将耗尽，已到了偷取贾母钱财方可度日的地步。贾母的钱财多是她婚嫁时的东西，这就说明贾府坐吃山空已到了无路可走的地步。

## 二、高潮内涵："自杀自灭"的高潮

这次抄检事件并非一时的矛盾斗争，而是各种矛盾长期累积的结果，从上至下，涉及大观园内外各种人员。首先是邢夫人与贾母、王夫人、凤姐之间的矛盾。邢夫人看似位高权重，实则因为出身卑微、"有些左性"（第五十七回，凤姐语）、"视钱如命"（第七十五回，邢德全语），又不能担当相夫教子的角色，尤其在鸳鸯抗婚事件发生后，她在整个贾府更加不受待见。加之贾赦一直得不到贾母的偏爱（第七十五回，贾赦编笑话），邢夫人的地位更加尴尬。相比邢夫人，王夫人则是德高望重的存在，她本身出身名门，是京营节度使王子腾之妹、皇商之妻薛姨妈一母同胞的亲姐妹、当今宠妃之母，又生了一个"形容身段、言谈举止"最像荣国公（第二十九回，张道士之语）的公子宝玉，再加上她本"天真烂漫"（第七十四回）、对贾母"极孝顺"（第四十六回），在贾母面前可以说是博满了脸面。如果说邢夫人对王夫人以上的优势怀嫉妒心理，那么自己儿媳妇王熙凤不但不帮衬自己反而跑到王夫人处忙上忙下，就更令邢夫人恼火，于是邢夫人在贾母八十大寿（第七十一回）时当众给凤姐脸色。这次邢夫人手握绣春囊，一定不会错失扳倒王夫人与凤姐的机会。所以，抄检大观园事件是邢夫人与王夫人、凤姐等人矛盾公开化的高潮。

同时，抄检大观园不但涉及主子们之间的矛盾斗争，还关涉众丫头与婆子们之间的矛盾。有关丫头们与婆子们的矛盾，小说重点描画了晴雯、司棋、芳官、蕊官等丫头与众婆子的矛盾。晴雯几乎一出场就开始得罪贾府婆子，先是因豆腐皮包子得罪李奶奶（第七回），后来又得罪红玉（第二十七回）。要注意的是红玉的父亲是贾府管理银库账房的林之孝，林之孝家的在凤姐跟前儿也算是红人一个，经常为凤姐办事情。晴雯责骂红玉攀高枝，也就与林之孝家的交恶。再后来得罪坠儿妈妈（第五十二回）、芳官的干娘（第五十八回）、折腾众上夜的婆子（第七十三回）、骂小丫头给王夫人留下"轻狂样"的印象（第七十四回）等，晴雯在大观园逐渐不得人心，树敌越来越多，并最终为自己往日的骄狂行为埋单。司棋的性格与晴雯有许多相似处，尤其是大闹厨房一事，得罪了柳大娘等厨房众婆子。芳官、蕊官将各自的干娘不放在眼里，在大观园里与夏婆子、赵姨娘等扭打在一起（第五十八、五十九、六十回）。可以说，这些丫头们锋芒毕露，与粗鲁蛮横的婆子们关系逐渐恶化。抄检大观园以晴雯、芳官等人与婆子们的斗争为例，展现出丫头们与婆子们的矛盾已到你死我活的境地。

此外，抄检大观园以王夫人与晴雯为典型，写出了主子与女奴之间不可调和的矛盾斗争。同时因婢女问题，抄检大观园也是宝玉与王夫人母子关系矛盾斗争的高潮。如果说宝玉挨打侧重讲述宝玉与贾政之间的正面冲突，那么抄检大观园便侧重宝玉与王夫人之间的正面冲突。虽然王夫人与贾政在维护家长尊严的目标上是一致的，但贾政欲打死宝玉是王夫人始料不及的，于是就出现了王夫人苦阻贾政打宝玉的情节。第三十三回之前，小说多处涉笔描写贾政与宝玉的紧张关系，且贾政与宝玉的矛盾冲突主要外化为是否读书仕进的问题；第三十三回之后，贾政外调，对宝玉与王夫人关系的描写愈来愈多，母子关系的矛盾冲突主要外化为宝玉"枕边人"的问题、男女之情的问题。而抄检大观园的导火索——绣春囊——恰恰代表了大观园众儿女对"情"的炽热追求，而王夫人最在意、最忌恨的就是这种"情"的生发，并且，此"情"的代表更是她"一生最嫌"的窈窕女人。在她眼里，这种"情"是可以将"好好的爷们儿""勾引坏"的，更是可以将她的"脸面"丢尽、致使其无立足之地的罪魁祸首。因此王夫人对晴雯的迫害颇有"清君侧"的成分。就金钏与晴雯在宝玉心中的位置、亲近程度来看，金钏是无论如何都无法比拟晴雯的。金钏死后，宝玉是偷偷跑出去祭奠的；晴雯死后，宝玉明目张胆地在大观园里摆祭品、写《芙蓉女儿诔》。可以说，抄检大观园中，王夫人对晴雯的迫害是王夫人对宝玉身边奴婢迫害最严重的一次。王夫人在第三十回对"勾引"宝玉而后跳井的金钏赔偿了五十两银子，还送了装裹衣服；面对司棋与潘又安的"奸情"，尚将司棋的衣物悉数给了司棋，但是面对被撵出大观园的晴雯，王夫人再无恩情，不但在言语上冷嘲热讽，还命令不给晴雯衣物。对此，王伯沆评曰："金钏之撵，尚未寡恩至此。袭人之罪，百口奚辞！司棋之去，所有东西尚令其带去；晴雯之去，于贴身衣服则云'撂出去，余者留下，给好的穿'。"[①] 可见，王夫人对待女奴的态度已发生了质的变化，她对女奴、对原始的青春生命（特指未经世俗濡染过的"真"）已经忍无可忍，定要置这些人于死地。

## 三、高潮本质："理想世界"被毁灭

曹雪芹是沉醉于大观园的真美世界的，它脱俗且干净，为此，他饱蘸

---

[①] 王伯沆《红楼梦》批语汇录，载（清）曹雪芹著，陈文新、王炜辑评《红楼梦：百家精评本》，崇文书局2019年版，第616页。

笔墨，从一桩桩、一件件的琐碎之事中来抒发对大观园世界的喜爱与袒护。那为何又要设置抄检大观园事件呢？原因之一是它太脱俗了，愈加显得与世俗世界格格不入，这也是彰显《红楼梦》悲剧精神的核心事件之一。本次事件是礼教文化、禄蠹文化对诗性文化、青春文化的剿杀，是世俗世界对理想世界发起的总攻。细心的读者会发现，同样是写对萌动青春之心的打压的高潮事件宝玉挨打，发生在贾政的书房，属于《红楼梦》中的禄蠹世界、现实世界，而抄检大观园发生在大观园，属于《红楼梦》中的青春世界、理想世界。庚辰本夹批曾指出"大观园系玉兄与十二钗太虚玄镜"[①]，点明了大观园与太虚幻境的关系：一个是带有乌托邦性质的人间儿女的伊甸园、桃花源[②]，一个是梦境中的天国。二者都带有理想性，是曹公借儿女真情明确表达对那个时代"常态生活"的反对态度的化身，只是大观园终究免不了现实世界的侵染，它是在荣、宁二府旧有的园子上建造起来的。在这一点上，小说第十六回提及大观园的修建基础，"先令匠人拆宁府会芳园墙垣楼阁，直接入荣府东大院中"，又"从东边一带，借着东府里花园起，转至北边""贾赦住的乃是荣府旧园，其中竹树山石以及亭榭栏杆等物，皆可挪就前来"（第十六回），甚至连黛玉眼中最干净的水也是从东府会芳园流出来的，这就讲明了大观园并非一座崭新的庭园，而是在荣、宁二府旧有建筑的基础上建成的。东府在柳湘莲眼中，"除了那两个石头狮子干净，只怕连猫儿狗儿都不干净"（第六十六回）；贾赦在袭人眼中，"太好色了，略平头正脸的，他就不放手了"（第四十六回）。在这种肮脏地基中建造起来的大观园，预示着

---

① ［法］陈庆浩编著：《新编石头记脂砚斋评语辑校（增订本）》，中国友谊出版公司1987年版，第282页。
② （清）二知道人在《红楼梦说梦》中评曰："雪芹所记大观园，恍然一五柳先生所记之桃花源也。其中林壑田池，于荣府中别一天地，自宝玉率裙钗来此，怡然自乐，直欲与外人间隔矣。"载一粟编《古典文学研究资料汇编·红楼梦卷》，中华书局1963年版，第86页。

大观园只是作者的理想罢了。① 这片净土是无法避开世俗叨扰的，诗意化的人生、自由的精神、干净的心地只是一时的、短暂的、脆弱的。抄检大观园是大观园受世俗势力破坏的典型事件，代表着作者精神家园的坍塌、"精神对话落空的悲剧"②。"宝玉对于'千红一哭，万艳同悲'的大悲剧，并不仅仅是一个旁观者，不仅仅是一个高度理解无限同情的鉴定者。"③

## 四、高潮外延：贾府婢女的悲剧结局

抄检大观园带来的直接后果，是造成贾府婢女的悲剧结局。

贾府里的婢女几乎是没有生存话语权的，在主子的眼中是"猫儿狗儿"（第六十回），长大后的出路是"或卖或配人"（第六十一回），即使是争到了姨娘的份上，也至多活成赵姨娘或周姨娘的样子，被人厌弃、被人遗忘。而抄检大观园事件的爆发，意在说明贾府婢女若不甘心任人宰割，最后只能是以死抗争。一夜霜扫尽，花枝染凄凉，抄检大观园，使怯怯者落泪心惊、谨慎者唯唯诺诺、反抗者被逐屈死，对婢女打压范围之广、力度之大、人数之多、戕害之深，是小说众婢女悲剧命运的高潮展现。

同时，贾府婢女的悲剧是宝玉悲剧的必然结果，是宝玉生活由欢乐向彻底忧愤的转捩点。第二十三回搬进大观园前，宝玉与黛玉耳鬓厮磨，小吵小闹中更多的是欢乐，身边的玩伴除了"三春"，还有茗烟、秦钟、琪官等人；第三十三回挨打后，虽时有烦恼，但仍可依恃贾母、王夫人的关怀、姐妹们的诗酒欢乐度日，第七十四回之后，大观园变成了是非地，姐妹们渐

---

① 关于大观园与现实世界的关系，可参见［美］余英时《红楼梦的两个世界》，上海社会科学院出版社2002年版，第36—58页。
② 冯文楼：《〈红楼梦〉："家园"的寻找》，载畅广元主编《文学文化学》，辽宁人民出版社2000年版，第255页。
③ 舒芜：《"谁解其中味？"——有关〈红楼梦〉若干问题的讨论》，《红楼梦学刊》1980年第1辑。

渐搬走、丫头们或逐或死、黛玉身体每况愈下,宝玉忧愤恣嗟,痴病愈加严重,属于宝玉的欢乐时光就像滔滔东流水,再也回不来了。从第三十二回"情烈死金钏"、第五十九回"嗔莺叱燕",到第七十四回抄检大观园后晴雯屈死、司棋被逐、芳官等为尼,小说绾结了贾府有情有义之婢女的悲剧命运。自此之后,小说讲述悲剧对象的重心转向贾府闺阁中的小姐。继宝钗搬出大观园后,迎春误嫁、香菱受棒、探春远嫁、湘云丧偶、黛玉泪尽、宝钗守寡等悲剧接踵而来。

综上,抄检大观园运用抄检前不断蓄势、抄检中"特犯不犯"、抄检后"提按顿挫"的写作技巧,将一场"自杀自灭"的窝里斗行为摹画出来。抄检行为既是世俗世界对"有情世界"的剿杀、破坏,是贾府经济由尚可维持到濒临破产的转折点,是贾府人际关系矛盾由暗伏到公开的转折点,也是贾宝玉人生由欢乐到忧愤的转折点,是宝黛爱情在外部环境上由成熟走向毁灭的转折点。这次高潮事件过后,贾府破败速度加快,迎来后四十回黛死钗嫁与贾府抄家最后两个高潮事件。

第五章

灵与肉毁灭的高潮
——黛死钗嫁

## 第五章  灵与肉毁灭的高潮——黛死钗嫁

爱情与婚姻是社会生活的重要组成部分，是古往今来延续甚久的话题。文艺创作来源于社会生活并反映、影响社会生活，爱情与婚姻就此成为作家、作品经常涉足的领域。小说《红楼梦》也不例外，它在写贾府家运兴衰的同时，又以占全书十分之一二的篇幅讲述了中心人物贾宝玉与林黛玉的情感纠葛。宝黛爱情在整部小说中虽多次被"顾左右而言他"的方式打断，出现大段的延宕期，但仍然有很多人将《红楼梦》看作是一部爱情小说，并且是一部读来令人牵肠挂肚、欲罢不能的爱情小说。这种爱情如骄阳般热烈、如清泉般清冽，它太生动、太令人揪心、太凄美，使作者与读者都深陷其中，走进物我两融的境界。我们为什么会陷入美学上所讲的"虚构的悖论"[①]之中呢？"虚构的悖论"是 1975 年由考林·拉德福德（Colin Radford）在《我们怎么会被安娜·卡列尼娜的命运所感动》[②] 一文提出来的概念。它指的是人们总是对明知是虚构的、非现实的艺术作品，产生发自内心的、沉溺其中的嬉笑怒骂的情感。宝黛爱情恰恰有这种魔力，我们明知道它是曹公虚构出来的故事，却仍为它的波澜蹴起、文情曲折、涉笔成趣、琐碎动人所打动。"宝玉犟犟两情痴"的发展过程，尤其是其悲剧高潮的到来，会令我们联想到现实生活中的种种，产生共情，达到场景与情感、艺术与生活共通共融的效果。

与以往文艺作品不同的是，首先，宝黛爱情并非才子佳人题材，没有

---

① 有关"虚构的悖论"的相关讨论，可参见彭锋《从身心关系看"虚构的悖论"》，《云南大学学报（社会科学版）》2011 年第 4 期。

② 有关原文内容，可参见 Colin Dadford, "How Can We Be Moved by the Fate of Anna Karenina?" *Proceedings of the Aristotelian Society, Supplementary Volumes*, Vol.49, 1975, pp.67-80.

"墙头马上遥相顾,一见知君即断肠"[①]的一见钟情,又非蹈循"生则同衾,死则同穴"的传统追求,而是双方在出于情、守于礼的前提下,秉持如尤三姐所说的"只要我拣一个素日可心如意的人方跟他去"(第六十五回)的新的爱情观念。这种爱情有共同人生态度,有琐碎摩擦的日久生情,充满人间烟火味。[②]其次,宝黛爱情一改以往男中状元女苦等,最后皇上赐婚的喜剧结局,而是劳燕分飞的悲剧结局。这种创新为传统才子佳人小说带来新的生命力,令读者产生新鲜感。再次,相比张君瑞与崔莺莺、柳梦梅与杜丽娘等人的爱情仅反映出统治阶级的内部矛盾而言,宝黛爱情还反映出更加广阔的社会背景,牵涉冯渊与甄英莲、柳湘莲与尤三姐、潘又安与司棋、贾芸和林红玉、贾蔷与龄官等各类人物、阶层的爱情,牵涉父辈乃至整个社会的处事方式与价值观念。最后,后四十回宝黛爱情虽然被程高本设计成了游离于贾府与忠顺王府的矛盾之外,但总体而言,伴随着贾府衰亡进程的加快,宝黛爱情悲剧色彩愈来愈浓。可以说,爱情悲剧线与家族兴衰线二线基本上是并行的,相互推进的。

为塑造这种非同一般、特立独行的爱情,小说《红楼梦》在叙述贾宝玉与林黛玉的关系时,巧妙运用伏笔、蓄势、腾挪、穿插、"缩句法咽住"[③]等众多艺术手法,将角色张力、事件张力、影响张力交融为一体,不断制造各种矛盾的集结点,形成如海潮般汹涌澎湃的气势,达到小高潮与大高潮、阶段高潮与总高潮互为推进的艺术效果,可谓"琐碎中有无限烟波,亦非慧

---

[①] (唐)白居易:《白居易全集》,丁如明、聂世美校点,上海古籍出版社1999年版,第53页。
[②] 有关宝黛爱情与以往文学作品中的爱情的不同特点,可参见何其芳《史诗红楼梦》(北京出版社2019年版)"宝黛的爱情"一节第14—26页内容。
[③] (清)王希廉:《红楼梦总评》,见一粟编《古典文学研究资料汇编·红楼梦卷》,中华书局1963年版,第149页。

人不能"①。

　　关于宝黛爱情的研究，学界已有一定的成果，且研究重点多为宝黛爱情的悲剧主题、悲剧意义及成因，宝、黛、钗三人的心路历程，宝黛钗的爱情纠葛与贾府兴衰的关系等。其中关注宝黛爱情的高潮艺术文章相对较少，对本论文具有启发意义的主要有以下文章：

　　郭预衡《论宝、黛爱情悲剧的社会意义》一文从悲剧成因出发指出，宝黛的爱情是"新型的爱情"，是"基于反抗的基础"，超出了"一见倾心"或"男欢女爱"的古典范畴。②这对本文界定宝黛爱情悲剧不同于其他爱情小说提供了方向。

　　张锦池《论林黛玉性格及其爱情悲剧》一文，先条分缕析地阐明了黛玉的性格特点（既尊重自我又尊重别人，既敏感又笃实，既尖刻又宽厚，既孤傲又谦和，既脆弱又坚强）及三个不同的性格阶段（第三至第三十四回，着重写其反封建的外在锋芒；第三十五至第七十六回，写其反封建锋芒转向内在，且伤感情调越来越浓；第七十七回至原著中的黛玉之死，写其对死的决绝态度），后分析了宝黛爱情不同阶段的不同表现。文章指出，第八回"探宝钗黛玉半含酸"是宝黛进入初恋阶段的标志；第十九回"意绵绵静日玉生香"是初恋阶段的顶点，也是热恋阶段的开始；第三十四回宝玉赠帕、黛玉题帕，标志着爱情进入成熟阶段。③此种观点较为剀切稳妥、全面深入，为本章对宝黛爱情的进展分层提供了借鉴，但因时代影响，文章以"阶级论"的观点分析小说，存在一定的局限性。

---

① （明）袁中道：《游居柿录》，载（明）袁中道，钱伯城点校《珂雪斋集》，上海古籍出版社1989年版，第1316页。
② 参见郭预衡《论宝、黛爱情悲剧的社会意义》，《北京师范大学学报（社会科学）》1963年第3期，载刘梦溪编《红学三十年论文选编　中》，百花文艺出版社1984年版，第232—244页。
③ 参见张锦池《论林黛玉性格及其爱情悲剧》，《红楼梦学刊》1980年第2辑。

## 第一节　宝黛爱情心路概况

宝黛爱情贯串整部《红楼梦》，从前世的仙缘，到现世的相见相亲、相知相爱，到最后的天人相隔，一路琐琐碎碎，曲曲折折，磕磕绊绊。遗憾的是，前八十回并没有交代宝黛爱情结局，我们已看不到全貌。流传甚广的程高本后四十回虽然在某些细节描写、人物品格、主旨表达上有违曹公原意，但是总体而言，宝黛的一往情深、反抗性格还是写得比较深刻的。因此，为清晰明了地展现宝黛爱情的进展过程及最终结局，现将一百二十回本内容中关涉宝黛爱情的大事件，概述如下：

仙界灵河岸边，神瑛侍者（贾宝玉的前世）悉心照顾绛珠仙草（林黛玉的前世）。由此，仙缘奠定了二人今世的俗缘基础。

林黛玉丧母，被接入贾府，与贾宝玉初次相见，便有了精神上的共鸣。林黛玉心中所想的"在那里见过一般，何等眼熟"与贾宝玉口中所言的"这个妹妹我曾见过的……就算是旧相识，今日只作远别重逢"（第三回），以及二人行为上的"同行同坐""同息同止"印证了"木石前盟"。

识金锁、认通灵、讽冷香、讥热酒、掷香串、剪香囊、戏说耗子精、趣比呆雁诸事后，林黛玉说出"我为的是我的心"，贾宝玉说出"我也为的是我的心"；林黛玉拈酸吃醋、时常抹泪，贾宝玉总是软语相求。二人由此幽情萌发，表白心迹，遂成相契。与此同时，小说又用"间色法"写宝玉时常挂念宝钗、湘云，对二人多有好感。

续南华、听曲文、读西厢、荷锄葬花、春困呓语、误拒门外、元妃赐礼、砸玉剪穗、识知音、诉肺腑、赠帕题诗、梦呓绛芸轩、情悟梨香院后，林黛玉常常哭到泪流不止，贾宝玉苦言相劝。二人由此前嫌尽释，情深意切，互认知己。在此阶段，小说围绕着宝玉走什么路、做什么人的问题，点明了宝玉因宝钗、湘云热衷于说"混帐话"而"生分了"。

吟诗海棠社、宴请大观园、品茶栊翠庵、渔翁渔婆说、情辞试莽玉、土物引思乡、诔词传心意后，贾宝玉与林黛玉互相欣赏，体贴入微，一心一口。二人有许多话要说，只是对坐无言，各自簌簌泪下。这个阶段，钗黛"孟光接了梁鸿案"，而宝钗开始有心避嫌于宝玉。

此后，小说进入后四十回。惊梦、剖心、丢玉、提亲、绝粒、焚稿、成婚后，林黛玉欲哭无泪、香魂归天，贾宝玉情牵黛玉、疯癫迷性。

庆寿掷曲牌、潇湘闻鬼哭、梦里求一见、情婢感痴郎、神游悟仙机后，贾宝玉深念林黛玉，滴泪大哭，最终悬崖撒手，人亡席散。

## 一、爱的试探：砸玉剪穗鉴痴心

小说从第三至第七回，以轻描淡写的笔法写出了贾宝玉与林黛玉的两小无猜。其间，二人虽"日则同行同坐，夜则同息同止，真是言和意顺，略无参商"（第五回），偶尔也会发生一些"言语有些不合"的小摩擦，但小说并未深入具体展现二人产生摩擦的细节。从第八回起，因比通灵、识金锁一事，林黛玉不遑掩饰内心的悒郁不忿之意，说了句"早知他来，我就不来了"。至此，这种悒郁不忿之意，成为林黛玉表达情感体验的独特方式。小说为此接连设计了第九回林黛玉借贾宝玉上学辞别之机怄气（"你怎么不去辞辞你宝姐姐呢"）、第十七回贾宝玉题匾赏小厮财物致使林黛玉误剪荷包（"你不用同我好一阵歹一阵的，要恼，就撂开手"）、第十九回贾宝玉戏说耗子精时闻出林黛玉袖中幽香（"我有的是那些俗香罢了"）、第二十回宝玉和宝钗一起玩耍令林黛玉心生不满（"可许你从此不理我呢"）、第二十二回林黛玉见贾宝玉央告薛宝钗讲戏文心生醋意（"安静看戏罢，还没唱《山门》，你倒《妆疯》了")、第二十二回贾宝玉因劝言心直口快的史湘云而冒犯林黛玉("你不比不笑，比人家比了笑了的还利害呢")等情节。"嫉妒'是天赐的奖赏'，'它是爱情的保证'，像'阴影'一样，象征着强烈情感的来临。"[1] 这期间，贾宝玉与林黛玉的情感，以一种声东击西、醉翁之意不在酒的方式发展着，尚处在小心翼翼地试探彼此心思的阶段。

从第二十三回搬进大观园起，二人有了更多的相处机会。他们不再隐藏内心的真情实感，或在言语上、或在动作上、或在心理活动上，开始不同程度地敞开心扉表达彼此的爱慕之情。如第二十三回贾宝玉静中生躁与林黛玉私相传阅《会真记》("我就是个'多愁多病身'，你就是那'倾国倾城貌'")、第二十六回贾宝玉因林黛玉怀春之语唐突林黛玉("若共你多情小姐共鸳帐，怎舍得叠被铺床")、第二十八回林黛玉因元妃赏赐有别而恼("比不得宝姑娘，什么金什么玉的，我们不过是草木之人")等等，口角风波接续不断。与此同时，从第八回贾宝玉与薛宝钗比通灵中，二人碰巧得知金玉良缘，到第二十八回羞戴香串，有意无意、遮遮掩掩，二人的情感也发生了微妙的变化。

正是伴随着以上矛盾的发生，贾宝玉的情义与烦恼日增，林黛玉的痴情与醋意愈浓：贾宝玉的道歉方式由嘻嘻一笑、简单赔礼到披肝沥胆、发誓赌咒，林黛玉由默默淌泪到抽噎个不停；贾宝玉见不到林黛玉时的表现由"大不自在"（第十二回）到"见了别人就怪腻的"（第十九回）、见到林黛玉时的表现由不敢狎犯到"心内痒将起来"（第二十六回），林黛玉见不到贾宝玉时的表现，由不太在意到一天不见就觉得闷闷的，见到贾宝玉时的表现由暗自伤心到嗔怪怄人。种种抵牾、层层忧愤，在情的酝酿、推动下，终于导致二人在第二十九回爆发激烈的口角之争。

---

[1] ［保］基·瓦西列夫：《情爱论》，赵永穆、范国恩、陈行慧译，生活·读书·新知三联书店1984年版，第163页。

第二十九回"享福人福深还祷福　痴情女情重愈斟情",主要讲述贾母带领贾府众人去清虚观打醮,张道士提亲,惹烦宝玉。黛玉因天热中暑,以及"金玉"心结,自留家中。宝玉记挂黛玉,不时来问。二人各揣心事,言语不和,爆发了激烈的冲突。这次口角风波,将宝黛二人亟近之心、互猜之疑推向制高点。小说为叙述这场争吵风暴,在争吵之前竭力蓄积矛盾、在争吵之中细摹众人表现、在争吵之后铺陈影响,精雕细刻,自成机杼。

在剪穗事件发生之前,二人龃龉不断,情节层层铺垫。

第一,用热闹欢笑的大背景反衬人物辛酸无奈的心境。《红楼梦》常常采用"对偶结构"①即二元对立的章法,拓展小说的艺术空间,凸显小说的艺术魅力。"砸玉剪穗"前,小说饱蘸笔墨,以出行队伍之庞大(车辆纷纷、人马簇簇,"乌压压的占了一街的车")、人物身份之高贵("贵妃作好事""贾母亲去拈香")、氛围之严肃(小道士被打、林之孝整理帽子、贾蓉被啐等情节,正是其侧面描写)等方面营造出贾府祈福活动的热闹场面。然而,在这种闹哄哄的场面里,张道士提及宝玉,形容其身段甚类国公爷时,贾母"也由不得满脸泪痕"。对此,张新之评曰:"亦必一哭,此回乃大可哭之事。"②或许,贾母也已意识到第五回警幻仙姑转述宁荣二公之灵所说的"虽历百年,奈运终数尽,不可挽回者……惟嫡孙宝玉一人……略可望成"的现状。凤姐打趣张道士寄名符一事,暗示凤姐短命。凤姐是支撑贾府运转的顶梁柱之一,凤姐短命谶语暗写贾府家破人亡之象,这在一定程度上促使贾府弃黛娶钗,加快了宝黛爱情破灭的速度。从张道士之口道出贾赦、贾政"记不清楚""当日国公爷的模样儿",既暗写赦、政幼年丧父之事,又写出了贾府子孙的忘本,同样暗示贾府大厦之将倾。与元妃省亲点戏隐喻几位核心人物的命运不同,神前拈戏隐喻着贾府家族的命运,贾母对此十分

---

① 有关"对偶结构"的论述,参见[美]浦安迪讲演《中国叙事学》第二章第三节"中国传统的对偶美学",北京大学出版社1996年版,第48—54页。
② 冯其庸辑校:《重校〈八家评批红楼梦〉》,青岛出版社2015年版,第787页。

看重，然而第三本《南柯梦》的寓意令贾母怅然若失，"不言语"；远亲近友皆来送礼，令贾母"后悔起来"。作为"荣国府国公的替身"之"大幻仙人""终了真人"张道士，提及宝玉亲事，却惹得宝玉不快、黛玉不爽且中暑。连锁反应下，贾母看戏的心也灰了大半，"一天戏，至下午便回来了，次日便懒怠去"，贵妃懿旨的三天的大戏，到最后竟"执意不去了"。高高兴兴的祈福事，到头来变成了众人缺席的散筵；"金玉"成了宝黛心头的达摩克利斯之剑，张道士的提亲则成了促使二人"大动干戈"的催化剂。

第二，宝、黛二人一直一心两口互曲解，总是动气动情难分明。宝、黛二人自从薛宝钗到来后，口角之争不断。第十二回林黛玉因父病回扬州，至第十六回方回到读者视野里，紧接着小说从第十八回起，写二人之间各种龃龉。先是写了黛玉因误会宝玉，一气之下便剪了尚未做好的香袋；第二十回，黛玉见宝玉是从宝钗处来，便"赌气回房"；第二十八回，黛玉因元妃赐礼不同而自嘲为"草木之人"，且拿"死"来怄宝玉，宝玉又赌咒起誓，反映出二人感情已到了带有生死性质的程度。"砸玉剪穗"正是这种生死感情的直接外在表现。

第三，宝玉一反常态，挑起事端。宝、黛二人以往发生小摩擦，黛玉"常要歪派"宝玉，宝玉都是要百般软语道歉的。如发生在第五回的第一次生气，黛玉"又气的独在房中垂泪"，宝玉的表现是"自悔言语冒撞，前去俯就"。这次，宝玉竟先动了气，挑起争端，可见此次口角与往日的不同。清虚观打醮回来后，黛玉劝说宝玉接着听戏去，本是体贴之心，宝玉却误会为奚落之意，"心中更比往日的烦恼加了百倍""立刻沉下脸来"说："我白认得了你。"黛玉紧接着就是"冷笑了两声"，再次提及金玉。情急之下，宝玉步步紧逼，"直问到脸上"："我便天诛地灭，你又有什么益处？"黛玉方知自己唐突了，着急、羞愧、后悔之下，再次怒激宝玉："你怕阻了你的好姻缘。"这里，宝玉之所以因为黛玉之言而怨怼之情溢于言外，主要还是因为对黛玉太在乎。尤其是在爱情欲定未定的阶段，一方对另一方的在乎会因为对方的一个动作、一句话甚至一个表情而毫无遮掩地流露出来。宝玉作为一个弃世者，他放下过天地与万物，唯一没有放弃的便是对黛玉的爱。他满眼满心都是黛玉，然而黛玉的反应却如一盆冷水，将他的热情无情地浇灭，这叫宝玉如何不恼火！

第四，无声胜有声。小说对宝、黛二人的心理描写为砸玉剪穗事件提供了缓冲时间。情绪上的起伏，易外化为语言上的詈责，而语言上的詈责进一步发展，则易造成肢体上的冲撞。就在读者焦急等待二人如何继续这场口角之争时，曹公荡开一笔，突破中国传统小说创作方法窠臼，转写二人的心理活动。这就将二人隐曲难剖的心病一一道出，既真实细腻，写出了宝、黛二人"将真心真意瞒了起来"的纠结，点明了二人"痴"之性格，又为避免下文宝、黛二人做出过激行为争取了缓冲时间。

小说为表现"砸玉剪穗"中众人怨恼恨爱、无诉无解之意，分别从动作、语言以及众人哭泣等方面来体现二人彼此的龃龉。

第一，宝黛每次生气，黛玉无不继之以流泪，宝玉无不既自责又自悔。第二十三回"通戏语"、第二十六回"发幽情"皆是如此。但是这次，小说为了凸显二人情感错位的怨恼之意，运用了大量动作描写。宝玉先是"赌气向颈上抓"，后"咬牙恨命往地下一摔"，继而"回身找东西来砸"；黛玉见宝玉如此行为，先是"'哇'的一声"吐湿了整块绢子，后听到袭人用穗子作劝阻语时，"赶来夺过去""顺手抓起一把剪子来要剪"。伴随着这些动作，小说还用了大量对话：宝玉说完"什么捞什骨子，我砸了你完事"，黛玉紧接其后说，"有砸他的，不如来砸我"；待袭人来夺时，宝玉冷笑说，"与你们什么相干"；黛玉听袭人说穗子时，哭着说，"我也是白效力。他也不希罕，自有别人替他再穿好的去"，对此，宝玉则言，"你只管剪，我横竖不带他，也没什么"。前前后后，你一言我一语，各自洒泪，各自心酸，心海难平。

第二，金玉良缘说始终是宝黛心中的一根刺，每每提及，二人总要弄出诸多是非来。本来看似平常的一句"你只管看你的戏去,在家里作什么",就深深刺伤了宝玉爱慕黛玉的心。然而,小说在此充满戏剧张力的是,本来是宝黛二人的事,袭人却意外地参与到这场冲突中来。袭人本是在第二十一回就显露出不但妒忌黛玉还妒忌湘云的本性,于是和宝钗结成同盟,想方设法降服宝玉。这次,偏偏是袭人夺下玉,保住了玉。可见,爱,尤其是男女之爱,不但可以生发出妒意,也能生发出干预的力量。在这场风波中,袭人扮演了重要角色。听到袭人规劝宝玉时,黛玉心痛神痴,"越发伤心大哭起来",且呕吐不止;听到紫鹃规劝黛玉时,宝玉又是心疼又是气愤,"也由不的滴下泪来";袭人心疼宝玉,"也由不的滴下泪来了";紫鹃见他们三个各哭各声,"也拿手帕子擦泪"——真是一幅令人心酸又令人心爱的"四美同哭图"!这次的哭非同寻常,导致老婆子们"一齐往前头"当一件"正经事"告知贾母、王夫人。而贾母、王夫人还以为"有了什么大祸","一齐进园"来。试想,二人能有何大祸?无非就是宝玉砸坏了那块"凡心已炽"(第一回)的宝玉。通过砸玉剪穗这一情节,可以看出宝玉所戴之玉对整个贾府的重要性。

砸玉剪穗之后,宝、黛二人再无争执,痴情愈深。

闹而复合,结束试探。爱而生怨,怨而益亲。有学者认为,此次宝黛情感摩擦,"亦即宝黛爱情发展阶段最后一次纠葛冲撞也。屡次口角,此番为最,乃至摔玉剪穗,惊动贾母,而使其以不咽气自怨;后二人闻贾母'冤家'之说,以为可结连理,乃各自'后悔',感情又一次加深,所谓'多情女情重愈斟情',此后乃再无口角也"[①]。确为的评。

因为芝麻大小的事,老祖宗贾母以及王夫人被弄得不安生,丫鬟婆子也概莫能外。回想宝黛相见之时,贾母说的是"更好,更好,若如此,更相

---

[①] (清)曹雪芹原著,(清)程伟元、高鹗整理,张俊、沈治钧评批:《新批校注红楼梦》,商务印书馆2013年版,第557页。

和睦了",事实的确如此,宝、黛二人言合意顺,然而宝钗的到来打破了这种和睦局面。从此,二人不和时常发生。这次竟闹到了要毁坏"命根子"的地步。贾母先是对紫鹃、袭人"连骂带说教训了一顿",后又说出了"不是冤家不聚头"的俗语,"抱怨着也哭了"。宝、黛二人听后,细品此话,也都不觉潸然泪下,难解难分的爱情滋味至此告一段落。从此,二人打开心结,感情更进一步,惺惺相惜,唯爱相存。

质言之,在这一阶段,宝黛爱情感觉处于朦胧阶段,是继"静日玉生香"那种孩提式的相亲相爱高峰后相互试探的高峰。在这一阶段,他们不断争执,不断洒泪,不虞之隙常有,直至砸玉剪穗、贾母言说后,"情种"宝玉以"若等他们来劝咱们,那时节岂不咱们倒觉生分了"温情相劝,黛玉又生枝节,"我也不敢亲近二爷,二爷也全当我去了",宝玉急忙脱口而出说跟着去,"你死了,我做和尚"。然而,此话却成了宝黛爱情结局的谶语,抑或是作者对小说情节布局上的伏笔。真真假假,实难分辨,暂且不论。但是,接下来极具戏剧性的场面却令小说笔锋一转,黛玉狠命在宝玉的额头上戳了一下后,自叹自泣,瞅着宝玉也在拭泪,便向宝玉怀里扔过来自己常用的一方帕子,宝玉便"挨近前些,伸手拉了林黛玉一只手"。这是二人继春困发幽情之后再一次肢体接触,二人亲密程度跃然纸上。宝玉的那句"我的五脏都碎了"以及赔礼态度,彻底软化了黛玉,黛玉俏皮地说"谁同你拉拉扯扯的"。至此,二人重归于好,心结被打开,自行和好。

就在小说"山重水复疑无路"时,曹公独具匠心,凤姐继第二十五回以吃茶公开打趣宝黛爱情之后再次出现,并用"'黄鹰抓住了鹞子的脚',两个都扣了环了"的笑话化解了宝黛的尴尬。然而,按下葫芦浮起瓢,宝钗见宝黛风波归于平静、贾母埋怨之情烟消云散、凤姐逗趣说和,心中颇生诸种不快,借《负荆请罪》曲目侧击二人,使宝、黛二人羞赧无比,也借此点明了宝、黛、钗三人之间的微妙关系。宝、黛二人重归于好、宝钗诘难,使得砸玉剪穗的余波一直到第三十二回史湘云到来,才打破了端阳节烦闷的氛围。之前湘云与黛玉心无芥蒂，但这次刚来府里便听说砸玉剪穗之事，湘云便对为宝玉做鞋之事心生抵触，可见，砸玉剪穗的风波不但导致宝钗对宝、黛二人心生不快，就连大大咧咧的湘云也开始对宝、黛二人有了微词。

从此，宝、黛就在这种万众瞩目却又危机暗伏的环境中将彼此之间的儿女真情推向新阶段，"体谅和护惜代替了疑虑和探询，理解和相通成为构筑他们爱情诗意的新的桥梁"①。微凉晨光中、竹摇秋雨里、月惊寒鸦时、惨淡夜空下，黛玉为宝玉不断流泪，恰暗合绛珠仙草还泪于神瑛侍者的宿缘，从此，一段凄美的以泪还情的爱情开始了。

## 二、爱的发展：赠帕题诗表痴心

如果说在上一阶段，宝、黛二人是"戋戋小器"的、互相猜测的、爱使性子的、处处避嫌的，那么在这一阶段，赠帕题诗是宝黛爱情的转折点，二人心之所动，情重千钧，魂牵梦绕，进入热恋期。宝玉因"表赠私物"遭痛打不但不知悔改，反而更加态度坚决地"表赠私物"，借着一块旧手帕为爱恋者送去精神上的慰藉与弥补；黛玉则在宝玉送来的旧帕上题诗，第一首是虑其不知而知，第二首是虑其不定而定，第三首是既知既定，身心尘埃落定矣。这意味着黛玉默许宝玉冲破"礼"的束缚的做法，认为其与宝玉的爱情由此定矣。要知道，如果在这之前，类似的行为会让黛玉又哭又闹。然而这次黛玉不但未生气，还觉得"浑身火热，面上作烧"，且"病由此萌"。需要注意的是，手帕是大观园出现男女私情隐忧的标志，暗示着司棋、红玉、尤二姐等人的爱情进展，同时，为后来的抄检大观园埋下祸根。

手帕是个人较为私密的物品，多用以擦拭汗液、眼泪或作为服饰的装饰物以增加人物的妩媚、娇羞之态，往往随身携带。在男女关系中，手帕往

---

① 刘梦溪：《贾宝玉林黛玉爱情故事的心理过程》(上)，《红楼梦学刊》2005 年第 5 辑。

往扮演着爱情信物的角色，对双方关系具有画龙点睛、举足轻重的作用。如莎士比亚戏剧《奥瑟罗》中绣有草莓花样的手帕贯串了奥瑟罗与苔丝狄蒙娜的情感历程、元稹《莺莺传》中张生与莺莺借手帕暗送爱意、兰陵笑笑生《金瓶梅》中第十六回西门庆将汗巾子（手帕的一种变体）递与李瓶儿擦泪以示怜爱之心等等，都是例证。手帕在《红楼梦》中更是多次出现，第二十四回红玉将手帕子故意遗落给贾芸、第六十四回尤二姐将拴着荷包的绢子丢给贾琏、第九十七回黛玉将题过诗的旧帕子撕毁并焚烧等场景，都是对双方感情发展的写照。手帕者，谐音"受怕"，说明宝、黛二人的惊喜悲叹，既代表着对未来无着落的担心，却又代表着"你放心"的信任、心意、誓言、坚贞、真挚与不顾一切的坚持。

在品鉴痴心之后，二人面对着湘云的金麒麟、宝钗的金锁，以及傅秋芳、张道士处的金麒麟等外物的干扰，反而感情愈深，思忖愈深，愈加成熟与明朗。因麒麟缘故，黛玉恐湘、玉二人因此生隙，特探察品鉴湘、玉二人之意；湘、袭、玉三人口舌，夹带黛玉，道出宝、黛二人情投意合之根由。后见黛玉有拭泪之状，宝玉忘情，上前"禁不住抬起手来"为黛玉拭泪。黛玉以金锁、金麒麟怄宝玉，见宝玉暴起了筋，也"禁不住近前伸手替他拭面上的汗"。两个"禁不住"，深刻至极、入木三分，写出了此时宝、黛二人假撇清、真痴情，感情已发展到不能自拔的地步。而这种感情的表现，也暗藏巨大危险，袭人告密便是这一行为的直接后果。接下来，贾宝玉一句"你皆因总是不放心的原故，才弄了一身的病"，使黛玉听后"如轰雷掣电""怔怔的望着"宝玉；此时宝玉虽有千言万语、万般感受，也无从谈起，"也怔怔的望着黛玉"。可见，宝、黛二人的感情正急剧升温，处处不避嫌疑，密语私言，防闲之警戒相比以往放松了许多。

以往唐传奇、元明戏剧、传奇小说等描述男女陷入爱河时的行为表现往往直接是女性"自荐枕席"、男性怀揣"巫山神女情结"，二人就此偷期欢会。至于二人情感历程发展的细节描写，则鲜少涉及，这不免有突兀之过。

与以往爱情小说相比，《红楼梦》在处理细节时总是能细细写来，滴水不漏。为营造宝黛相爱之深，小说紧接着诉肺腑之后，又进一步加强了细节描写的力度。先是黛玉掩泪甚久，竟至眼肿如桃。后是宝玉惦念黛玉伤心过度，又认清了怡红院的派系瓜葛[①]，"便设一法，先使袭人往宝钗那里去借书"（第三十四回），再令晴雯去黛玉处送帕。这是小说第一次提及宝玉为了送黛玉东西而避嫌的情节。

而此时潇湘馆里的春纤正在栏杆上晾手帕，此细节可见黛玉为宝玉不知哭湿了多少手帕，这也是小说具体描写黛玉第十四次还泪的情状。黛玉细品出手帕的意思来后，"不觉神魂驰荡"，喜、悲、笑、惧、愧之下，"由不得余意绵缠，令掌灯，也想不起嫌疑避讳等事"，便在帕子上写了虑其不知而知、虑其不定而定、既知既定心相许的三首诗。黛玉意犹未尽，欲继续写下去，身体的反应竟是"浑身火热，面上作烧""腮上通红，自羡压倒桃花"，即使入睡时，"犹拿着那帕子思索"。与宝玉相比，这是黛玉第一次如此不避嫌地外露、放纵自己的感情。

小说为推进二人情感的进程，不惮细密，追加一笔，继写宝钗的丫鬟莺儿为络上玉而打梅花络子、袭人制作令宝玉"由不得不戴"的肚兜、宝钗

---

[①] 宝玉似乎对袭人等奴婢一直都有防备之心。如第二十八回写凤姐欲调走红玉为自己当差，而宝玉此时正想多了解了解红玉，袭人未等宝玉发声便擅自做主。作为怡红院主人的宝玉，竟然不敢在袭人面前展露自己的真实想法，只得说"不必等我罢了"。宝玉身边的贴身丫鬟尤其是袭人、麝月、秋纹等，一直与王夫人相厚，这在抄检大观园时她们三人未受到迫害可以得到印证。而宝玉与王夫人的关系又并非和谐的母子关系，宝玉每次寻求庇佑时，都是由贾母出面，这说明宝玉与贾母的关系甚为亲密。再者，小说第三十七回写秋纹说自己"有些不入他老人家（贾母）的眼的"，第五十四回贾母对袭人未来伺候贾府家宴行为心怀不满，可见贾母对秋纹、袭人并非打心眼里喜欢；反而是在王夫人眼里的"狐媚子"晴雯，一直是贾母眼中的不错人儿，被安排在宝玉身边，或有可能作宝玉的妾。这些蛛丝马迹，一定意义上讲应是暗示着宝玉与众丫鬟、宝玉与王夫人、贾母与王夫人之间并非如表面一般和气。

"独自行来,顺路进了怡红院""不由的"(第三十六回)为宝玉绣起鸳鸯及赶蝇蚊之后,又分别就梦中自骂、一派呆话大做起文章来。第一,"金玉良缘"与"木石前盟"的胶着状态一直存在于宝、黛、钗三人的情缘中。然而,前三十六回尚未直接点出宝玉对此的情感倾向。恰在宝、黛赠帕题诗之后,宝玉竟在梦中骂僧道,反对金玉姻缘、认同木石姻缘,聪明灵秀的宝钗听之"不觉怔了"。至此,宝钗名未正而分已定,黛玉分未定而名已正,同时,钗、黛的矛盾,伴随着宝黛感情的升温而公开化、透明化。第二,宝玉深怀"女儿情结",将追求"立德立功立言"之人一律鄙称为禄蠹之辈,而"女儿"是高贵无比、不可唐突的。若得世上所有"女儿的眼泪"便是自己生得其时、死得其所,便是有大造化了。清人刘鹗在《老残游记》"自序"中曾提及眼泪的重要意义:"人品之高下,以其哭泣之多寡为衡。盖哭泣者,灵性之现象也,有一分灵性即有一分哭泣……灵性生感情,感情生哭泣。"[1]也就是说,一分眼泪代表一分灵性、一分感情,能哭方有灵,有情方能哭。所以也就不难理解宝玉钟情于"眼泪"的根由。宝玉本非皮肤滥淫之人,在他眼中,所有纯情女儿都是他博爱的对象,他希望自己一直有享受女儿之灵性、感情的权力。然而,龄官"人格自觉""雀儿主义"[2]的行为,令宝玉明白了"各人各得眼泪罢了",最终"眼泪情结"变成了对林妹妹的执着之情。至此,宝玉的"情悟"更进一步,他悟透情缘各有分定,由"要得众人眼泪"变成了"将来葬我洒泪者"。同时,他对生命终极意义产生了怀疑甚至否定("自此再不要托生为人"),这就为后文弃绝红尘埋下伏线。

这里要注意的是,在宝黛爱情趋向成熟的时候,滋养宝黛爱情的条件也发生了很大变化,日常琐事中蕴藏着危机与风雨。首先是黛玉的食量。黛玉因天生有不足之症,每每宴会聚餐,总是吃很少的东西,这在吃螃蟹、喝

---

[1] (清)刘鹗:《老残游记》,上海古籍出版社1991年版,第1页。
[2] (清)曹雪芹、高鹗著,王蒙评点,冯统一点校:《王蒙陪读〈红楼梦〉》,四川文艺出版社2018年版,第539页。

烧酒、吃鹿肉、喝稀粥等时候就能看得出来。在赠帕题诗后，黛玉"十顿饭只好吃五顿"（第三十五回），就连很难吃到的荷叶羹也不愿吃上一口。此后，黛玉食欲日益不振，身体日渐消瘦下去。然而身边的人对此习以为常，越发不放在心上。第二，袭人遵循正统文化的行事风格，得到了王夫人、王熙凤甚至薛姨妈的称赞，尤其在照顾宝玉的问题上为保住王夫人颜面献计有功，享受了准姨娘的例银和礼遇。由此，宝玉身边切切实实地被安插进王夫人的"西洋花点子哈巴儿"（第三十七回）。第三，宝钗与贾母、王夫人的关系日益亲近起来。宝钗戴上了元妃特赐的红香串，又在金钏死后，及时将自己的衣服送给王夫人为其解忧，这次又在莲叶羹一事上，当着众人的面，说"凤丫头凭他怎么巧，再巧不过老太太去"（第三十五回），逗得贾母分外开心。即使宝玉在众人面前一心想赞黛玉，也未奏效，还令贾母公开表示家里所有姑娘"都不如宝丫头"。这令宝钗在贾府的名誉、地位得到提升。

　　在此阶段，宝、黛二人爱情心态已臻成熟，宝玉的"三观"已经形成，由"博爱"转向"专爱"。黛玉的才情在接下来的各种结社聚餐活动中得到了最大的发挥，且自第四十二回听了宝钗劝言之后，孤傲的黛玉开始向传统女性价值观靠拢。此后，宝黛爱情由急而舒，出现延宕期，直至第四十五回"渔公渔婆"，小说才将叙事笔触转回宝、黛二人上来。这之后，第四十六至第五十六回，除第五十二回提及二人渴望进一步交流的场面外，小说再次出现延宕期。

## 三、爱的成熟：情婢试玉乱痴心

　　《红楼梦》总是循着复调的叙事方式不断推进故事的节奏。它在写诗歌娱乐、泼醋丑事的同时，再次将宝黛爱情并行写来。如果说上一阶段宝黛的亲密关系更多的为心灵上的交融、为柏拉图式的爱情，那么这一阶段则更倾向于语言行为上的契合、带有越来越浓的烟火气息；如果说上一阶段宝玉的

"暖男"特质在推进爱情的过程中起了决定性作用，那么这一阶段二人双双主动，尤其是黛玉由被动变主动，频频回应宝玉的爱；如果说上一阶段黛玉还是时时防备着宝钗，宝玉对钗黛尚存"兼美"之心，贾母、王夫人之流任由宝黛爱情发展，那么这一阶段宝玉对黛玉的关切之情溢于言表，黛玉对宝钗放下芥蒂，甚至还对新来的薛宝琴疼爱有加。但贾母、王夫人等人已将宝玉的婚配事宜提上了议事日程，开始布局谋划如何"棒打鸳鸯"。可见，爱得太妩媚，爱得不惜肝脑涂地，不但容易使相爱之人狼狈，也容易使旁观之人心急甚至蹿出心鬼。宝、黛心神一体，然而玉、锁、麒麟，聚讼纷纷，终日喃喃，王夫人、薛姨妈对此尤为忧心，最终"成了大观园的反叛"（第四十五回），难免不做出"掉包"之事来。与黛玉情同姐妹的紫鹃是个"明眼人"，掬诚尽责，为竭力维护宝、黛的这份真情，她不得不在大观园掀起大风波。

宝、黛二人从两小无猜到海誓山盟再到身心相托，一路时有哭闹与争执，但更多的是理解与守护。就在二人完全沉浸在默契的爱河里时，大观园内外危机四伏以及黛玉自身健康状况堪忧等因素，为二人的爱情蒙上了阴影。

首先是贾母、薛姨妈、薛宝钗的态度发生了鲜明的变化。第五十回，因见宝琴雪下折梅煞是美艳，贾母便关心起她的生辰八字及家内景况，大约是要做宝玉婚配的人选。薛姨妈此时的表现较为蹊跷，"半吐半露"、半掩半藏、紧张兮兮地说出薛宝琴已许配他人。为何如此？是怕得罪贾母还是为了宝钗，不得而知。另一个有意思的事情是，凤姐接过此话说要做媒，究竟为谁做媒，小说又打起哑谜来，贾母此时也就未再多言。上次张道士提亲，惹得宝、黛摔玉剪穗，闹得鸡飞狗跳。这一次，小说避重就轻，就此搁笔。然而，我们在这里不妨多加揣摩，黛玉有送手帕之事、宝钗有绛芸轩之事，皆自以为情已定。然而"半路杀出程咬金"，差点将二人心事尽毁，好在宝琴名花有主，宝、黛、钗略可放心一二了。更有意思的是，宝钗之前从未因长辈宠爱某一位姊妹而心生嫉妒，弄此小性儿者多为黛玉。然而，第四十九回，当看到宝琴得贾母独宠时，宝钗一反常态说了句"我就不信我那些儿不如你"；黛玉这次不但未弄小性儿，还热情地认宝琴为妹妹。可见，自黛玉与宝玉赠帕题诗后，二心已定，即使如此美艳、多识的宝琴也无法撼动彼此的爱恋之心。

第五十四回，小说借说书听戏，大写特写贾母深恶唱本小说一事。起因是袭人因为守孝并未到场，破坏了贾府里的老规矩，使贾母脸露难色；本是元宵开夜宴，热热闹闹，大讲排场之时，众族男女偏偏不买账，领情赏光者寥寥，这让本爱热闹的贾母心生冷落之感；最得力的贴身秘书鸳鸯因为娘亲殁了，也未到场，贾母少了得力臂膀，多有不习惯之感。或许是贾母对此时贾府大环境有了不妙感，或许是要借机重申贾府的规矩与道统，或许只是受《凤求鸾》这样俗套故事的触动，贾母感慨顿生，对编书唱本大加批评。护花主人对此评曰："暗照宝玉、黛玉两人心事。"[①] 刘梦溪对此认为："这是贾母对宝黛爱情的又一次明朗的表态，而且是相当严厉的表态。或者退一步说，就当贾母的批评主观上与黛玉无涉，那么客观上，贾母所持的婚姻恋爱的立场，对黛玉的爱情追求也是不利的。"[②] 笔者是同意这种观点的。宝、黛二人曾读过《西厢记》《荆钗记》《牡丹亭》等才子佳人作品，且颇为喜欢。此时贾母对这类文章发表一通批评之语，无疑是表明自己的立场，即完全排斥这种行为，"人不人，鬼不鬼"。说明贾母的恋爱婚姻立场与宝、黛不在同一磁场，无法引起共振。这对宝黛爱情的进展来说，当然不是什么好事情。

其次，在这一阶段，小说依次提及凤姐泼醋、鸳鸯抗婚、湘莲抗"戏"、宝琴许人、岫烟定亲等诸事，皆关乎儿女的终身大事，即使涉及薛蟠之事，也是青春荷尔蒙爆发的结果。然而，这些事件皆是各自的悲剧：凤姐

---

① 冯其庸辑校：《重校〈八家评批红楼梦〉》，青岛出版社2015年版，第1377页。
② 刘梦溪：《贾宝玉林黛玉爱情故事的心理过程》（下），《红楼梦学刊》2005年第6辑。

遭遇丈夫的背叛、鸳鸯遭遇贾赦的威胁、柳湘莲遭遇人格上的侮辱、宝琴虽定亲却迟迟不见梅翰林出现、岫烟的亲事则是邢夫人"将计就计"的结果。这无疑也为宝黛爱情传递出危险信号，即已嫁者不幸福、未嫁者多无奈，在这样的大环境下，宝、黛又要用多少力气，他们的爱才被允许呢？

再次，黛玉食欲与睡眠质量每况愈下，再加上频频悲啼，身子一天比一天虚弱下去。第四十九回，黛玉因宝琴而复悲自己的孤零无依情状。小说提及此阶段黛玉的健康状况："只觉心酸，眼泪却像比旧年少了些的。心里只管酸痛，眼泪却不多。"第五十二回，黛玉将薛宝琴送的花儿转送给宝玉，理由是"我一日药吊子不离火……越发弱了"；又在这一回中，宝玉问黛玉夜里咳嗽与醒的次数，黛玉"昨儿夜里好了，只嗽了两遍，却只睡了四更一个更次，就再不能睡了"。小说不厌其烦地写黛玉患病之深，即给读者一个信号，黛玉还泪过半，身体难支，宝黛爱情必须要尽快有实质性进展。

最后，相比之前的争吵、哭泣、安慰，宝、黛之间言语越来越少，以此衬托出二人感情之深，谈婚论嫁的形势已迫在眉睫。周作人曾以"死生之悲哀，爱恋之喜悦，人生最切的悲欢甘苦，绝对地不能以言语形容，更无论文字"[①]的话语来论断"言"以达"情"之难，说明"情"之深非"言"所能及。难能可贵的是，二百年前的《红楼梦》在处理宝、黛情感深化问题上，非常敏锐地注意到了这一点。宝、黛二人在这一阶段中，语言交流越来越少，因为彼此已经爱到骨子里，只需要一个眼神、一个动作，就能心领神会。而这种爱之痴、之深，在大观园里、在那个时代里，除了克制，别无他法。若无父母之命、媒妁之言，稍有差池就会成为不容于世俗的淫奔之人。因此，宝黛爱情亟须在这个阶段得到以贾母、王夫人为代表的家长的认可与支持。

就在这紧要关头，紫鹃明察宝、黛心事，真心事主，果敢地站出来，

---

① 周作人著，张丽华编：《我的杂学》，北京出版社2005年版，第10页。

让贾母、王夫人、薛姨妈甚至宝玉、黛玉措手不及。

　　她三试宝玉：先对宝玉的"动手动脚"行为正言相斥；待雪雁顺口形容宝玉发呆情状，前去安慰，仍未说出黛玉要归家之事；后因燕窝一事，诓言黛玉即将离开。再看宝玉的反应：听到紫鹃"别动手动脚"后，"心中忽浇了一盆冷水一般""一时魂魄失守""不觉滴下泪来"；待紫鹃说"为的是大家好"，宝玉笑着说担忧大家"渐渐的都不理我了"，所以才伤心起来；等紫鹃一说"明年家去"，宝玉立刻警觉地问："谁？往那个家去？"，短短六个字，可见宝玉对自己情感生活产生强烈的危机感和幻灭感，后紫鹃有理有据地说："大了该出阁时……林家虽贫到没饭吃……断不肯将他家的人丢在亲戚家，落人的耻笑。"至此，宝玉"如头顶上响了一个焦雷一般""一头热汗，满脸紫胀""两个眼珠儿直直的起来，口角边津液流出"，人中"掐的指印如许来深，竟也不觉疼"，完全进入休克半死状态！

　　宝玉这般在乎黛玉，身为他灵魂伴侣的黛玉又怎么样了呢？之前多为宝玉惹得黛玉连哭带吐，这次竟是"心中黛玉"①碰触了宝玉多年的心病，惹得宝玉半疯半傻、似傻如狂，真可谓"不是冤家不对头"。当看到袭人"满面急怒，又有泪痕，举止大变"，连用七个"了"②来哭诉宝玉的危急情态时，黛玉"哇"的一声将刚服下的药吐出来，不但"痛声大嗽了几阵"，还"喘的抬不起头来"。待"喘息半响"后，"推"紫鹃且令紫鹃"竟拿绳子来勒死我是正经"。一吐、一咳、一喘、一推，将黛玉急火攻心的样貌跃然

---

① 紫鹃作为黛玉贴身丫鬟，二人关系堪比红娘与崔莺莺，早已同呼吸、共命运，结成了命运共同体。或者说紫鹃扮演的角色正是黛玉心中的自己，是黛玉内心"真我"的影子人物，笔者将其称为"心中黛玉"。黛玉作为大家闺秀，矜持自爱，不能跨越封建"红线"，因此，小说便设置紫鹃这一形象，以紫鹃之口达黛玉之意，甚为巧妙。

② 小说为渲染袭人气急败坏的情态，连续用了七个"了"："那个呆子眼也直了，手脚也冷了，话也不说了，李妈妈掐着也不疼了，已死了大半个了！连李妈妈都说不中用了，那里放声大哭，只怕这会子都死了！"（第五十七回）

纸上。

当对爱情的执着向越礼方向发展时，再庄严的事情也会滑向浅薄与轻浮。宝玉是阖府的掌上明珠，一点风吹草动都能惊动贾母、王夫人以及管事婆子、众丫鬟的神经。宝玉如此这般，贾母、王夫人自然会在第一时间赶过来。贾母先是"眼内出火"，责骂紫鹃，待宝玉哭出来时，只命紫鹃赔罪。后知是一句"要回苏州去"的玩笑话引起的，贾母放下心来。然而，接下来戏谑的一幕发生了。先是薛姨妈说了句"不是什么大病……吃一两剂药就好了"，这让笔者想到"叔嫂逢五鬼"时赵姨娘的嘴脸。当时赵姨娘幸灾乐祸地说宝玉不行了，让贾母啐了一脸；这里薛姨妈说完此话，小说没写贾母表现，耐人寻味。接下来林之孝家的等来瞧宝玉，宝玉一听"林"字，"满床闹起来"说："凭他是谁，除了林妹妹，都不许姓林的。"好不容易安顿下来，橱子上的金西洋自行船闯入宝玉的视线，这下子又吓坏了宝玉，宝玉掖住自行船、不放紫鹃手，甚至太医来诊治时，宝玉也没有放开紫鹃的手。即使等到好了一些，仍需紫鹃日日照拂，宝玉为了留住紫鹃，还要做出佯狂之态。直至第五十八回，宝玉仍未大愈，连走路都要"挂了一支杖"。情极致病，"情之所至，生者可以死，死者可以生"，宝玉已到了无法与黛玉分离的地步。

紫鹃的"试玉"行为，令宝玉一试而病几死、黛玉几乎肝肠寸断。经此折腾，宝玉发了全书中唯一一次最明确、最坚定的誓言："活着，咱们一处活着；不活着，咱们一处化灰化烟。"（第五十七回）黛玉听了紫鹃"万两黄金容易得，知心一个也难求"的劝言"直泣了一夜"，宝、黛二人的爱情已坚不可摧。眼看宝、黛心事即将获得家长们的认可，然而结果却出乎意料又在情理之中。

首先，贾母又是一番竭尽所能疼惜孙儿。待宝玉醒过来，这样的"要紧大事"在素来精明的贾母眼里，却成了"顽话"，这是令人费解的。贾母一直是相对偏爱黛玉的，然而第三十五回，贾母却在大庭广众之下夸赞宝钗优秀。自第五十回之后，又开始宠爱宝琴、斥责才子佳人评书，是否可以说贾母对黛玉的疼爱在逐渐减少呢？黛玉是贾母最疼爱的女儿贾敏之女，贾敏、林如海去世后，黛玉孤身一人，贾母本是惜弱怜贫之人，对孤女应更有怜爱之心，于情于理，都不应该冷落了黛玉。第二十八回元妃赐礼有别、因人而异，是否在暗示贾母在拥黛或拥钗这一问题上的态度？宝、黛相处过程中总是闹气争执，而宝玉和宝钗却能做到始终和谐相处，这是否会使黛玉的形象受损？宝钗参与探春理家，是否暗示着她比黛玉更宜做贾府管家？小说对此并未有明确交代，实在令人费解。然而，至后四十回，贾母倾向宝钗的态度已经十分明了。

　　其次，紫鹃的这一行为着实令薛姨妈心乱。黛玉的出现，打乱了薛姨妈的嫁女计划。上一次宝玉挨打，薛姨妈与宝钗忙活了半天，又来看望又送药，还引得宝钗、薛蟠二人拌嘴，后来莺儿打的梅花络子还络住了宝玉的玉。这次，薛姨妈照例不能坐视不管。她见宝、黛情状，先稳住贾母，后又来安慰黛玉。她先利用婚姻宿命论，暗示黛玉自由恋爱是徒劳无益的，后又"怜"黛玉无亲无故的孑然处境，顺理成章地认黛玉做了女儿，之后又拿岫烟与薛蝌顺利订婚为话茬逗趣宝、黛是"四角俱全"的一对儿。一心事主的紫鹃听及此话，顺坡下驴，然而薛姨妈用戏语撇过，不但戏弄了黛玉还戏弄了紫鹃。到第五十八回时，薛姨妈直接搬进潇湘馆里，无疑使宝、黛"说体己话"的机会大大减少，一定程度上阻隔了二人的交流进程。从头至尾，薛姨妈表面似乎一直在帮助宝、黛，而实际上恰恰相反，即使紫鹃问到了脸上，她嘴里胡乱答应着，总没有一点实际行动。

　　再次，与以往不同的是，宝、黛每有风波，二人总是可以及时见面化解矛盾，而这次，二人虽一心而身两处。宝玉生病，黛玉"不时遣雪雁来探消息""近日闻得宝玉如此形景"，可见二人只能从他人口中打探彼此的消息。宝玉身心俱病的同时，黛玉"未免又添些病症，多哭几场"，待紫鹃一番真切言语后，"直泣了一夜，至天明方打了一个盹儿。次日勉强盥漱了，吃了些燕窝粥"。可见，黛玉身体虚弱到只能靠燕窝支撑。宝玉曾对黛玉说过，黛玉皆是因为不放心才惹了一身的病，现在这种病痛深入骨髓，黛玉命不久矣。

又次，这次"试玉"，紫鹃明确告诉宝玉一个事实，即"林家实没了人口"，点明了黛玉孤立无援的处境，也就是告诫宝玉，黛玉除了贾家无处可去，宝玉必须尽快做出决断。宝玉听此话后，立刻说出誓同生死的话："活着，咱们一处活着；不活着，咱们一处化灰化烟。"颇有些王安石变法时的"三不足"①气魄与"拼命三郎"的果敢。这下，紫鹃的苦心孤诣总算得到了回应。

最后，一直是"王夫人的耳目神""维护怡红院风平浪静、稳定和谐的'领班'""'掉包计'的完善者""薛宝钗忠贞不二的'同盟军'"②的袭人再一次在宝黛爱情上起到阻碍作用。以往每次宝、黛争吵，总少不了袭人的身影。她首先体察出宝、黛之情，然后向王夫人提议令宝玉搬出大观园。这次在试玉情节中，又埋怨紫鹃"都是你闹的，还得你来治。也没见我们这呆子听了风就是雨，往后怎么好"。在她嘴里心里，她与宝玉才是"我们"，怪不得引起晴雯讥笑讽刺。为了避免"往后怎么好"，袭人定要再做出些努力来。

从第五十七回之后，宝、黛的爱情再次被搁置起来，进入平缓阶段，小说笔墨转向大观园大大小小的矛盾。宝玉因二尤、柳五儿等人的遭遇，总体精神风貌是"情色若痴，语言常乱"（第七十回），而黛玉总是病恹恹的，小说对二人交流的场景描写相比上一阶段有减无增。直至第七十回，爱情线再次鲜明起来。起因是黛玉作了一首《桃花行》，整首歌行的氛围已露花残

---

① 宝玉的决心与王安石变法有相似处。《宋史·王安石列传》中提及王安石将"天变不足畏，祖宗不足法，人言不足恤"作为变法的精神支柱与思想武器，以示变法的决心；宝玉"一处化灰化烟"的决心，是对"金玉良缘"、祖宗家法、流言蜚语的反抗，二者都是对现有秩序、体制、规则的革新。
② 孙伟科：《关于袭人形象的评价问题》，《河南教育学院学报（哲学社会科学版）》2008年第4期。

人亡之象，等待、绝望的情绪令人快要窒息。二人无言之下，都只是"流下泪来"。他们的情绪也不再如从前那般波动剧烈，面对尤氏、李纨等人说的"虑后事"，宝玉说"过一日是一日，死了就完了"（第七十一回）；面对"黄土垄中，卿何薄命"（第七十九回）的谶语，黛玉含笑点头称赞。

这一阶段宝黛爱情的进展，看似是从紫鹃一人身上结撰而出，实际上也可以看作是二人内心的自己为努力争取爱情开花结果而做的斗争。或许经历了大观园一系列的变故，宝、黛二人已经预感到了危机与灾祸。无言胜千言而又只能无助等待，是他们这个阶段最好的防备手段。他们备受私情与礼教之冲突的折磨，就像困在笼中的动物，百般挣扎，只是拖延着加些苦痛，唯一的出路便是"放下"或者"死"。这种法子，既不够英雄主义也不够超脱，却又使读者热切地盼望他们能够扭转乾坤或往生佛土，以续前缘。曹雪芹就是曹雪芹，他不羁于俗套窠臼，他将男女之爱激发出来，却又冷酷地看着他们一步步迈向毁灭。既然优渥的物质享受即"世悟"不足以警醒世人，那么就选择情到深处自然浓、意到深处难舍离的精神考验即"情悟"以期再次警醒世人。当二者无法奏效时，那么，等待世人的只能是灵与肉的毁灭。

## 四、爱的毁灭：焚稿成婚释痴心

宝、黛怀揣赤子之心，经过多次试探，到互为知己，再到誓同生死，使岁月成歌，在各自的心田里，种桃种李种春风，不断提高在彼此心目中的位置、不断积蓄对彼此的爱意。伴随着不断变化的外部环境与心理，彼此的爱意总要落地生根，实现质的飞跃，即举行合卺结褵仪式。他们不但心在一起，人也要在一起，要成为被家长认可、被世俗礼教接纳的伴侣。然而终是年少无防备，虽珍惜彼此，不知进退，使这份爱太疲惫、太特殊、太纯洁、太不苟且、太不轻薄、太不世俗，以至于弄甜成苦，不容于世。在这个过程中，追求灵与肉的相随是宝黛爱情的统一性，彼此的成长以及大观园内外环境的改变是宝黛爱情的变化性。统一性要求变化性遵循情节连续、旨归连续的类似性，即量的积累，变化性则要求避免雷同且为统一性服务；而类似性反复次数过多，就只有量的积累而无质的飞跃。所以，为保持宝黛爱情的统一性与变化性的和谐统一，应该在一定量的积累上加速发展，使矛盾加速尖锐，最终达成质的飞跃，出现故事高潮，完成统一性。

宝黛爱情在前八十回已经给读者一个明确信号——这将是一个悲剧故事。通过第七十六回的月夜联诗、第七十七回的晴雯冤逝、第七十八回的迎春误嫁、第八十回的香菱被虐，小说不断地传递着同一个信号，即黛玉与宝玉的爱情终将是个悲剧。然而，究竟是通过何种形式传达出悲剧结果，小说前八十回并没有明确呈现出来。虽然脂批在前八十回不断暗示宝黛爱情走向，然因缺少具体、详细的叙述，最终无法一一还原全貌。流传最广的一百二十回的程高本在此方面作出极大贡献，它在八十回后续补了四十回。在这四十回里，小说基本延续了前八十回的悲剧基调[①]，写了"痴魂惊梦""颦卿绝粒""宝玉丢玉""颦儿迷性""黛玉焚稿""宝玉疯癫"，最终以黛玉的死亡、宝钗的出嫁、宝玉的出家宣告宝黛爱情的结束。为营造、推进这一悲剧高潮的到来，后四十回饱蘸笔墨，层层铺垫，曲曲折折，突出了贾府错综复杂的内外环境变化，为宝黛爱情悲剧的到来不断蓄势、不断加码。

---

① 对于程高本后四十回的处理方式，学界褒贬不一。抛开宝玉再入家塾、学做八股、黛玉弹琴悟道等不合理之处，其中就黛死钗嫁的情节，云断连山、风起波回，或可差强人意。

## 第二节　黛死钗嫁高潮艺术

由前文可知，宝黛爱情大致可分为初见的美好、"你虑我情寡，我虑你情泛"[1]的缠绵、赤心灵犀的完全相通、无可奈何花落去的忧愤四大进程。在这四大进程中，小说为刻画宝黛刻骨铭心的爱情，蘸墨有轻有重，用笔有粗有细，或一带而过，或细细皴染，勾勒出了高低起伏的情状，渲染出了悲喜交加的氛围。

那么，贾宝玉与林黛玉既有前世木石之盟，又有今世的志趣相投，二人爱情本是水到渠成、天合之作。若按前作成规，二人的聚散之迹、悲喜之情、痴怨之心不会如此荡气回肠、余音缭绕。是什么原因使得二人爱情与婚姻之路如此坎坷不平呢？归结起来，有以下三点：

首先，林黛玉孤苦伶仃。自幼先丧母再丧父，饱尝失去至亲的痛苦；身体始终羸弱，又无亲兄热弟；天性聪慧而敏感，博通诗文……这就使林黛玉形成了孤标傲世、敏感多疑的性格。进贾府后，虽然有祖母宠爱、贾宝玉交心、紫鹃贴心以及众姐妹热心，然而贾府人多口杂、关系复杂，她不得不处处小心为是。黛玉本听从王夫人的警告，不欲亲近宝玉，然而在与宝玉相处的过程中，二人互剖心意，互为知己。但贾府出于各方面的考虑，迟迟不肯将她与宝玉的婚事定下来，黛玉始终孤立无援，备受煎熬。

其次，林黛玉对贾宝玉抱有怀疑。一是因"金玉良缘"说法的存在，

---

[1] 张子梁评《红楼梦》语，转引自刘继保、卜喜逢辑《红楼梦：名家汇评本》，北京图书馆出版社 2008 年版，第 212 页。

薛宝钗、史湘云都有金，可与贾宝玉的"通灵宝玉"相配。自己无金无玉，只有那缥缈的"木石前盟"，无法与"金玉说"相抗衡。二是虽与贾宝玉交心，但贾宝玉无法带给她十足的安全感。林黛玉曾对贾宝玉说过"我很知道你心里有'妹妹'，但只是见了'姐姐'，就把'妹妹'忘了"（第二十八回）的话。为何？因贾宝玉是个"情不情"之人，是个博爱之人。他多次对薛宝钗表现出好感，如第八回贾宝玉顺从薛宝钗的意思改喝烫酒，第二十二回贾宝玉盛赞薛宝钗对《寄生草》点评得有道理等等，这都让林黛玉心生醋意。而薛宝钗是个守拙藏奸之人，总是试图拉拢贾宝玉、走近贾宝玉，将他从林黛玉身边抢走，这让林黛玉时刻心生戒备。

最后，世俗势力对宝黛爱情的阻挠。自古以来，男女有别为君子立身处世之道，作为世家大族的贾府，自然应恪守这种传统观念。这一点，贾母在第九十七回曾点明，黛玉对宝玉不能存在爱情的"心病"，若萌发了爱情，黛玉就站在了传统礼教的对立面上。也就是说，男女有别的传统观念造成了"木石前盟"的悲剧。并且，贾宝玉作为贾府最受宠溺的晚辈，是贾府众人的寄托，肩负着复兴贾府的使命。"家族衰亡的气息使宝黛的爱情空间显得逼仄，宝玉爱情选择的'政治性''被动性'加大，宝玉在将倾的大厦前更没有爱情自主的权力与自由，而是家族的利益高于一切，个人绝对服从家庭。"[①] 然而，宝玉偏偏对众人梦寐以求的荣华富贵不屑一顾，这导致他与贾政的关系始终处于剑拔弩张的状态。作为贾宝玉的知己，林黛玉不但不去警劝，反而无形中与贾宝玉站在了一起，这无疑站在了贾府家长、丫鬟（以袭人为主）的对立面上。他们的爱情接二连三地受到世俗势力的打击，二人口角之争不断，抵牾之事常有，最终硬生生被王夫人等人拆散……世界名著中的安娜·卡列尼娜的悲剧、罗密欧和朱丽叶的悲剧以至于中国传奇短篇中崔莺莺的悲剧、霍小玉的悲剧，莫不如此。总之，有违世俗的爱情，是难容于

---

① 孙伟科：《〈红楼梦〉美学阐释》，云南大学出版社 2009 年版，第 168 页。

世的。

　　进言之，贾宝玉与林黛玉崇尚的是心灵沟通上的爱，而世俗崇尚的是门当户对上的爱。正是因秉持两种不同的人生态度，各利益集团才生发了错综复杂的矛盾斗争。在这种斗争中，贾宝玉和林黛玉的真性情，与读者产生了共鸣，为后来人对心灵相通的美好爱情的向往树立了榜样，不断激励着后来人追求自由的恋爱。

　　通过钩沉宝黛爱情线索、分析二人之间矛盾的起因，可以看出，《红楼梦》是以爱情萌发、发展、成熟、破灭四个阶段展开来描述宝黛爱情的。其间，每个阶段都有每个阶段的核心矛盾，这些核心矛盾又通过具体的核心事件展现出来。一个又一个的核心事件，突显出情节的跌宕与人物形象的异同，小说的思想主题就在这些矛盾的层层推进中逐步彰显出来。各矛盾的集结点汇聚起来，步步升级，最终形成了黛死钗嫁的高潮。该高潮既是宝黛爱情的终结点，也是贾宝玉彻悟的起始点。

## 一、破败之事，连连爆发

　　第八十回之后，贾府的混乱与颓败已成不可逆转之势，一桩桩、一串串不祥不妙的事儿接二连三地爆发。第一，作为贾府强大政治支柱的元妃，突然病从天上来。元妃身体欠安，是贾府即将遭遇大灾难的暗示。这之后，甄家被抄、贾府招匪、私贿翻案、贾政被参、王子腾暴病身亡……令人悲愤之事不断上演，分崩离析之兆愈加明显。第二，贾府经济体系陷入崩溃境地。乌进孝缴租表明贾府的田庄连年歉收、探春理家的失败表明贾府开源节流的措施并未行通、凤姐建议裁减丫鬟以节省用度遭到拒绝表明贾府开销一如既往的巨大，以及太监权贵的不时勒索……种种迹象，都在暗示贾府经济已经处于崩溃的边缘。第三，贾府外援薛家也正遭遇不幸。薛蟠娶河东狮，以致家门不幸，复又招来人命官司。而这种人命官司又在一定程度上加速了宝黛爱情毁灭的进程。第四回葫芦僧说过贾史王薛四大家族的关系是"一损俱损，一荣俱荣，扶持遮饰，俱有照应"，此时的贾家虽大不如从前，尚有元妃、贾政的权势，但薛家则不同，薛家过去虽是皇商，此刻也亟须政治庇佑。而王夫人与薛姨妈是亲姐妹，且平日亲热有意联姻。现在薛蟠性命堪忧，薛姨妈势必要抱住贾府这棵大树，最好将宝钗嫁过来，使薛蟠成为宝玉的大舅哥，这样贾府就会出力帮助营救薛蟠，保住薛蟠性命。

　　此刻，大观园之内剿杀青春之事不断上演。第一，贾府外乱如此，内乱也到了不可收拾的地步。剿杀青春、戕害人性之事迭起，尤其是抄检大观园造成的离散一空结果，它代表着"红楼"之梦的破碎或者说是曹雪芹著"红"精神的结束。这之后，晴雯屈死、花妖异现、迎春误嫁、香菱被毒害、妙玉癔症等等，"覆巢之下，安有完卵？"宝黛爱情也走到了尽头。王昆仑在《晴雯之死》一文中就认为，"晴雯之死就是预言了宝、黛恋爱之必归失败，宝玉之必出于逃亡"[①]，是为的论。第二，前八十回袭人素与黛玉不相亲近，鲜少来潇湘馆，八十回后，袭人常常来黛玉处，这也暗示着黛玉受压迫、受排挤的力度逐渐加大。如第八十二回，袭人想起晴雯、尤二姐之死，兔死狐悲，便去黛玉处打探消息，黛玉的那句"但凡家庭之事，不是东风压了西风，就是西风压了东风"，使得袭人再次坚定了站队王夫人的决心。第三，贾母明确表示对宝黛爱情的反对态度。贾母在对待宝黛爱情的立场上终于亮出了底牌。这次她不像以往小心翼翼地提及宝玉亲事了，而是直接提出要求——"脾气儿好，模样儿周正"，显然林黛玉不符合。尤其在黛玉病入膏肓时，贾母探视后明确指出："如今大了懂的人事，就该要分别些，才是做女孩儿的本分，我才心里疼他。若是他心里有别的想头，成了什么人了呢！我可是白疼了他了。"（第九十七回）早不说、晚不说，偏偏在黛玉病危、贾府风雨飘摇时说，说明贾母已经坚定了弃黛拥钗的立场。

---

① 王昆仑：《红楼梦人物论》，北京出版社2004年版，第17页。

这种环境下，宝、黛二人精神状态坏到极点。黛玉的悲观、自戕由含蓄到鲜明。黛玉陷溺情欲，焦虑过度，愈病愈苦，绝望感愈来愈浓，她时时刻刻都怀着一颗怨生觅死之心，不断地糟蹋身体，更证实了被贾母遗弃的命运。小说先是写黛玉噩梦连连，后又通过侍书之眼见黛玉"只剩得残喘微延"，以及周瑞家的之口道出黛玉病得不轻："脸上一点血色也没有，摸了摸身上，只剩得一把骨头。问问他，也没有话说，只是淌眼泪。"（第八十三回）发展到后来则是咳声不断、痰中带血，病已入膏肓。宝玉先是把命根子"通灵宝玉"莫名其妙地弄丢了，后又神志不清、疯疯癫癫，精神状况堪忧，贾母等人亟须为宝玉迎娶可以"冲喜"的宝钗。

到这里还不够，文章一层紧接一层，又利用信息错位之法，讹与实、假与真、得与失交叉上演，令黛玉活在即将死亡的阴影中、让宝玉活在即将疯癫的边缘中，既延长了宝黛爱情上的悲剧体验，也点明此后黛玉嫁宝玉不成必死、宝玉娶黛玉不成必呆的凄惨后果。如果说抄检大观园是对"有情世界"中诸钗悲剧命运的预演，那么，黛死钗嫁便是对"有情世界"男女主角悲剧结局的写照。诸钗对宝黛，相当于绿叶衬红花。绿叶凋零，娇嫩的花儿何以独存？如果说晴雯、司棋、芳官、四儿的悲剧是猝不及防的、以迅雷不及掩耳之势发生的，那么，宝玉、黛玉的悲剧则是渐渐形成的，在读者心理上是有预期状态的，这一点，王昆仑先生在其《晴雯之死》一文中已有精当论述。可以说，代表着"情文"的晴雯的死亡，是宝黛爱情悲剧的预演，黛死钗嫁是小说"有情世界"的最终毁灭。"情"是这个"有情世界"的核心，"情"转化成外在表现便是"痴""呆"，黛死钗嫁这一高潮便是对"痴""呆"的集中描写。

先说黛玉。

自从第五十七回之后，薛姨妈与黛玉的联系频频增加，不但搬到黛玉住处，还认了黛玉做干女儿。后四十回中，薛姨妈的婆子竟跑到黛玉处散播宝黛乃天生一对的言论："怨不得我们太太说这林姑娘和你们宝二爷是一对儿，原来真是天仙似的。"（第八十二回）令黛玉极为难堪。前八十回中，雪雁是个可有可无的角色，后四十回竟然发挥了不可或缺的作用。正是她带给黛玉一场虚惊，几乎夺了黛玉性命。雪雁道听途说，"宝玉定了亲了""是个什么知府家，家资也好，人才也好""是个什么王大爷做媒的""是老太太的意思"，令黛玉寝食难安，勾起心病旧恨。黛玉遽废眠弃食、茶饭无心，决志戕生，"那泪珠儿断断连连""自此已后，有意糟蹋身子""到半月之后，肠胃日薄，一日果然粥都不能吃了"（第八十九回）。经此虚惊，形势非常紧张，黛玉已到了垂毙殆尽的境地。眼看弄假成真，小说放缓节奏，再次反转。侍书无意中辟谣，令黛玉起死回生，众人才知宝玉定亲乃传闻，说是"老太太的主意，亲上作亲，又是园中住着的"，黛玉偏偏认定了是自己，于是疑团已破，心结打开，病渐减退。几经生死，光明就在眼前，就在这峰回路转之际，不但紫鹃与雪雁在私下里叙说，众人也开始议论，以至于贾母、王夫人、凤姐都知道了。至此，稍有松弛的形势再次紧张起来，人言可畏，黛玉的处境难上加难。王夫人又做骑墙之语、贾母认定了薛宝钗，宝黛爱情再次陷入绝境。小说到此一束，转而写夏金桂、薛蟠之事，缓缓推进前八十回的故事走向，以夏金桂的低俗手段、下流计谋反衬宝、黛的高洁品质以及坐以待毙的无奈。可悲的是，黛玉仍在梦中。第九十四回，宝玉失玉，暂不言黛玉怂恿岫烟前往妙玉处扶乩这一行为是否有损前八十回黛玉的形象与心性，只提黛玉因宝玉失玉不悲反喜，认为这正好破金玉而合木石，心里更加认定了自己会嫁给宝玉。几死又活，活了再死，悲惨氛围愈加浓烈，直至第九十六回，傻大姐的再次出现，彻底击碎了黛玉的所有期望。捡到绣春囊的傻大姐曾给大观园带来一场血雨腥风，这次她又将成为压垮黛玉的最后一根稻草。这次，小说借助傻大姐"泄机关"这一情节将宝黛悲剧推向高潮。

再说宝玉。

如果说这一阶段对黛玉状况的交代意在突出其病痛自戕之苦，那么对宝玉而言，则是意在写其精神上"呆"病已经深入骨髓，无药可救矣。一个迷失本性，一个疯癫成病，宝黛情缘走到了尽头。在后四十回中，抛开宝玉给巧姐讲《列女传》、与贾赦外出应酬这类不伦不类的情节外，他先是被贾代儒试图以文章除去顽心，使其无心而空；又有对袭人说"我们有我们的禅机，别人是插不下嘴去的"（第九十二回）这样的呆话；后丢掉了代表自我身份与灵魂的玉后，众人一番鸡飞狗跳地找玉，宝玉则"只是怔怔的，不言不语，没心没绪的""终日懒怠走动，说话也糊涂了"。待元妃薨逝，停灵寝庙，宝玉此时"一日呆似一日，也不发烧，也不疼痛，只是吃不像吃，睡不像睡，甚至说话都无头绪"（第九十五回），失魂落魄，完全没了往日的灵气。小说到此反复提及宝玉痴呆之状，以至宝玉最终搬离了大观园。没承想事情似乎有了转机，先是焙茗说当铺里有玉，给贾府众人一线希望，后证明是空欢喜一场；又来了一个送玉的骗子将这场闹剧推向滑稽的顶峰，为小说增添了热闹感。宝玉痴呆之病愈来愈重，贾母等人的瞒骗之法即"掉包计"便顺理成章地提上日程。

## 二、一死一娶，悲惨难名

黛玉病至将死，宝玉昏聩至呆。小说通过前文层层铺垫，又通过黛死钗嫁在同一时空下交错进行，呈现出强烈的张力效果，增添了宝黛爱情的悲剧色彩与艺术感染力，最终走到宝黛爱情的终点。

第一，黛玉之死。如果说前八十回中"秦可卿之死"意在凸显贾府财大气粗的家族气势、"晴雯之死"意在凸显贾府对女奴的戕害、对美的戕害，那么，黛玉之死作为后四十回中最荡气回肠的情节，意在凸显贾府青年人爱情的终结。话说当日黛玉听了傻大姐一番话语后，唯求速死，"颜色如雪，并无一点血色，神气昏沉，气息微细"，惊动贾母。贾母见黛玉病危，虽然心疼，但仍无法理解黛玉。黛玉深知自己命不久矣，便要毁掉她与宝玉情感的一切痕迹，于是就有了"焚稿断痴情"的情节。面对题诗的旧帕子，她先是"狠命的撕",见撕不成,"点点头儿,掖在袖里",又令雪雁点灯,"又闭了眼坐着,喘了一会子""又摇头儿",待点着火盆,"又把身子欠了起""瞅着那火点点头儿,往上一撂"。等绢子烧着了,黛玉"只作不闻,回手又把那诗稿拿起来,瞧了瞧又撂下了",后再次拾起来也"撂在火上"。一系列动作、情态,刻画出黛玉心死的程度。孙逊认为:"'焚稿'比当初写稿、读稿更具悲剧意义,它不仅恰如其分地表现了此时此刻黛玉的心境,并使其思想性格又一次得到了升华。"[①]次日早起,黛玉"又嗽又吐",紫鹃去叫人,却发现贾母那边悄无一人,冷冷清清,这就与往日黛玉生病贾母等众人探视形成强烈对比。紫鹃只得去叫孀居的李纨过来帮忙,此时黛玉"但只眼皮嘴唇微有动意,口内尚有出入之息,却要一句话一点泪也没有了"。晚间,黛玉又缓过来,"一手攥了紫鹃的手,使着劲说",最后"直声叫"宝玉。就这样,黛玉魂归离恨天。

第二,宝玉娶亲。宝玉病到昏昏,贾母等人与薛姨妈大包大揽,命雪雁作为伴娘,口中说着迎娶黛玉,实际玩的是"狸猫换太子"的把戏。宝玉迷迷糊糊,就在黛玉病亡之时,他正如木偶一般,与宝钗成了亲。

在这里,我们不得不提及紫鹃、雪雁、袭人等人。小说为了营造黛玉死亡的凄凉场面,多次细腻刻画紫鹃的忙碌与泪光;而雪雁竟然背弃黛玉,给宝钗做了伴娘,更反衬出黛玉的孤独、凄惨。为了表现袭人心愿终于达成,小说多次写袭人的笑、凤姐的笑。

"多情自古空余恨,好梦由来最易醒。"[②]就这样,一缕香魂、两颗痴心、三人缘分,大喜大悲,尘埃落定。死是悲恸至极的表现,但也是痛不欲生的结束。黛玉死后,宝玉不是"嚎啕大哭",就是"对竹洒泪"。世间忧郁的

---

① 上海辞书出版社文学鉴赏辞典编纂中心编:《明清小说鉴赏辞典》,上海辞书出版社 2018 年版,第 1072 页。
② 《随园诗话》卷十四《布衣史清溪》,见徐兆玮著,苏醒整理《徐兆玮杂著七种》,凤凰出版社 2014 年版,第 298 页。

事，是追逐落日、流向大漠的长河，是长夜寂寂时关上的门，是曾同行却最终消失在风里的"白月光"。所有的酒暖花深、桃花沾襟，全部崩塌，黛玉的死仿佛带走了宝玉所有的暖春与盛夏，此刻只有风声飒飒、泪滑脸颊，来祭奠与林妹妹的爱情童话。人生长恨水长东！"此情可待成追忆，只是当时已惘然"，奈若何！叹叹叹！

## 第三节　黛死钗嫁在全书中的意义

宝黛爱情是《红楼梦》表现青春与生命的重要载体，是整部小说"梦幻情缘"线的核心故事。黛死钗嫁宣告了"木石前盟"的失败，代表着小说中关于爱情与青春的破灭。黛玉的死亡，象征独具灵性的女儿的毁灭；宝钗的无奈被嫁，戳破了"金玉良缘"的美好愿景；宝玉的出家，标志着宝玉对世俗生活"情悟"的了结。同时，黛死钗嫁的悲凉结局是对前文众多伏脉的最终交代，是宝、黛、钗三人欠缺实践人格的后果，也预示了宝玉"失心"，对挽回贾府的颓势发挥不了任何实际效用，是最后高潮贾府抄家的凄惶预演。

### 一、高潮内涵：爱情之情的毁灭

小说为塑造宝黛爱情，特设置守备之子与张金哥、秦钟与智能儿、柳湘莲与尤三姐、潘又安与司棋、冯渊与甄英莲、贾环与彩云、贾芸与小红、贾蔷与龄官、薛蟠与夏金桂、薛蝌与邢岫烟等几对青春小儿女的爱情以映衬主角的光环。这些配角的爱情故事，充满了断续性与跳跃性，转眼之间隐而不见，忽然之间又柳暗花明。如小说中重点刻画的贾芸与小红的爱情。第二十四回，贾芸与小红由邂逅而相识，互生爱意，由此小红遗帕引相思，缠绵如梦。其间，小说用小红遭遇同侪讥讽、宝玉与凤姐遭受魇魔法隔开，并未再谈及贾芸的反应，设置悬念，开启了小红的风月故事。直至第二十六回，小红与贾芸在蜂腰桥相遇，二人眉目传情。紧接其后，小说接入贾芸去拜见宝玉以及"潇湘馆春困发幽情"的情节。到第二十七回，小说写宝钗去寻黛玉，却被一双玉色蝴蝶逗引到滴翠亭前，于是无意中偷听了小红与坠儿的谈话，以回风舞雪之笔接上了贾芸与小红的情事。之后，小红被凤姐赏识，从怡红院调入凤姐处，她与贾芸的故事又中断了。按照靖藏本以及庚辰本中脂砚斋第二十四、二十六回的批语以及贾芸的名字[①]推测，贾芸在贾府破败之际，为挽救贾府发挥了重要作用。然而，陈其泰在《桐花凤阁评〈红楼梦〉辑录》一书中认为，"小红遗帕，伏宝钗嫁祸黛玉之言，且为凤姐疏远贾芸时作一线索也"[②]，不无道理。续书在第八十八回写小红在凤姐眼皮子底下与贾芸拉扯不清，若令凤姐知道此事，凤姐定然不悦，先前因为一个"绣春囊"差点让她颜面扫地，那么，身边丫鬟若有风月之事，她自然也是不会接受的。再如贾蔷与龄官的爱情故事。贾蔷是宁国府嫡系玄孙，龄官是贾元妃大为赏识的伶人，二人因元妃省亲的机缘结识，后在第三十、三十六回小说提及二人情感进程，再无下文。在第五十三回贾府祭祀宗祠如此重大的活动中，未见贾蔷身影；至于龄官，即使到了第五十八回梨园女子分派各房时，小说也未写明她的下落。除此之外，其他人的爱情也是这般，或断断续续，或很快完结，或在某个节点戛然而止，并未占全书太多篇幅。

然而，作为宝黛爱情故事的"影子""替身"的爱情，除薛蝌与邢岫烟的情缘外，结局无一例外，都是悲剧。薛蝌与邢岫烟的婚姻是完全遵循封建家长包办制，是"父母之命，媒妁之言"的产物，是"光明正大"的。然而其他小儿女的爱情则属于情大于礼法、私订终身、"偷期密约"的类型，由

---

[①] 清代段玉裁的《说文解字注》对"芸"字的解释为，"芸，草也。似目宿（苜蓿）。《淮南子》说，芸草可以死复生"。那么，按照"芸"字的含义，贾芸在贾府被抄之时，应该会有一番作为。可惜的是，贾芸的命运走向究竟如何，我们已无从知晓。但按照后四十回的设置，贾芸与贾环、贾蓉沆瀣一气，拐卖巧姐，成了贾府的罪人。

[②] （清）陈其泰评，刘操南辑：《桐花凤阁评〈红楼梦〉辑录》，天津人民出版社1981年版，第107—108页。

于他们的爱情失去了现实依据，难容于礼法世界，所以，爱情的花朵注定无法结出果实。宝黛爱情故事是以上所有爱情的代表、典范。他们的爱情有始有终，有细腻的情感体验，有滋养爱情生发的环境。可以说，宝黛爱情满足了读者对贵族家庭内部美好爱情的想象。然而，由前文已知，他们的爱情是不合时宜的爱情。他们的爱情再刻骨铭心、山盟海誓也不能被宗族社会的礼法接受。所以，他们的爱与上述其他人的爱情一样，也逃脱不了悲剧命运。所以，黛死钗嫁标志着小说"爱情之情"的毁灭，是对所有儿女纯情的致命一击。

## 二、高潮本质：诗灵诗心的毁灭

诗者，天地之心。林黛玉先天带有一种感伤的性格，一生都在作诗，是诗性的精灵，且是《红楼梦》中唯一痴情到只为宝玉而怒、而笑、而伤心的人。对此，有些学者评论道："你是眼泪的化身，你是多愁的别名"[1]"花的精魂、诗的化身"[2]。

第六十三回"群芳开夜宴"中，林黛玉掷得的花签为芙蓉花。小说虽未言明是木芙蓉还是水芙蓉，但根据黛玉的前世绛珠仙草的生存环境"灵河岸边的三生石畔"以及转世之因"还泪"，我们或可推断黛玉掷得的是水芙蓉。在中国古代诗词中，水芙蓉是"出淤泥而不染，濯清涟而不妖，中通外直，不蔓不枝，香远益清，亭亭净植，可远观而不可亵玩焉"[3]的代表，象征着纯洁；在佛教中，水芙蓉是圣洁之花。黛玉就像一朵芙蓉，她时时刻刻

---

[1] 蒋和森：《红楼梦人物赞·林黛玉》，载蒋和森《红楼梦论稿》，人民文学出版社1981年版，第145页。
[2] 吕启祥：《花的精魂诗的化身——林黛玉形象的文化蕴涵和造型特色》，载吕启祥《红楼梦寻：吕启祥论红楼梦》，文化艺术出版社2005年版，第86—105页。
[3] （宋）周敦颐：《爱莲说》，载王继宗校注《〈永乐大典·常州府〉清抄本校注》，中华书局2016年版，第1059页。

秉持"孤标傲世,目无下尘"的做人原则。如当宝玉欲将北静王爷赏赐的鹡鸰香念珠转赠给她时,黛玉说了句"什么臭男人拿过的!我不要他"(第十六回)后,掷而不取;黛玉从不像湘云、宝钗那般,对宝玉奉劝些关于经济仕途的"混帐话";黛玉不愿意任落花流出沁芳闸,便用花锄、绢袋,将花瓣埋入土中等等。可以说,黛玉是贾府唯一一个未被尘心俗利沾染过的"清净洁白"的女子,她对于贫富贵贱、兴衰际遇,不闻不问。在黛玉的世界里,世俗的东西与她无关。她的人生观与宝玉一样,只求一个"爱"字。只是宝玉的"爱"是"情不情",是博爱;她的"爱"是"情情",是强烈的专一。自始至终,黛玉都只为宝玉一个人嬉笑怒骂。她的身体、她的灵魂、她的诗才,不向任何世俗因素妥协,都只属于宝玉一人。所以,黛玉是《红楼梦》中"灵"与"肉"的统一,是诗与情的结合体。

爱情是两个人灵魂的共振与曼舞。宝玉与黛玉在长期的共处中,磁场相同,身心相印。黛玉的死亡,标志着宝玉失去了灵魂伴侣。他对世俗生活的眷恋之情继抄检大观园后,再次弱化,于是在"情悟"的路上又前进了一步。

综上所述,黛死钗嫁是梦幻情缘线上爱情幻灭的顶点,是对小说中所有纯情小儿女爱情故事的总结,是作者"红楼"之梦的破碎,象征着"有情世界"的幻灭。黛死钗嫁后,小说的爱情线由显至隐,兴衰线由隐至显,小说的叙事主场转向对整个家族命运的描摹。

# 第六章
## 贾府衰败的高潮——贾府抄家

## 第六章　贾府衰败的高潮——贾府抄家

续书第一〇三至第一〇七回五个章回，形成一个完整的抄家情节链，其中贾府抄家发生在第一〇五回。抄家前后，贾府之人疯的疯、傻的傻、死的死、病的病，满目凄惶之景。这是紧接抄检大观园的"局部内抄"之后的"全面外抄"，是贾府最终走向彻底衰败的转折点，是贾府衰败高潮的写照。

贾府抄家情节属于后四十回，非曹雪芹原笔。关于续书艺术的优劣问题，学界对此意见不一[①]，刘梦溪先生更是将其列入"红学公案"[②]之一。因此在展开研讨贾府被抄之因、被抄过程、抄后影响之前，我们首先要明了原作与续书在处理抄家情节上秉持的不同态度。据《红楼梦》前八十回所设伏线与脂批内容可知，贾府在失去元妃等的政治庇佑后，内外交困，终致子孙流散，家破人亡。其中小说的核心人物宝玉、凤姐等被捕入狱，并一度困窘不堪到"寒冬噎酸齑，雪夜围破毡"[③]的地步。包括宁、荣二府在内的贾、史、王、薛四大家族难逃"落了片白茫茫大地真干净"的结局。续书并没有将这种"末世"景象和盘托出，对于查抄一事，欲言又止，欲写又停，多处只是蜻蜓点水，一笔带过，甚至还有美化朝廷的痕迹，如贾府被抄时先后有西平王、北静王出面保护；宁国府虽被抄没，荣国府却只查抄了贾赦一房家产，之后皇恩浩荡，又从宽发落；贾赦、贾珍等虽被发配，但贾政并未获罪，查抄的家产及被削的官职失而复得；贾母多年积攒的万贯家财，分发给

---

① 对续书持反对态度者如清代陈镛认为后四十回"远逊本来，一无足观"（转引自周汝昌《〈红楼梦〉"全璧"的背后》，《红楼梦学刊》1980年第4辑），现代作家张爱玲认为八十回后的《红楼梦》"坏在狗尾续貂成了附骨之疽"（张爱玲：《红楼梦魇》，北京十月文艺出版社2009年版，第3页）。持支持态度者有白先勇、周绍良等。
② 参见刘梦溪《红楼梦与百年中国》，河北教育出版社1999年版，第398页。
③ （清）曹雪芹著，吴铭恩汇校：《红楼梦脂评汇校本》，北方联合出版传媒（集团）股份有限公司万卷出版公司2013年版，第258页。

各房，在经济上给予不成器的子孙极大支持；宝玉在痛失黛玉的同时，在外力的管控下，迎娶了宝钗；贾兰等科考中举，使贾府命运又有了好的转机等等，一切趋势走向，都在暗示着小说并非十足的悲剧。贾府虽元气大伤，但并非真正沦落到一败涂地的地步。贾府的寒冬虽至，但暖春之象也已在潜滋暗长。对续书这般艺术的处理，鲁迅先生认为，"续书虽亦悲凉，而贾氏终于'兰桂齐芳'，家业复起，殊不类茫茫白地，真成干净者矣"[①]，确为卓见。

然而，逆向思考，小说中一再提醒读者，真即是假，假即是真，"兰桂齐芳"无疑可以看作是贾雨村类之荣枯的翻版。贾雨村是"诗书仕宦之族……父母祖宗根基已尽，人口衰丧"的落魄子弟，虽然经过种种钻营升为朝廷大员，最终仍不免沦为阶下囚。"兰桂齐芳"按照"末世"的大环境、贾府现状以及贾兰的性格来预测，只能循着贾雨村的旧路前行，其结果应与贾雨村相似，到头来竹篮打水一场空。这说明作者尚未找到人之所以生而为人的价值的真正所在。从这点而言，"兰桂齐芳"的设置未尝不是另一种悲剧人生的循环。

虽然续作与原书意图并非完全合榫合卯，甚至某些情节相去甚远，减弱了小说的艺术成就。但是，续书有关贾府被抄的描写，在某种意义上讲，与原书意图又有一定的相通之处。如它将贾府被抄的事由归结为贾赦"交通外官，恃强凌弱"、贾珍"引诱世家子弟赌博……强占良民妻女为妾，因其女不从，凌逼致死"，与前八十回提供的线索呼应，并行不悖。可见，续作者在续补后四十回情节时，大约时刻照拂前八十回的脉络思路，着实下了一番功夫。

为此，本书从小说故事的完整性、续书的合理性出发，结合脂批与前八十回内容，分析贾府抄家情节的高潮艺术。

---

[①] 鲁迅著，郭豫适导读：《中国小说史略》，上海古籍出版社1998年版，第170页。

## 第一节　抄家前的诸种预兆

古语有云，"滴水穿石，非一日之功；冰冻三尺，非一日之寒"，贾府中的矛盾、斗争已经日常化，成为一种常态，无处不在。贾府被抄是长期以来，外部环境持续恶化、内部斗争日益尖锐双重重压下的结果，具有一定的必然性。

### 一、外部环境不断恶化

首先，贾府最有力、最直接的政治支撑者或死或贬。世家大族地位与命运的嬗变与皇权紧密相连，双方时时刻刻都在进行着权力的博弈。这场博弈一旦失去平衡，共生关系破裂，曾经血浓于水的君臣恩情就会萧疏，贵族与皇室之间必然发生争端，双方不是你死就是我亡。宁荣二公曾为皇室立下过汗马功劳，与皇室关系甚为亲厚，缔造了赫赫扬扬的贾府。后皇室抚恤先臣，额外赐恩，使贾府第三代子孙仍位尊权贵。怎奈贾府子孙不成气候，眼见祖宗基业就要毁灭殆尽，孰料贾政与王夫人的长女贾元春，因贤孝才德，被选入宫做了女史。后由宫廷女史，晋封为凤藻宫尚书，加封贤德妃。于是，贾府再次成为皇亲国戚，攀上荣华富贵的顶峰。然而，就像第五回【恨无常】曲词所披露的那样，"喜荣华正好，恨无常又到……故向爹娘梦里相寻告：儿命已入黄泉，天伦呵，须要退步抽身早"，暗示着眼前的荣华富贵只是过眼云烟，贾府亟须急流勇退，否则元妃薨逝之时也就是贾府大祸临头的时刻。果不其然，第九十五回元妃一死，贾府失去了靠山，政治麻烦接踵而至。

贾政作为贾府政治势力的第二支撑者，是贾府儿孙中唯一一个有"祖父遗风"（第三回，林如海之语）的人。他靠着祖恩，先是被赐了一个主事之衔，入部习学，后升为员外郎，又被点为学差。元妃薨逝后，贾政被放了江西粮道。在任期间，本就"不以俗务为要"（第四回）的他，"向来作京官，只晓得郎中事务都是一景儿的事情，就是外任，原是学差，也无关于吏治上"（第九十九回），一心想做清官，孰料官场窳败，反被随从李十儿等人簸弄，最后只得任由李十儿等在外招摇撞骗、贪赃取利，犯下渎职之罪，被节度使参了一本，连降三级，调回工部。在这期间，贾政除了渎职以外，还多次为内亲薛蟠的人命官司枉法徇情，且平日失于管教子侄等等，最后触怒皇室，酿成大祸。

元妃、贾政作为贾府最有力的支撑者，前者得势后很快失势，使贾府频遭外祟敲诈勒索，得罪了内宫之人；后者不能做到在其位谋其政、任其职尽其责，在面对贾府衰败的局面时，除了捶胸顿足、张皇失措，就是唉声叹气、老泪纵横，拿不出有价值、有魄力的手段来。贾府失去元妃、贾政的庇护后，在错综复杂的皇权斗争中，已危如累卵。

其次，贾府依存的势力纷纷垮台或远调。贾府能够如此煊赫地存世百年，除了自身优越的条件外，还因为贾府与当时其他贵族大家有着密切关系。贾府的"老祖宗"是当时四大家族之一的金陵史侯家之女，荣国公长子贾代善之妻；荣府二房嫡妻王夫人，是炙手可热的四大家族之一的王家之嫡女、王子腾之妹；王夫人之胞妹薛姨妈，是富甲一方的皇商、赫赫有名的紫薇舍人的后代；贾府最金尊玉贵的女儿贾敏，是巡盐御史林如海之妻。这种强大的政治联姻，使各大家族相互之间形成了荣辱与共的命运共同体。所以，贾府走下坡路的时候，由于史、王、薛、林、甄几大家族的气数已尽，贾府也渐次露出"末世"的光景。

小说一开始，江南望族林如海家与史家便很快没落了，使贾府失去了两个臂膀。紧接其后，薛家浓墨重彩地登上舞台，虽贵为皇商，但小说第四回点明薛家近况，"自薛蟠父亲死后，各省中所有的买卖承局、总管、伙计人等,见薛蟠年轻不谙世事,便趁时拐骗起来,京都中几处生意,渐亦消耗"。独子"呆霸王"薛蟠"一应经济世事,全然不知",是一个不学无术、弄性尚气的纨绔子弟,一出场就因争夺女色惹了一场人命官司,后使贾府从中斡旋,倚财仗势,了结了冯渊一案。待入住荣国府后,薛蟠在贾珍等贾府子弟的引诱下,会酒观花、聚赌嫖娼,比往日更坏上十倍。薛蟠虽也曾赴远地经商,怎奈途中遭遇盗贼,钱财被一抢而空,损失重大(第六十六回)。这之后薛蟠娶悍妇夏金桂,以致家庭被闹得一塌糊涂。薛蟠为躲避悍妻的纠缠,想要到南边置货,怎料波澜蹴起,薛蟠又因琪官而打死酒店伙计张三,惹火上身。这次,薛蟠并未像冯渊一案时那样轻松地逍遥法外,而是薛姨妈费尽周折,才将其救下。经此番折腾,薛家几近倾家荡产,在京官商名衔被退、当铺被折卖、当铺伙计卷款潜逃、南边老家存银耗尽、住房以及当铺被变卖殆尽(第一百回)。祸不单行,薛家悍妇合谋讹诈,败坏家风,招惹命案,致使薛家一败涂地。第一〇三回,随着夏金桂故事的完结,薛家故事也就临近尾声,此后再无独立章回。作为四大家族经济上的得力支撑者,薛家的败亡无疑加速了贾府的败亡。

与薛家一同败落殆尽的,还有王家与江南甄家。王子腾是薛蟠嫡亲的母舅,是王家势力的支撑者,实权在握,是四大家族官路的领头羊,善于钻营的贾雨村就曾借其累上保本补的京缺。然而就在元妃薨逝、宝玉疯癫、贾府治丧期间,王子腾拜相回京。或许王子腾业已预感到一场权势之争就要到来,所以赶路甚急。偏偏就在离京约莫二百里的地方,他偶感风寒,又无良医,竟然吃罢一剂药就暴毙了。本文略加推测,深谙官场斗争的王子腾或许感知元妃的离奇死亡是皇权整治四大家族的开端,所以要十万火急赶往京城。或许皇帝曾碍于元妃情面,不忍将四大家族一网打尽。元妃死后,"擒贼先擒王",四大家族之中只剩王子腾一人可以对皇权产生影响。所以,王子腾很可能是死于非命。无论如何,王子腾的死无疑使贾府雪上加霜,加速了贾府的衰落。

时为"金陵城内，钦差金陵省体仁院总裁"（第二回）的江南甄家也随着时局的变化而不断衰微直至被抄。甄家第一次出场是在第二回，以冷子兴之口道明的，"那等显贵，却是个富而好礼之家"，概写出甄府轮廓。第二次提及甄家则是第十六回，借贾琏乳母赵嬷嬷之口评论甄家气派，"还有如今现在江南的甄家，嗳哟哟，好势派！独他家接驾四次，若不是我们亲眼看见，告诉谁谁也不信的。别讲银子成了土泥，凭是世上所有的，没有不是堆山塞海的，'罪过可惜'四个字竟顾不得了"，点明甄府与皇室关系的亲密程度非四大家族可以比肩。第三次提及甄家则是第五十六回奉旨进宫朝贺，前来探望贾府。贾母以高规格的礼仪接待了甄家夫人，再次说明二府关系亲密，也补充了前文元妃省亲时为何甄府收存着贾府五万两银子（第十六回），以及后文甄府因贾敬过世而遣人送礼与甄府存放物品于贾府的理由。后四十回提及甄府时，则是贾政、贾琏与冯紫英交谈中，点出甄府被抄。小说设置甄府的目的，是为了衬托贾府。为此，小说曾先以"幻境"形式，用警幻仙境警示众位看官，"假作真时真亦假，无为有处有还无"（第五回）；后用贾母寿辰甄家送的"一架大屏，十二扇，大红缎子缂丝'满床笏'"的围屏暗示，庚辰此处批曰："一提甄事，盖直（真）事欲显，假事将尽。"[①] 也就是说，"甄家"即"真家"，"贾家"即"假家"，现实中二府既是老亲又系世交，关系非同一般，所以甄家被抄是贾府继抄检大观园之后的二次抄家之预演。

再次，贾府之所以能如此煊赫的另一原因，是贾府与北静王、西平王、南安郡王等关系相厚，结成了政治盟友。换句话说，贾府存在结党之嫌，很容易陷进党派之争中。以北静王为例，第十四回小说曾透露北静王府与贾府昔日厚谊，"当日彼此祖父相与之情，同难同荣，未以异姓相视"（第十四回），点明二府关系之亲近。当下，北静王水溶只是因祖上"功高"仍袭王

---

① ［法］陈庆浩编著：《新编石头记脂砚斋评语辑校（增订本）》，中国友谊出版公司1987年版，第653页。

爵，实际上只是一个有名无实的王爷。水溶性情与宝玉相近，厌恶权贵官场，关于这一点小说并未直接进行叙述，而是通过将皇家所赐鹡鸰香念珠转赠宝玉一事点明水溶的个性（第十五回）。鹡鸰也写作"脊令"，《诗经·小雅·常棣》中有"脊令在原，兄弟急难"之句，意在用鹡鸰鸟来比喻兄弟之间的和睦互助。《红楼梦鉴赏辞典》中根据脂批"盖作者实因鹡鸰之悲，棠棣之威（疑为'戚'字之误——引者），故撰此闺阁庭帏之传"，将"鹡鸰香念珠"解释为"似有讽喻兄弟不能在急难中救助之意"[①]。由此或可推断，皇帝因北静王祖上功高、北静王势力大而有所忌惮，赐北静王鹡鸰香念珠是暗示北静王需要把皇帝当作亲兄热弟相待。然而，北静王却将其转送他人，这无疑是对皇权的蔑视。此外，转赠对象是贾宝玉，元妃之嫡弟、贾政之子、王子腾之外甥，一定程度上暗示水溶将与宝玉结为兄弟，这无疑增加了皇室对贾府的嫉恨。

贾府与上述世家六亲同运，彼此遮饰，互有照应，一旦这些依存势力式微，唇亡齿寒，贾府的末日也就不远了。

又次，与贾府为敌者愈来愈多。其一，贾府与皇家的关系愈加紧张。贾府祖上靠功勋获得爵位，可见当时贾府与皇权非同一般亲密。自"代"字辈开始，贾府儿孙既不能以军功取功名，亦不能以文韬定乾坤，只能靠着祖德恩荫的方式生存。元妃的出现，看似缓和、拉近了贾府与皇权的关系，实际上，通过元妃省亲时的眼泪可以体察出元妃的深宫生活并非处处得意。后来伴随着对太监的淫威勒索的描述，小说再一次提醒读者元妃很有可能已经失宠，那么，贾府与皇权的关系再次破裂，加上贾赦平安州之事、贾政当差失于管教随从之事，以及贾府远族违法乱纪之事（如第一○四回提及苏州刺史贾范强占良民妻女），彻底激怒皇权。倘若贾府仅仅因为子孙贪奢淫逸而没落下来，那么《红楼梦》的家族悲剧力度将不能强化。封建集权制度下，

---

[①] 孙逊主编：《红楼梦鉴赏辞典》，汉语大词典出版社2005年版，第368页。

贾府的特权、煊赫都是皇帝赐予的。一旦皇帝冷落这个家族，可想而知，这个家族也就走到了尽头。

其二，贾府陷入派系之争的旋涡。古语云"天下熙熙，皆为利来；天下攘攘，皆为利往"①，同朝为官、比邻而居的官僚们，因为利益的需要，往往组成各个利益集团，挟邪取权，钩心斗角。贾府向来与北静王、南安郡王等交好，因此，这些王爷出现的场面也都比较温馨轻松。然而，贾府并不能打理好与所有权贵的关系，比如小说一再强调贾府与忠顺王爷的紧张关系。"忠顺王爷"，我们可以根据其名称大胆揣测，该王爷与皇室甚为亲厚，很难做出像北静王那般将皇家所赐鹡鸰串送与他人的事情来，所以后四十回小说安排忠顺王府来贾府抄家。忠顺王府派人去贾府拿人时的口气，透露出三个消息：第一，贾府与忠顺王府平时并没有任何交集，忠顺王府对贾府的一些情况却一清二楚；第二，贾政听说是忠顺王府来人时，纳罕在前，惶恐在后，联系到自己与整个贾府的前程，可见忠顺王府势力非同寻常，得罪不起；第三，琪官是忠顺王爷的跟前人，贾宝玉横刀夺爱，使得忠顺王爷开始忌恨贾府。由此，贾府与忠顺王府由互不相犯变为敌对关系，为此，1987年版电视剧《红楼梦》在拍摄过程中，便将忠顺王府刻画为皇家打手，成为对贾府实施抄家的积极参与者。除忠顺王府外，贾府应该还得罪了仇都尉与贾雨村等人。第二十六回薛蟠生日宴上，冯紫英曾提及打伤仇都尉儿子一事。可想而知，仇都尉定然怀恨在心。冯紫英向来与宝玉、薛蟠等人交好，"恨和尚以致恨袈裟"，仇都尉忌恨冯紫英的同时，也会忌恨贾宝玉乃至贾府。至于贾雨村、孙绍祖、赖尚荣之流，他们是贾府兴盛的见证者，也是贾府衰败的推动者。我们以贯串全书的贾雨村为例。他虽与贾府同族，却出身贫寒；虽有政治手段，却心胸狭窄、忘恩负义。贾雨村在面对深知自己攀

---

① （汉）司马迁：《货殖列传》，载（汉）司马迁撰，（宋）裴骃集解，（唐）司马贞索隐，（唐）张守节正义，中华书局编辑部点校《史记》，中华书局1982年版，第3256页。

附权贵、明哲保身、背信弃义底细的葫芦僧时，展现出心狠手辣的一面。那么，在贾府敌对势力增多的过程中，贾雨村为再次保住乌纱帽，自然要站在更加强大的政治队伍那一边。这一次，贾府在他眼中，只是一个千疮百孔的烂摊子，一片随时都会葬送自己前途与生命的重灾区。所以，他时刻准备着在恰当的时机向贾府敌对势力献媚，以保全自己的声誉。如此一来，贾府彻底陷入危机四伏、四面楚歌的绝境。这些权贵身居要职，可以向皇帝上书谏言。当皇帝开始冷落、猜疑贾府之时，他们便顺水推舟、煽风点火，成为政治势力上压垮贾府的最后一根稻草。

其三，贾府横行不法，得罪了市井细民，民怨之声甚嚣尘上，"外头的名声儿很不好……人命官司不知有多少呢"（第一○四回）。这里不说凤姐长年累月放高利贷盘剥小民，不说贾珍、贾琏抢夺民夫之妇，也不说贾府赶走犯错下人，单说醉金刚倪二一事。醉金刚之所以敢于闹将起来，是因为他在狱中听到了张华之事，出狱后向妻女诉说贾府肮脏之事，可见贾府的罪恶已路人皆知。

及至被抄家时，上至贵族、下至小民，贾府都已得罪至深。失去人心，意味着失去聚合力，整个贾府彻底陷入了众敌环绕的险恶境地。

最后，持续不断的天灾切断了贾府最主要的经济来源。封建社会时代，贵族官僚往往除了俸禄外，还会有一定数量的田产。田产除可以为贵族官僚提供避难远祸场所外，更主要的是支撑起贵族的花销，是维持贵族生活的经济基础。这里，田庄租税便是贾府最重要的经济支柱，可以说，租税的多少直接决定了贾府生活水平的高低。然而，天公不作美，天灾不断，雪漫漫、雨潇潇，致使田庄大量减产，这一点通过第五十三回乌进孝进租展现无余。当田庄无法提供足够的钱财，资金链断裂时，贾府最后一根支柱也断了。

## 二、内部"自杀自灭"愈演愈烈

首先，贾府的豪奢太过，为"大家的体面"（第五十一回）大讲排场。

这里不讲秦可卿丧礼的规格，不讲元妃省亲的规模，也不讲贾府的吃饭阵势，单讲贾府部分女仆们的华丽衣饰。以第五十一回袭人母丧归省时的穿戴为例。按照凤姐要求，袭人归省时，一定要"穿几件颜色好衣裳，大大的包一包袱衣裳拿着，包袱也要好好的，手炉也要拿好的"，并且临行前，还需要凤姐瞧一遍。从这些修饰词"颜色好""大大的""好好的""好的"等可以看出，袭人归省风光无限。待凤姐看后，"袭人头上戴着几枝金钗珠钏……身上穿着桃红百子刻丝银鼠袄子，葱绿盘金彩绣绵裙，外面穿着青缎灰鼠褂"，这般华丽考究的装饰，在凤姐眼中仍觉得"褂子太素"，慷慨送与"石青刻丝八团天马皮褂子"。天马皮褂子是贵重冬服，乃贵族所有。据《大清一统志·奉天府五》记载："沙狐生沙碛中，身小色白，皮集为裘，在腹下者名天马皮，颔下者名乌云豹，皆贵重。"[①]这还不够，凤姐又令平儿在袭人的包裹里"包上一件雪褂子"，另加一件"半旧大红猩猩毡"。倘若袭人住下，还要专门送去铺盖及梳头的东西。袭人只不过是照顾宝玉的一个贴身大丫头，后被王夫人暗许姨娘身份，就要这样奢侈体面。这还不算，在贾母面前有脸面的丫头们甚至可以穿上"软烟罗""霞影纱"材质的夹背心子。要知道，这种纱料比皇上用的还要好，然而在贾府，丫鬟身份的人都有机会将其穿在身上。这样的例子比比皆是，均点染出贾府之奢靡。

就在这种豪奢的氛围下，贾府之人自上而下，多浸淫在斗鸡走狗、眠花宿柳的享乐之中，有时甚至堕落到越出礼法底线的程度。对这一点，小说着墨最多的便是贾珍、贾蓉、贾琏之辈的腌臜场面，用笔多带有《金瓶梅》的淫欲色彩。他们在国孝、家孝两重丧事在身时，仍然寻聚麀之乐。尤其第六十三回贾珍、贾蓉在贾敬葬礼上，听说尤氏姐妹被接到宁国府时，二人相视一笑，龌龊至极。贾蓉还要趁此空隙，胡混于尤氏姐妹之中，将尤二姐吐到脸上的

---

① 转引自（清）曹雪芹原著，（清）程伟元、高鹗整理，张俊、沈治钧评批《新批校注红楼梦》，商务印书馆 2013 年版，第 922—923 页。

砂仁渣子，"用舌头都舔着吃了"，生生将贾敬的丧事弄得秽亵不堪。贾琏因巧姐生痘，独寝两夜，便十分难熬，先是寻小厮泄欲，又与生性浮浪的多姑娘寻欢作乐。贾珍作为长辈，不但不去制止这种丑事，反而带领宗族子弟聚赌嫖娼，恬不知耻。这还不够，看个戏，还要神鬼飞动，在宝玉眼里竟然热闹到不堪的地步。宋欧阳修《伶官传序》有言："忧劳可以兴国，逸豫可以亡身。"长期沉浸在奸淫污臭中，糜烂到一定程度，最终迎来的只能是毁灭。

其次，贾府仗势欺人，明里暗里得罪了不少人。这里不说贾赦为几把古扇折磨石呆子致死，也不说凤姐因贾琏偷情逼死鲍二家的，以及为逞强体面葬送了张金哥性命等主子们所做出的违法乱纪之事，只说狐假虎威、恃强凌弱的贾府奴仆。先说善姐、司棋、晴雯这类较有脸面的丫头。善姐仗着是凤姐之人，可劲作践尤二姐，成为害死尤二姐的帮凶；司棋自以为是"副小姐"，在大闹厨房时显示出泼辣市侩的嘴脸；晴雯尖酸刻薄，经常"立起两个骚眼睛"（第七十四回，王善保家的语）打骂怡红院的小丫头，对偷了虾须镯的坠儿一阵乱戳。再说以李嬷嬷、来旺家的、王善保家的等婆子们。李嬷嬷仗着是贾宝玉的奶妈，常常擅自拿走怡红院的什物；来旺家的依恃凤姐势力，横行霸道，迫使彩霞嫁给其酗酒赌博的儿子；王善保家的作为邢夫人的陪房，煽风点火，引发了抄检大观园的丑事。最后说以焦大、茗烟、李十儿为代表的仆从们。焦大一直摆不正自己的位置，时刻躺在功劳簿上，大庭广众之下揭破荣、宁二府见不得光的丑事，使贾府的名声深度受损；茗烟因深得宝玉喜欢，常带着宝玉破坏贾府规矩，尤其是第九回在学堂上大肆叫嚣，一番流言混语，将整个学堂弄得乌烟瘴气；李十儿作为随从，簸弄贾政，作威作福，结党营私，使贾政声誉受损，将贾府置于危险境地。"千里之堤毁于蚁穴"，以上种种仆婢看似人微言轻，实际上他们对贾府的破坏力丝毫不亚于贾赦、贾珍等人。从一定意义上讲，贾府主人接触的往往是如北静王、忠顺王等达官贵族，而下人则接触到广大底层百姓，他们的口碑、行为，代表着贾府在亲族、远族以及周边百姓心中的形象。所以，这些恶奴的丑态，无疑使贾府已经受损的声誉更加不堪，破坏范围更加广泛。这一点，贾府庆中秋时人丁稀少的场面可作例证。总之，贾府自上而下仗势欺人，使贾府深陷失民心的旋涡。

最后，贾府的内斗，使家族失去了最有力的防线。贾府作为一个百年望族，人员众多，人际关系复杂，在日常来往中，因为所持立场、利益、观念等方面的差异，时有摩擦。这种内部矛盾斗争大致分为三种：第一，各主子之间的矛盾，主要有母子矛盾（贾母与贾政、贾母与贾赦、王夫人与贾宝玉、赵姨娘与贾环等）、父子矛盾（贾政与宝玉、贾政与贾环、贾赦与贾琏、贾珍与贾蓉等）、母女矛盾（赵姨娘与探春、邢夫人与迎春等）、兄弟矛盾（贾赦与贾政等）、嫡庶矛盾（宝玉与贾环）、夫妻矛盾（贾政与王夫人、贾琏与凤姐、贾珍与尤氏、贾蓉与秦可卿等）、妯娌矛盾（邢夫人与王夫人、凤姐与尤氏）、妻妾矛盾（王夫人与赵姨娘）、婆媳矛盾（贾母与邢夫人、贾母与王夫人、王夫人与李纨[①]、邢夫人与凤姐、尤氏与秦可卿[②]）、姑嫂矛盾

---

[①] 细读《红楼梦》文本会发现一个问题，王夫人与李纨每天低头不见抬头见，二人之间却鲜有交流。按照贾府规矩，李纨作为长房媳妇，且贤淑宽厚，具有一定的管家才能（如"探春理家"一回），理应接王夫人班。熟料王夫人将管家奶奶的位子交给邢夫人的儿媳妇凤姐，由此或可推测王夫人并不待见李纨。关于这一点，可参看陈大康《荣国府的经济账》，人民文学出版社 2019 年版。

[②] 小说中有关秦可卿与尤氏关系的描写集中在第十至十三回。尤氏夸赞秦可卿好到"打着灯笼也没地方找去"，在秦氏生病期间，积极为之奔走操心。然而在秦氏丧礼上，尤氏以突犯胃痛旧疾为由，来推托处理丧事。第七十五回，尤氏又曾对贾府上下老少的平日做派给过这样的评论，"会讲外面假礼假体面"，对此，清评点家姚燮认为"此句扫尽书中许多情事"。那么，尤氏的行为与话语暗示了什么呢？那就是她对整个贾府充满深深的厌弃感。或许之前她曾与秦可卿有过一段和谐的婆媳关系，然而秦可卿竟然做出"爬灰"这等丑事。可想而知，自此，在尤氏眼中，秦可卿的罪孽十分深重。她背叛了自己，尤氏对此心怀不满甚至忌恨。为突出尤氏的愤恨之情，1987 年版电视剧《红楼梦》中特意安排秦可卿的丫鬟来认簪子时，尤氏一直用手捂着胸口，可见尤氏的不满情绪。所以说，尤氏与秦可卿的关系在秦可卿丑事暴露以后，开始变得紧张起来。

（"三春"与凤姐、惜春与尤氏等）以及宝玉与黛玉、宝钗、湘云之间的友谊与爱情的矛盾；第二，主子与奴婢之间的矛盾，主要有凤姐与众管家及管家婆子、"三春"与众管家婆子、王夫人与大观园众丫鬟（晴雯、司棋等）、贾府爷们与众丫鬟（贾赦与鸳鸯、贾珍与瑞珠、宝玉与袭人等）、贾府爷们与奶妈（宝玉与李嬷嬷等）的矛盾；第三，奴婢与奴婢之间的矛盾，主要有各管家婆子之间、丫鬟之间、陪房媳妇之间、粗使杂役之间等各种矛盾。当这三种矛盾围绕钱财与权力从内而外、从外而内层层破坏贾府纲纪、腐蚀贾府肌体时，百年贾府不可避免地走向衰败。

一言以蔽之，外敌内患夹击，让原本就已在走下坡路的贾府举步维艰，无法保持最后的、可怜的体面与尊严，只能跌跌撞撞地走向灭亡。

## 第二节　贾府抄家高潮艺术

贾府继"局部主动内抄""理想世界破灭"的抄检大观园事件之后,最终走向"全面被迫外抄""世俗世界崩溃"的抄家事件,可谓一败涂地。小说为描摹贾府惨遭抄家的景象,先伏脉种种抄家征兆,一种前所未有的紧张、颓丧、无奈氛围扑面而来;继而不断转换叙事视角,明暗结合、虚实相生、疏密有致、层次饱满,细腻展现出一幅惊恐、凄惨、悲凉的末世图景;后以贾母散财寿终、诸钗离散、宝玉彻悟等事收束全篇。至此,宝黛情事、大观园青春、贾府末日、宝玉悟道,都随着锦衣军迈进贾府的脚步声,消失在黑暗的尽头。贾兰的中举,只能像一股倔强的回旋风,刮过结满蛛网的大观园、拂过上了封条的朱门,久久盘旋、久久叹息,一个家族就这样消失了,一切归尘,万事休矣。

### 一、抄家前危机四伏

与元妃省亲、宝玉挨打、祭宗祠开夜宴、抄检大观园、黛死钗嫁五大高潮事件如出一辙,贾府抄家高潮到来前,小说同样从各个层面进行了充分、细腻的蓄势、烘染,营造出山雨欲来、阴风满楼的紧张、惊恐气氛。

首先,象征着贾府青春与活力的大观园即将荒废、分崩离析。自大观园被查抄后,成员走的走、死的死、病的病,已伤残大半。先是迎春遵贾赦之命误嫁"无情兽"孙绍祖,成为大观园内第一个被世俗世界吞噬的闺阁小姐。与此同时,薛蟠难改嬖色秉性,急急迎娶夏金桂,薛宝钗趁机搬出大观园这块是非地，香菱作为薛蟠之妾，按照礼法也要回到薛蟠身边陪侍。怎奈夏金桂是个泼悍、淫妒、刁蛮、豪横之人，弄得薛家鸡飞狗跳。香菱百般受虐终致死亡，薛蟠再次弄出人命官司，薛家濒临家破人亡。随后，宝玉因为失玉疯癫，搬离大观园。作为大观园的核心人物，宝玉的离去，预示着大观园破败成势。而邢岫烟即将嫁与薛蝌，也要搬离大观园。妙玉打坐时走火入魔，梦中遭劫，伏后文祸事。最有智慧的探春，因为国事负身，不得不作为政治牺牲品，远嫁他乡。探春的远嫁，标志着大观园再也无法恢复原来的生机。黛玉病势沉重，又因婚姻心性渐渐失宠于贾母，待宝玉迎娶宝钗时命丧黄泉，标志着大观园彻底败落了。贾府再无大观园，红楼一梦从此醒。此外，司棋痴情，因无法嫁与潘又安，绝望地选择了触壁而亡；芳官等优伶被逐出大观园后，不得不到水月庵、地藏庵出家为尼。大观园一败到底，众儿女风流云散。

其次，贾府家庭内部矛盾、问题由隐秘到公开化、白热化，再也无法遮掩过去。此处以嫡庶矛盾与婆媳矛盾为例。有关王夫人、赵姨娘、贾探春、贾宝玉、贾环之间的嫡庶矛盾贯串小说始终，从第二十回"弹妒意"、第二十五回"魇魔法"、第三十三回"动唇舌"、第四十三回"攒金庆寿"、第五十五回"争闲气"、第五十九回"召将飞符"、第六十一回"宝玉瞒赃"、第六十七回"宝钗送土仪"、第七十二回"势霸成亲"、第八十四回"重结怨"等琐事，小说一直在描摹他们之间发生的种种不愉快。刚开始赵姨娘之流只在暗处小心翼翼地给王夫人一行人埋雷，制造麻烦。随着问题的累积、冲突的激化、情绪的郁结、心灵的扭曲，双方的斗争已到了无法调和的地步。赵姨娘与贾环对王夫人等人愈加不满，于是开始公开地、大胆地、手段更加卑劣地挑起祸端。至于凤姐与邢夫人的婆媳矛盾，也被公开化，凤姐的权力受到威胁。凤姐作为贾府内部最有力的经济与人际往来的支撑者、管理者、控制者，其地位权力的稳固与否，直接关乎贾府内部关系的稳定与否。凤姐身体每况愈下，管家位置愈来愈不稳，很大程度上导致往日还可掩饰的矛盾浮出水面，贾府的内乱越来越严重了。

最后，贾府外围乱作一团。就在贾芹狎昵众尼、败坏家风，使贾府处在舆论旋涡中时，甄府被抄，其仆包勇千里来投，以求栖身之所，为后文贾府被抄埋下伏笔。贾政又因仆从作梗，官声受损，使得龙颜不悦。而此时，薛蟠又背了命案，贾府又要为之斡旋。与上次平息冯渊案不同的是，这次平息张三案贾府与薛府尽显吃力。贾府在官场势力上，并不能像从前那般徇私舞弊，一手遮天了，说明贾府赖以生存的外部环境正不断恶化。

如果根据上述几条表象，贾府的败落是迟早的事，不必非要通过抄家才走向灭亡。小说为了增加情节的曲折和内涵的厚度，特照应前八十回的一些章节回目，提及贾雨村对甄士隐的忘恩负义，写出人心难测；提及颇有江湖侠义的倪二因对贾芸的不满，进而怨及整个贾府，说出贾府重利盘剥、强抢民女等丑事，道出飞来横祸的原因；提及贾芸对凤姐的不满而生发对整个贾府主奴的愤懑，点明亲族不和；提及皇帝问责、群僚提醒、结怨内监，暗示贾府已得罪权贵；提及宝玉无处诉说心事，与宝钗貌合神离，预示宝玉情悟出家，最终"于国于家无望"。由此，小说进入更广阔的叙述空间，在此基础上，各种因素推波助澜，只待皇帝抄家令下。

## 二、抄家中凄惶无比

前八十回贾府的欢乐有多么热烈，此刻，抄家的局面就有多么凄惨。为写出贾府无分上下不论男女的惊慌失措、捶胸顿足、惶恐痛哭之态，查抄者的飞扬跋扈、假公济私、趁火打劫之嘴脸，回护者的全力庇佑、竭力周全、据理力争之做法以及众亲友的逃窜、门客的背叛等，小说运用了"变生不测""特犯不犯""转换叙述视角""遥相呼应"等技巧，文势愈加变化多端，言辞渐深渐细，高度艺术化地还原了抄家的全过程。

第一，《红楼梦》前八十回总是使用"变生不测"之法，发生意料之外之事，从而促使情节突转、层层推进、笔笔蓄势，达到文势起伏的同时，又拓展了小说的表现空间，增加了小说表现的张力。贾府抄家的前奏与元妃省亲相似，恰值贾政生辰，全家齐集庆贺，突然六宫太监宣贾政进宫，使贾府原本欢乐轻松的气氛降到冰点，上下惊惧莫名，直至元春封妃，才转惊为喜。这次，又值贾政设宴，大家正推杯弄盏，庆贺贾政平安归来。孰料，这竟是暴风雨来临前最后的平静。下一秒，锦衣府堂官赵老爷带领锦衣军以迅雷不及掩耳之势闯进贾府，瞬间打破了这种宁静、平和的场面。赵堂官满脸堆笑、五六位司官总不答话，一下子将紧张的氛围营造出来。贾政见势不妙，正要带笑说话，家奴又报西平王爷前来。贾政尚未及迎接，西平王爷已至面前。因为贾府与西平王府向来交好，所以西平王爷的到来本应使险恶情势稍稍缓和。孰料，赵堂官在向西平王爷行礼之后，马上下令府役把守前后门。此时贾政的表现是连忙下跪，可见情势更加不妙。然而西平王竟先微笑着两手扶起贾政，又遣散众宾客。至此，情势似乎有所好转，贾政紧绷的神经可以稍稍放松一下。可谓"善者不来，来者不善"，负责查抄的赵堂官既然从进府以来，就摆出一副立刻封锁查抄贾府的强硬姿态，西平王爷的举动显然与他不协调，甚至有拆台的嫌疑。所以赵堂官公然与西平王爷作对，声称宁国府已被查封，刚缓和下来的气氛骤然又变得紧张。此刻，赵堂官与贾府的矛盾扩大为赵堂官与贾府、西平王府的矛盾，双方剑拔弩张。西平王爷既然插手抄家一事，也不示弱，坚持遣散众宾客。随后，就在赵堂官及其府役趁火打劫、抄得不亦乐乎之时，北静王爷出场。赵堂官本以为北静王爷必不像西平王爷这般"酸"，定能全抄。出乎意料的是，赵堂官打错了算盘，北静王爷站队贾府，更是极力斡旋、袒护贾府，再次使紧张的气氛缓和下来。

第二，"覆巢之下，安有完卵"，皇命抄家，宁、荣二府无一幸免，男女老少、主子仆人宾客无一不惶恐至极。为使这种惶恐情绪充满差异感、层次感，小说运用"特犯不犯"之法。如面对府役抄家，贾赦、贾政刚开始是狐疑、面带笑容，继而"连忙跪接""唬得面如土色，满身发颤"；当听到北静王吩咐司员问话时，先"不免含泪乞恩"，后"感激涕零，望北又谢了恩"；当听到所查抄物资中有盘剥债券等物，贾政"跪在地下碰头"；当北静王爷进内复旨宽慰贾政时，贾政则"魂魄方定，犹是发怔"；当见到贾母时，贾政先是收泪宽慰贾母，后在堂外"心惊肉跳，拈须搓手的等候旨意"；待从薛蝌处得知贾府被抄原因后，先是"尚未听完，便跺脚道：'了不得！罢了，罢了！'叹了一口气，扑簌簌的掉下泪来"，后"没有听完，复又顿足"；等到得知抄家初步结果时，贾政"连连叹气……不觉泪满衣襟""独自悲切"；第二天，贾政先进内谢恩，又至二王处叩谢。由此，从一开始的狐疑、紧张到惶恐、感激直至哀叹、悔恨，小说刻画出了一个性格"中正平和"的官吏形象。

同样是面对抄家，贾府内眷的表现相比贾政而言，只剩惶恐、慌乱，全无淡定。先是邢夫人一边的仆从神色慌张、口齿不清地说"强盗来了"，贾母等人"听着发呆"；当平儿披头散发、哭哭啼啼拉着巧姐进来讲明是锦衣卫来抄家时，邢、王两夫人"魂飞天外，不知怎样才好"，凤姐"圆睁两眼……一仰身栽到地下"，贾母"没有听完，便吓得涕泪交流，连话也说不出来"；当抄检风波过后，贾政说"好了，好了"时，贾母"奄奄一息的，微开双目……嚎啕的哭起来"，满屋子里的人也跟着"哭个不住"；当邢夫人看到自己住所那边门窗及仆役全被封锁时，"放声大哭起来"，后看到凤姐这边狼藉景象，"又哭起来"。可以说，从邢夫人的仆人报信直至抄家完毕，贾府女眷犹是惊魂未定，只有哭泣。即使有大见识的贾母，此时也六神无主，惊吓过度，毫无决断。然而，本文以为，若按照前八十回的行文发展，如第十六回贾母急盼贾政入宫消息时，还是"惶惶不定，不住的使人飞马来往报信"，尚懂得派人打探消息。然而，后四十回在处理贾母的反应时，只反复写其哭泣，比贾府下人的惶恐表现有过之而无不及，有损其睿智、老练形象。

第三，在描写抄家过程中，小说不停地变换叙述视角，既在叙事的过程中写出各人性格，使人物形象更加鲜活、立体，又使行文充满生气，避免了呆滞之感。本回叙述视角，以贾政为主，贾琏、邢夫人为宾，共同串联起贾府外宅、内眷的凄惨景象。外宅中，小说先以众亲友之眼点出赵堂官一行人到来后贾府的尴尬景象。然后，小说转向全知视角，叙述西平王爷等人与赵堂官等人的博弈斗争。之后，小说的叙事空间由外宅转向内眷，写其遭抄后的惨象，叙述视角开始以贾琏为中心。前八十回中，小说主要将贾琏塑造成一个贪财好色之人。好色的贾琏如唐传奇《任氏传》中的韦崟。韦崟一看任氏之美"殆过于所传"，当即"爱之发狂，乃拥而凌之"。[①] 贾琏不但"成日家偷鸡摸狗，脏的臭的，都拉了你屋里去"（第四十四回，贾母语），还想着"再发个三二百万的财"（第七十二回），甚至还要找鸳鸯从贾母处偷些钱财出来。可见，在他眼中财、色是最为重要的东西。抄家，主要是抄没家产，赵堂官带来若干家奴，掠夺藏掖，甚为讽刺。在贾府，最看重钱财的当属贾琏与凤姐之辈。所以，小说很巧妙地将视角转向贾琏。在他眼中，除了"乱腾腾"的查抄惨状，主要关注焦点还是集中于钱财上。所以，他大难当前还可以仔细窃听造册登记之物件，尤其注意凤姐的表现及其高利贷债券的去向。或许，小说通过描写贾琏贪财情状寓以深意，其一，意在说明抄掠物件之多，贾府元气大伤；其二，意在补充凤姐高利借当之事，为后文凤姐羞惭失势埋下伏笔；其三，意在点醒世人，钱财乃身外之物，清早尚为己有，傍晚已入他囊。还应注意一点，贾琏心痛钱财尽失，是直接写出；凤姐惊吓、心痛，是侧面写出。当查抄团进内复旨后，贾政方去探看贾母众人，小说的叙述视角从贾琏转为贾政，各路凶信都由贾政耳内听来。与贾琏恋财不同，贾政的观察重心转向亲情。由贾政的眼睛看出，贾母惊吓过度而"奄奄一息"、邢夫人因贾赦等获罪被抄而"哭成一团"、王夫人等其他女眷各自悲

---

[①] 参见鲁迅校录《唐宋传奇集》，齐鲁书社1997年版，第16—21页。

伤不已。因为荣国府最后被抄检关押的主要是贾赦一支,所以小说又插入邢夫人视角,否则在西平王爷与北静王爷的庇护下,抄家只会成为一场虚惊,小说的悲剧性大打折扣。所以,小说特意加入邢夫人视角,点明抄家后家破财散的凄凉。

抄家对象毕竟是宁、荣二府,因此,小说为交代宁国府被抄的惨象,又借用焦大之口,点明宁国府在没有王爷们庇佑的条件下,更加惨烈的景况,"珍大爷蓉哥儿都叫什么王爷拿了去了,里头女主儿们都被什么府里衙役抢得披头散发搁在一处空房里,那些不成材料的狗男女却像猪狗似的拦起来了。所有的都抄出来搁着,木器钉得破烂,磁器打得粉碎"。焦大曾在第七回痛骂宁国府污秽,希望警醒这帮整日胡作非为的爷们,真可谓宁国府的"吹哨人""清醒人"。怎奈宁国府一味沉溺纸醉金迷,破败至此,尚未解悟,实令人痛心。

行文至此,小说已基本介绍完整个抄家过程,然而,对于为何抄家,贾政等人尚是一头雾水,不知底细。于是,为行文简洁、内容全面、叙事周匝需要,小说加入薛蝌这一人物,叙述视角也由焦大转向薛蝌。薛蝌虽非贾府之人,但因薛姨妈与邢岫烟的关系,贾府被抄这种惊天动地的事,他应会格外关注。同时,薛蝌最近又在为薛蟠案奔波,与官场人员来往频繁。作为"四大家族"之一的贾府被抄之事,对各官员而言,可谓一石激起千层浪,他们或隔岸观火,或急于撇清关系,或趁机落井下石,或肝胆相照。薛蝌应该可以从衙门处得来部分消息,所以薛蝌讲及抄检理由时,小说用了"风闻"一词,以示消息是打探来的。到此刻,不惯俗务、稀里糊涂的贾政才弄清楚抄家的缘由:贾珍"引诱世家弟子赌博"(第七十五回)、"强占良民妻女为妾,因其女不从,凌逼致死"(第四十四回鲍二家的吊死、第六十四至第六十九回尤二姐被逼死),贾赦"包揽词讼"(第六十六回遣贾琏赴平安州、第六十九回赏秋桐)等。薛蝌在打探消息的过程中,又将同朝官员"站干岸"嘴脸以及众亲友的反应说与贾政听。

这里，我们还要注意一个问题，抄家原因，远不止薛蝌所说的这些。我们不说元妃、王子腾等人的薨逝、庄园的歉收这些因素，只说贾府背负的人命、讼事、赃物（江南甄家的）、违礼违法之事（国孝、家孝期间不知收敛，仍然大肆进行淫乐活动等）也足够使贾府快速败亡下去。这里小说重点提及招致抄家的罪魁祸首为贾赦、贾珍、贾琏、凤姐等人，可见作者对贾赦等人的厌弃，这一点与前八十回可谓一脉相承。然而，平庸的、失于管家的贾政得到了饶恕，可见，在后四十回作者眼中，贾政的罪过远没有贾赦等人严重。这次抄家，只是让贾政看清了家族子弟们的堕落之象，只是令贾政在以后的人生路上再加谨慎小心，这一点，显然与前八十回对贾政迂腐的批判力度相比，稍显薄弱。至于贾府被抄的深层原因，后四十回作者并没有深入挖掘，甚至贾政面对抄家行径，还要向皇权谢恩颂圣，奴性十足。可以说，这样的抄家，并不彻底，大大削减了《红楼梦》一书的悲剧性。至于后四十回这般处理方式，或与当时的文字狱、权臣抄家的现实有关，此非本书探讨高潮艺术的重点，暂且不谈。

由此，小说通过上述几方面的惨淡经营，将贾府抄家的紧张、凄惶氛围淋漓尽致地展现出来，行文自然，用笔灵活，令读者读来似有身临其境之感。

### 三、抄家后"树倒猢狲散"

贾府被抄家后，阖府痛哭，败势成定局，一边外托官情，一边清点家产，追查责任。小说在处理贾府抄家后续余波时，与元妃省亲事件不同的是，元妃省亲后，小说在第十九回开篇只用了47个字写省亲事件的结果，略显仓促。但是贾府抄家事件余波则较为绵长，小说详细地写出了家事消亡、人事不宁的惨状。对此，清评点家太平闲人评曰："文字前最忌缓，后最忌急。盖安根伏线，在前易繁；结穴合龙，在后易率也。"[①] 贾府抄家后，与抄检大观园一样的是，破败之象尽显，不同的是，这次的悲剧力度更大，行恶的坐牢、寿尽的死去、悟道的出家、嫁人的嫁人，可谓"白茫茫大地真干净"。

第一，抄家带来的直接结果是贾府人心不齐，互相倾轧，不幸之事相继发生。对男性而言，贾赦、贾珍等人身陷囹圄，虽然侥幸从宽治罪，但因怕苦怕累，带着家奴充军流放；贾政降职，之后官复原职，但更加惧怕张扬获罪；宝玉悼玉怜金，执迷于黛玉，与宝钗的婚姻有名无实；贾环因宿怨，此刻更加忌恨凤姐，最终与凤姐兄弟王仁一起拐卖了巧姐；贾蓉因抓取盗贼不力，遭贾琏训斥，在与凤姐结怨的基础上，又与贾琏构怨，这就为后来骗卖巧姐埋下隐患。这里重点说一下贾琏。其父遭禁锢、其妻又病危，不但历年积蓄化为乌有，而且外面债务满身，不得不卖尽田产，使贾府无根基可依。尽管后四十回贾母公道处置家事，先后散尽家资、安顿眷口、送还甄府银两、安顿黛玉棺椁、裁减婢仆，但按照前八十回贾琏的性格走向而言，贾母的做法治标不治本，其资财只能在一段时间内弥补抄家带来的损失，败家的根由难以改变。对于内眷而言，贾母祈天散财，身心遭受重创，命不久矣，而病逝之日，便是贾府族人离散之时；凤姐颜面与权势扫地，身体渐渐不支，很快就被王夫人收回了管家奶奶的权力，从此在贾府再无立身之地；邢夫人、尤氏，面对丈夫被发配的事实，虽有贾母、贾政帮衬，终究不胜悲戚。同时，邢夫人与贾环一样，对凤姐的旧怨新恨叠加在一起，独自把持财权，致使凤姐无权无财，很快失去威严。所以，当贾府勉强恢复往日的平静后，贾母为扫荡晦气，振奋人心，执意要为薛宝钗过寿辰，众人也只落得个懒散落寞、强颜欢笑的结果。这种人心不齐，挟恨兴怨的问题，到第一一〇

---

[①] （清）张新之：《红楼梦读法》，载冯其庸辑校《重校〈八家评批红楼梦〉》，青岛出版社 2015 年版，第 2569 页。

回贾母寿终，全面爆发。贾母之死使整个家族一下子失去了主心骨。凤姐彻底失势、邢夫人公报私仇、王夫人仍旧昏聩、李纨始终保持沉默、鸳鸯绝望到上吊[①]、湘云无助地只剩哭泣、宝钗依然独善其身、宝玉徒劳无益地伤心、贾政执意一切从简、贾琏疲于应付，贾府人心涣散，不堪一击。

　　自贾母寿终、鸳鸯殉主后，小说的笔触开始集中讲述贾府内的各种死亡、破败之事。赵姨娘魇魔附身，抱病而亡；凤姐旧病新疾加身、生活上被多次弹压，很快病殁。尤其是大观园，因为失去了元妃的政治保护、贾府经济上的支持以及探春、宝玉等人的保护，在贾府被抄之后，更加颓败不堪，最终被一把大锁，锁住了往昔的乐园，毁灭了曾经的青春。迎春自从嫁给孙绍祖后，整日挨打挨饿。抄家后，她在孙家的日子更加艰难，很快被折磨致死；惜春心境更加悲凉，面对宁国府家破人亡，又与尤氏不和，最终看破尘世，选择出家为尼；妙玉因单住于栊翠庵，遭遇劫匪，后去向不明。贾府倒霉之事，一桩桩、一件件，接二连三，接踵而至，破败之势，已无力挽回。

　　第二，抄家后贾府经济受到重创。抄家后皇帝念及元妃恩情，最终从宽发落，尤其是贾政，官复原职，被抄没的家产如数返还。于是先前趋炎附势的清友再次来至贾府，充任贾府的寄生虫。贾政仍是一味地忠厚、愚钝，而凤姐抱病不能理家，家里其他男女皆不能分忧，于是贾府经济亏空的程度愈加严重。但毕竟贾母生前累积了许多钱财，贾府众人得到了补贴，也够维持一段时间。而小说为使贾府经济彻底崩塌，紧接抄家后又设置了被盗情节，真是"屋漏偏逢连夜雨，船迟又遭打头风"！贾母葬礼后，周瑞的干儿

---

① 关于鸳鸯殉主一事，究其原因，本文认为有两点。其一，囿于当时的社会风气，主人死亡后，贴身奴婢往往为表忠心，或守孝三年，或选择殉葬。贾母平日诸事皆依仗鸳鸯，非常信任鸳鸯，所以鸳鸯说的话在贾母处很有分量，可见鸳鸯与贾母关系甚厚。由此推测，鸳鸯殉葬可能是为了报恩。其二，贾赦曾欲强娶鸳鸯为妾不得而忌恨鸳鸯，邢夫人也因此事更加不受贾母待见而失了体面。此事使鸳鸯在失去贾母后，对贾赦与邢夫人之流有所忌惮，就像清人洪秋蕃所认为的，"鸳鸯自尽，权威惧贾赦、邢夫人起见，非恋恋于贾母也"。由此推测，鸳鸯殉葬可能是为了避祸。

子何三因遭贾珍训斥、鞭打、放逐（第八十回），怀恨在心，从周瑞处获得贾府送殡无人看守的消息，伙同市井贼匪将贾母钱财几尽掠去，对贾府经济堪称致命一击，使贾府彻底失去赖以生存的经济基础。这里，我们不得不佩服后四十回作者的匠心独运。其一，家资被盗使贾府被抄后的压抑、颓丧情绪再次迸发，人心惶惶，悲剧色彩更加浓厚，弥补了后四十回小说悲剧精神不足的遗憾；其二，以家资被盗的形式打击贾府，不但巧妙地避开了对贾府被抄这种与皇权密切相关的政治事件的渲染，而且拓展了小说的悲剧空间，说明贾府的败落不但失去了皇权的庇佑，也失去了市井细民的支撑。

至此，小说的笔墨转向宝玉"因空见色，由色生情，传情入色，自色悟空"的彻悟过程上。

## 第三节　贾府抄家在全书中的意义

贾府抄家是一百二十回本《红楼梦》的最后一个高潮，讲述了以贾府为代表的世家大族灭亡前的最后挣扎，是家族兴衰线上的大结局。就内容而言，它对交代全书主要人物命运走向、贯串全书悲剧精神、勾连家族与爱情、青春、生命而言，是一个绾结点；就形式而言，它是家族兴衰线与宝黛爱情线的最后交点，是对小说其他高潮的总照应。

### 一、高潮内涵：家族的衰败

贾府自宁荣二公以来，就开始走下坡路，直至元春封妃，家族政治势力为之一振，迎来了短暂的煊赫局面，只是，整个家族并未因为出了这样一位端庄贤淑的皇妃而彻底改变不断衰落的命运，反而因为筹备省亲，耗费了太多钱财，埋下了诸多隐患。同时，越靠近权力中枢，越容易谋得特权，也越容易招灾致难，引来杀身之祸、灭门之灾。所以，"登高必跌重"，贾府在与皇家重新建立紧密关系的同时，面临的危险系数也随之增高。当贾府子弟顽劣到民众多怨气、同僚多诋毁的地步时，皇权为维护自身利益，便要寻找机会，灭其气焰，甚至将其一网打尽。"欲加之罪何患无辞"，所以，元妃薨逝后，皇帝网罗罪名，下令抄家。最重要的是，贾府糜烂的生活方式并未改变，反而为了表面的光鲜、虚伪的体面，更加挥霍无度、寅吃卯粮。正是贾府之人的各种不肖行为，致使贾府被抄。

相比抄检大观园事件借搜查大观园，集中展现贾府上层女主子对下层奴婢们的迫害，意在写贾府对青春与生命的敌视与不容，贾府抄家事件则借抄家，集中表现朝廷权贵对贾府上层男主子的鄙弃，意在点出社会礼法规则对依靠恩荫生存的寄生贵族的淘汰。相比抄检大观园带来的经济损失与精神创伤，贾府抄家的力度更大，范围更广，破坏力更强。抄家不但抄没了贾府全部家产，还关押了主人及其仆从，使贾赦、贾珍两支人去财空，大势已去，无东山再起之日。虽然贾蓉被开释，但是依照前八十回贾蓉的表现，如暗中与凤姐暧昧（第六回借玻璃炕屏）、为一己之欲怂恿贾琏偷娶尤二姐（第六十四至第六十五回）、尤氏病祟请毛半仙弄鬼驱妖（第一〇二回）、忌恨凤姐而报复于巧姐（第一一八回）……其荒淫昏聩的小人品行，与其父贾珍仿若一人。"江山易改，本性难移"，贾蓉的顽劣秉性一时难以发生彻底改变，无法承担起宁国府的复兴重任。与此同时，荣国府虽有贾政复官、贾兰中举，贾府复兴之事看似藏有一线生机，实则也只是镜中月、水中花而已。贾政既不能慧眼识人，又不能管理家务，也不能纵横官场，只是做人做事更加谨慎而已，于贾府而言，并不能带来切实的好处。

　　至于贾兰，小说后四十回将其命运走向设置为中举，寓意成为振兴贾府的首要人选。作为荣国府的重长孙，他是否可以真正承担起如此重任，我们需要先梳理一遍前八十回中他的周边环境。他幼年丧父，由母亲李纨抚养长大，其间并未得到贾母、王夫人等人的特别关爱。[①] 或许与父亲李守中的家教有关，或与嫁入贾府后所处环境有关，总之，李纨"居家处膏粱锦绣之中，竟如槁木死灰一般，一概无见无闻"（第四回），平日除了侍亲教子，就是陪伴姑娘们做些针黹诵读的活动，除有特殊情况（凤姐生病，不得不与探

---

① 元宵节那般热闹、隆重，象征着团圆的日子，如果不是贾政提醒，阖府上下竟然没有注意到贾兰的缺席。由此可见，贾兰在贾母、王夫人眼中，远远不能像宝玉那般时刻被放在心上。所以，某种意义上来说，贾兰与贾环在缺爱、缺关注这一方面同病相怜。或者说，贾兰是另一个贾环，是一个被纲常伦理驯服了的贾环；他的母亲李纨是另一个赵姨娘，是一个向现实妥协的不得不沉默的赵姨娘。

春、薛宝钗充任临时管家）外,她几乎从不参与任何人事纷争（为平儿讥讽凤姐除外),是个无所欲求的"佛系"孀妇,所以是下人眼中的"大菩萨",是"第一个善德人"(第六十五回,贾琏小厮兴儿之语)。但是李纨除了佛系之外,还很会过日子,或者说吝啬。她每年有四五百两银子的进项,当了大观园诗社的社长后,要么由着社员出钱（如第三十七至第三十八回史湘云与薛宝钗合办螃蟹宴),要么拉着凤姐做东（如第四十五回凤姐出银五十两),要么命令众人分摊（第四十九回芦雪庵联诗),几乎对诗社未做任何经济上的支持。那么,贾兰在母亲长期的影响下,也会变得小心翼翼、冷漠、爱财。前八十回中第九回贾兰劝诫好友贾菌不要参与宝玉与金荣等人的打斗,表现出冷漠、没骨气的一面,对此蒙府本批云:"要知没志气小儿,必不会淘气。"① 第七十五回贾兰见贾政赏赐宝玉扇子,于是赶紧也作诗一首,表现出贪财的一面,对此,王伯沆评曰:"贾兰见奖励宝玉,他便出席。虽然爱好,稍嫌躁进,只堪为功名中人。"等等,都是例证。贾兰日常除了上学读书外,也会参加一些家庭聚会活动。如爷爷贾政每每考查宝玉功课之时,经常叫上他;宁府大爷贾珍叫家族子弟习射活动时,也会叫上他。这里还要注意一个问题,与贾兰同时出场的还有贾环,而贾环并不是一个讨喜的人。作者似乎有意在对比代表着荣国府未来的他们:宝玉为爱不羁崇尚自由,贾环长期受人鄙视而心理扭曲,贾兰被环境左右努力走科举之路。但是宝玉最后选择出家,贾环成为社会流氓,都无法挽救家族的命运。那么,贾兰的科举呢?是否因为中了举就改变了贾府"不善教育""一代不如一代"(第二回)的现状呢?答案似乎是否定的。这一点我们要从李纨的判词【晚韶华】中找到蛛丝马迹。为行文方便,现抄录如下:

---

① （清）曹雪芹原著,（清）程伟元、高鹗整理,张俊、沈治钧评批:《新批校注红楼梦》,商务印书馆2013年版,第204页。

镜里恩情，更那堪梦里功名！那美韶华去之何迅！再休提绣帐鸳鸯。只这带珠冠，披凤袄，也抵不了无常性命。虽说是，人生莫受老来贫，也须要阴骘积儿孙。气昂昂头戴簪缨，气昂昂头戴簪缨；光灿灿胸悬金印；威赫赫爵禄高登，威赫赫爵禄高登；昏惨惨黄泉路近。问古来将相可还存？也只是虚名儿与后人钦敬。（第五回）

对于该判词，学界普遍认为是在咏叹李纨一生之荣枯变幻，写其夫妻恩情有如镜中昙花，早已徒有虚名；写其母子情分有如晨之薤露，随时化为乌有。但本文以为，从"人生莫受老来贫，也须要阴骘积儿孙"以及"问古来将相可还存"等句，或可解释为贾兰虽最终登上爵位，但非长寿之人。因为李纨的吝啬、冷漠，导致贾兰的吝啬、冷漠。贾府抄家时，大观园并未遭到抄缴，被抄的是凤姐处、王夫人处，内宅财物并未受到太大损失。后来贾母处失盗，损失惨重，代表着凤姐、王夫人等人并没有从贾母处真正获得多大补贴。由此，我们或可推断，贾府抄家后，李纨的经济实力是最强的。但是依据前八十回的种种铺垫，李纨不可能做到慷慨解囊，也就不能为儿孙积阴骘。贾兰在中举后，也不会真正振兴贾府这个大家族。受命定观的影响，贾兰的性格缺陷，一定程度上导致了他的短命。那么，作为李纨唯一的寄托与希望，他的早逝使李纨一生心血付之东流。所以，这一点更加重了李纨的悲剧性，同时，也符合《红楼梦》整本书的悲剧主题，"好一似食尽鸟投林，落了片白茫茫大地真干净"。因此，从这点上来讲，贾兰也不能成为贾府新的擎天柱。即使贾兰并没有早亡，按照《好了歌》的内容，"好就是了，了就是好"来看，贾兰的中举虽说是"好"，但未必不是一种"了"，它只是开启了新一轮的荣枯循环而已，贾府仍然难逃一败涂地之命运。

综上可见，贾府抄家使整个家族彻底败落下来，是整个贾府的悲剧的高潮。

## 二、高潮终结：对其他高潮的归结

　　作为小说最后一个高潮事件，它的铺叙、发展、高潮、落幕都与前面几个高潮有着千丝万缕的联系。元妃省亲高潮将贾府重新推向了政治巅峰，事件中暴露出来的奢华作风、人事矛盾、政治脆弱性是贾府抄家的伏线。宝玉挨打高潮将贾府后继无人的现状暴露无遗，所以在贾府抄家过程中，没有出现可以力挽狂澜的人物。祭宗祠开夜宴阶段，是贾府政治、经济、人事、制度已濒临瘫痪的时期，贾府深处危局而不自知，仍旧一味地寻欢作乐，为贾府抄家埋下祸根。抄检大观园高潮是贾府抄家在小范围内的预演。黛死钗嫁是宝、黛、钗等青春与生命的结束，是贾府精神希望的毁灭，是贾府抄家后宝玉弃绝红尘的前提。

　　所以，无论在形式上，还是内容上，贾府抄家都是对全书其他高潮的归结。

# 第七章 《红楼梦》高潮艺术创作规律

《红楼梦》前后共有六大高潮事件,即元妃省亲、宝玉挨打、祭宗祠开夜宴、抄检大观园、黛死钗嫁、贾府抄家。这六大高潮分别以元妃、贾宝玉、贾珍与贾母、王夫人与王熙凤、林黛玉与薛宝钗、贾政为核心人物,围绕着家族中兴、后继无人、祖恩耗尽、"理想世界"遭到现实世界侵袭、"情"的毁灭、家族败亡等重大问题展开。这六大高潮,相互衬托,互相辉映,演绎着两条主线上的故事。无论家族兴亡线,还是宝黛情缘线,对美好事物的毁灭,是《红楼梦》高潮艺术创作的统一性;因侧重点不同,幻灭的表现形式和幻灭的内容而不同,这是《红楼梦》高潮艺术创作的变化性。

元妃省亲高潮既衬托出贾府政治中兴的显赫,也暴露出贾府种种弊端。这种弊端之一便是贾府众子孙的不肖行为导致发展后劲不足,所以贾政才要抓住最有希望的那根稻草——贾宝玉,对其进行严苛的入世教育。然而,宝玉自从进了青春的安乐窝——大观园后,更加率性而为,努力摆脱贾政的那套处世价值观,所以发生了第二个高潮宝玉挨打。该高潮的最终结果是,贾政在贾母等人的逼压下,放弃了对宝玉的人格改造,从此宝玉对"情"更加执着。此时,贾府其他子孙无不沉浸在元妃省亲带来的红利中,纵情享乐,漠视潜在的危险。祭宗祠开夜宴高潮,便是对贾府政治中兴以来,贾府欢乐盛况的一次全方位、高规格的摹画。"祸兮福所倚,福兮祸所伏。"在这个高潮事件中,贾府"空架子"的问题再次凸显出来。所以,祭宗祠开夜宴既承接了前面两个高潮,又开启了后面的三个高潮,成为贾府由盛转衰的分水岭。接下来,贾府先从内部"自杀自灭"起来,发生了抄检大观园的高潮。大观园受到世俗的严重侵扰,自下而上,园内之人不断离散开来,恶劣到极致时,大观园中最有诗之灵性的黛玉与贾府最受器重的宝玉遭受了致命打击,迎来了黛死钗嫁的高潮。当大观园被毁殆尽之时,贾府的政治、经济、礼法也失去了原有的力量，一败涂地之时便是贾府抄家高潮的到来。

　　《红楼梦》中的高潮事件的艺术创作充满层次感，错落有致。这就像一首低音中音高音不断切换的歌曲，时而高亢激昂，时而低缓轻柔，最大限度地刺激着听者的感官，感染着听者的情绪。

# 第一节　六大高潮艺术创作特点探究

与历史类[①]、神魔类小说不同,《红楼梦》作为一部世情小说,其宏大的叙事规模,高超的写作手法,以及迥异于其他小说的网状结构,都使得它的高潮创作特点有别于其他小说。梳理完《红楼梦》六大高潮事件间的关联性后,可以从结构、手法、情节与人物四个方面,总结与提炼《红楼梦》的高潮创作特点。

## 一、结构层面：出现位置较为均匀

为解释这一问题,笔者先统计出《红楼梦》六大高潮事件在一百二十回中所在的回数以及各个高潮间的间隔回数,具体情况如表1所示。

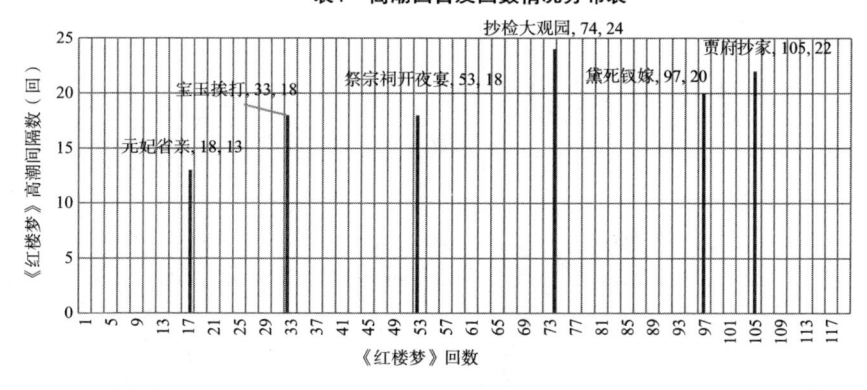

**表1　高潮回目及回数情况分布表**

元妃省亲, 18, 13；宝玉挨打, 33, 18；祭宗祠开夜宴, 53, 18；抄检大观园, 74, 24；黛死钗嫁, 97, 20；贾府抄家, 105, 22

---

① 如《三国演义》作为以史为基础的小说,其高潮节点是性命攸关的大战,如官渡之战、赤壁之战、夷陵之战。

表1中"元妃省亲，18，13"的意思是："元妃省亲"代表小说的高潮事件，数字"18"代表该高潮事件在小说的回数，数字"13"代表小说为讲述该高潮事件从头至尾所用的回数，即小说从第六至第十八回的间隔数。剩下的五个图例意思与之相同。从表1中可以看出这样几条信息。其一，《红楼梦》的六大高潮事件的间隔数分别为13、18、18、24、20、22，相差不大，六个高潮几乎是均匀地分布在全书之中。[①] 其二，元妃省亲发生在第十八回、宝玉挨打发生在第三十三回、祭宗祠开夜宴发生在第五十三回、抄检大观园发生在第七十四回、黛死钗嫁发生在第九十七回、贾府抄家发生在第一〇五回，18→33→53→74→97→105，前四个高潮事件的回数差值近似于20，后两个高潮事件的回数差值近似于10。我们知道，前四个高潮事件属于前八十回本的范围，后两个高潮属于后四十回本的范围。八十回本为《红楼梦》原本，从18→33→53→74这组数字可以看出，前四个高潮事件之间的文本距离较为均匀。也就是说，几乎每隔20个回目，小说就设置一个高潮事件。反观后四十回，97→105，后两个高潮的文本距离相比前四个高潮，差值从20变为10，几乎少了1/2的文本距离。这一点，似也可作为后四十回非曹公原稿的又一例证。比较之后，我们或可推断，《红楼梦》设置各高潮事件的位置时，前后两个高潮的文本距离大致是均等的。

看似偶然，实则必然，笔者认为这是曹公在遵循艺术规律基础上勉力为之。为何这么说呢？我们可从《红楼梦》的题材、读者的阅读感受与艺术

---

① 本论文在前言部分曾对《红楼梦》结构做过分析。其中，笔者将第一至第五回单独划分为第一部分，所以第二部分是从第六回开始的。若将第一部分并入第二部分，那么，元妃省亲高潮事件从开始到结束，总回数为5+13=18回。也就是说，抛开小说结构，《红楼梦》从开篇到第一个高潮事件结束，共使用了18个回数。这样的话，这六大高潮占用的回数分别为18、18、18、24、20、22，在总120回的小说中，高潮事件占回数与总回数的比值都近似于1/6，也就是各个高潮各占小说16.7%的篇幅。

规律三个层面来阐述。

　　琐碎、平淡、清欢是生活的底色，宏大、惊险、狂欢才是生活的点缀。与《金瓶梅》一样，《红楼梦》也是一部世情小说，其情节既不同于《三国演义》中王侯将相间的尔虞我诈，也不同于《西游记》中妖魔鬼怪间的倾轧斗争，叙述内容多为贵族家庭中的琐碎之事，外延也多为市井细事，矛盾冲突镶嵌在平易的日常生活中，为此，它的故事就像一条流淌在田间的小溪，蜿蜒而少波澜。如果曹公把《红楼梦》写得似金庸的武侠小说如《天龙八部》那般高潮迭起，让人目不暇接，喘不过气来，反给人不实感和造作感。

　　细密地叙述家庭琐事，细节排闼而至，不免给读者沉闷感和重复感，但曹公高明，在细密叙事基础上，总能发掘生活中的诗意，且不时创造一个高潮事情，多次使用艺术间离的手法①，于平静处生出大小波澜，使读者在"出戏"与"入戏"之间交换，触动读者心理，令读者与小说中人物产生共情。

　　当然，曹公也并非为了"高潮"而"高潮"，而是在遵循生活与艺术规律的基础上将贾府日常生活娓娓道来。日常化、平常化的生活总要遵循一定的发展轨迹，琐碎小事的不断累加，矛盾的不断激化，必然"由量变转化为质变"，造成情节上的起伏，形成高潮事件。一个高潮事件结束后，作者为酝酿下一个高潮事件，必然还须继续细密叙事，堆砌琐事，这既符合生活的规律，也符合艺术创作规律。如果整部小说一味细密叙事，而缺乏转折与波澜，没有高潮事件，那么这部小说必然是失败的。

　　就小说高潮出现的位置，美国学者浦安迪已经提出精辟的论述。他在《中国叙事学》一书中指出，古典章回小说在主结构上，全书高潮往往出现在三分之二或四分之三处，这一点笔者在梳理已有高潮研究成果时，已经提

---

① 就《红楼梦》中的"间离"手法，可参看孙伟科所著《〈红楼梦〉美学阐释》第三章"悲剧艺术与美感目的"，云南大学出版社2009年版，第191—192页。

及。问题是，如果将元妃省亲、宝玉挨打、祭宗祠开夜宴、抄检大观园、黛死钗嫁和贾府抄家六个高潮事件，看作一个个独立的叙事单元，那么高潮事件确实分别出现在这六个叙事单元中的三分之二处或四分之三处。而如果将《红楼梦》视作一个整体，那么浦安迪的观点在此并非合适。由此，我们或可推断，判断章回小说的高潮位置时，首先要考虑的是小说的题材。题材不同，情节设置手法自然不同，那么高潮点的位置自然存在差异。

## 二、手法层面：反复多样

《红楼梦》是一部复杂精致的文学作品，而手法的摇曳多姿是支撑其故事架构的重要手段。为构建六大高潮事件，小说在写作手法选择上，表现出一定的相似性，同时又有一定的差异性。

纵观六大高潮，其相似性表现在，为了突出高潮事件，在事前，作者多运用层层铺垫、草蛇灰线的手法进行造势准备。例如，宝玉挨打前，借流荡优伶、淫辱女婢、荒疏学业、诉肺腑、慢待雨村等一系列事件，为宝玉挨打高潮事件做了铺垫。再如，抄检大观园前，借丫鬟构怨、主子不睦、婆子赌钱、小鹊报信、晴雯撒谎等事件，为抄检大观园事件营造出紧张的氛围。高潮事件中，作者普遍运用了对比写法来增强故事的张力。例如，元妃省亲过程中，元妃的冷寂心理与欢庆场面形成强烈的对比，凸显省亲不过是一场虚热闹。只是这场虚热闹，让贾府之人盲目地陷入不切实际的虚幻中。再如，黛死钗嫁中，黛玉之死的凄凉与宝钗大婚的热闹形成强烈对比。高潮事件后，作者多用"迁延稽留"手法以凸显该高潮在"家族兴衰线"与"梦幻情缘线"上的巨大影响力。例如，宝玉挨打后，其对"情"的执着进一步拉近了他与黛玉的关系，小说以"人"补天的尝试失败了，又开启了后文探春以"财"补天的尝试。再如，抄检大观园后，大观园里的倒霉事并未止于此，受害者由丫鬟转向小姐，众女儿由此渐成风流云散之势。

六大高潮表现出的艺术性如果只有相似性，那么小说情节的吸引力将大打折扣，整个故事将陷入一个不断循环、重复的模式中。所以，高潮艺术创作在表现其相似性的同时，也不忘时时体现其差异性。

为了突出高潮事件，一般事前普遍以小事铺垫，然而元妃省亲却以秦可卿丧礼这个大事件为背景，而另外五个高潮事件在发生前并没有这样的大事件发生，这是其差异性之一；高潮事件中，大多用了对比的写法，但是建构元妃省亲和祭宗祠开夜宴两个高潮事件时，小说却用了"横云断山"的写法，如元妃省亲事件按照逻辑，在贾政受旨、贾母谢恩、众人准备后，就该盖省亲别墅了，但是小说却插入智能儿逃跑、秦钟病重、秦业死亡等情节，隔开了元妃省亲事件，延展了小说的叙事空间，增加了小说的叙事内容；再如，小说在构建祭宗祠开夜宴高潮事件时，在夜宴进行过程中，又插入宝玉离席进大观园看袭人、宝玉小解、婢仆斗嘴等情节，不但使宴会的情节发展略一停顿，避免了小说的平铺直叙，还扩大了小说的叙事容量，延展了叙事空间；收束高潮事件的写法也有不同，高潮事件收束有急有缓，余波有长有短，如宝玉挨打事件的余波很长，挨打后又牵连出一系列事件，而元妃省亲收束得就特别急，戛然而止，余波也很短，元妃省亲结束后，小说叙述的重心，迅速转移到其他事件上。

因此，六大高潮的艺术创作是统一性与变化性、相似性与差异性的结合。曹公是一个伟大的语言大师，他炉火纯青地驾驭各种写法，架构出一个又一个高潮事件，使得小说情节摇曳多姿、蜿蜒曲折，令读者常读常新，余味无穷。

## 三、情节层面：关涉全局

《红楼梦》是一篇鸿篇巨制，也可以说是由无数个情节构成的一个故事会。从本质上来说，我们钩稽出的六大高潮事件，是全书所有情节中的大情节、大关键。只是这些大情节比较特殊，它们需要为全书的主旨服务，需要定型主要人物的性格，也需要避免行文的平庸和冗长，但本质上它们仍然是小说的情节。

六个高潮事件就是六个大情节，小情节的积累和演进必然形成大事件，所以说高潮事件就是无数小情节累积后的质变。高潮事件相比一般小情节，呈现出阶段性特征，它往往预示着前一阶段的结束，后一阶段的开始，而且从多方面对小说起到转折的作用。例如祭宗祠开夜宴这个高潮事件就是贾府由盛转衰的分水岭，而且小说的叙述基调也由之前的较为欢乐的彩色调转变为颇多凄凉难耐的灰色调。

高潮事件不同于一般小情节的地方还有，高潮事件的影响是紧紧关涉小说全局、关涉两条主线的发展走向的。如元妃省亲和祭宗祠开夜宴两个高潮事件关涉贾府的兴衰，抄检大观园关涉大观园内众女儿的命运，宝玉挨打和黛死钗嫁关涉宝黛爱情的走向和结局等等。

另外，小说作为一门文学艺术，为了彰显其艺术魅力，激发读者的阅读兴趣，以及打动读者，叙写高潮事件是一种必然。高潮事件往往是重要情节的集合点，是最能激发读者阅读兴趣的所在。读者读《红楼梦》，往往会与小说中的情节产生共情，从而深切感受到《红楼梦》的语言魅力和艺术价值。

## 四、人物层面：定型人物性格

《红楼梦》是一部描写贵族生活的巨制，兼及王宫权贵和市井细民，所涉范围极广，共塑造出四五百个人物形象，像贾宝玉、林黛玉、王熙凤、薛宝钗和史湘云等人物，已经深入人心，成为文学史中的经典形象。

塑造人物形象有多种方法，通过高潮事件凸显人物性格乃至定型人物性格，是其中一条重要的途径。为何这么说呢？因为高潮事件本身就是各种矛盾的集结点，而处在矛盾斗争中的人，情绪波动最大，言行最激烈，因此最容易凸显人物的主要性格。人物在小事件中的表现一般都差不多，但处在矛盾斗争的时候，则会尽显自己的本性。例如，宝玉挨打后，宝玉宁死也要坚持自己的本心，小说以此定型宝玉的"犟"；黛玉对宝玉毫不掩饰真情，小说以此定型黛玉的"真"；宝钗对宝玉有情却又刻意隐藏起来，以此定型宝钗的"稳"。再如在祭宗祠开夜宴中，小说刻意写了贾珍对皇家恩赏及乌进孝进租的态度，以此定型贾珍的"伪"；贾母对安享天伦的重视，小说以此定型贾母的"逸"。

质言之，《红楼梦》的高潮事件应具备结构的匀称性、手法的反复多样性、情节的相似与差异的统一性、人物形象的定型性四大方面特点，且这四大方面应统一于小说主线、服务于小说主旨。这既是裁夺诸多事件是否为高潮事件的必要条件，也是判断《红楼梦》前八十回与后四十回在处理高潮事件时，技法高低的又一标准。

## 第二节　高潮艺术创作的成因

我们不禁要问，作者为什么要这般处理这些高潮？高潮形成的原因是什么？这与作者所处时代以及生存哲学有何关系？这些都是值得探讨的问题。

### 一、"一回两事"的式微与"大旨谈情"的朦胧

章回小说的文体形态特征脱胎于宋元话本小说，因其篇幅过长，分回标目成为解决这一问题的方式。这种方式是作者用来指引读者快速理清小说内容的巧妙方法。回目被置于章回开头，"一回两事"，用较为匀称的篇幅一前一后，摘述或比照该回的要点，自《三国演义》《水浒传》《西游记》《金瓶梅》等长篇章回小说问世后，回目更加类型化、模式化、平衡化。每一回两个事件均匀着笔、并排铺陈，使得情节的繁复性让渡于故事的完整性。

发展到清代，封建社会的发展进入最后阶段，清代文学总体呈现出"通今汲古"的总结性特征，章回小说如《儒林外史》等在回目的设置上更加完善，全书结构更加注重对称性。在此背景下，曹雪芹汲取已有成果经验，虽然基本沿袭"一回两事"的体例，但对回目的运用更加灵活，打破了"一回两事"的平衡性，一回中穿插进很多琐事。再从这诸多琐事中挑选出两件最为抓人眼球或关涉故事走向、有助于塑造核心人物形象的事件，凝练成回目。回目中的这两件事，有时候在篇幅上并非完全对等，所以回目内在的平衡性常常被打破。以第七回"送宫花贾琏戏熙凤　宴宁府宝玉会秦钟"

为例。其一,"送宫花"并非修饰"贾琏戏熙凤","送"与"戏"两个动词的主语并非一人,前者指周瑞家的,后者指贾琏。其二,"送宫花"与"贾琏戏熙凤"截然两事,且后者文字并不同于《金瓶梅》,而是以曲笔写出,略一皴染,寥寥几句话就将琏凤夫妇二人这一阶段的情感状态呈现出来。按照"一回两事"的模式,"贾琏戏熙凤"在本回中应该占据前半回的篇幅,其他琐事应附着于或者服务于该事件。然而,薛宝钗的冷香丸、惜春出家伏案、黛玉的尖酸、周瑞夫妻的倚势行为等事件与"贾琏戏熙凤"并无直接关系。那么,问题就出现了。此回前半回的"贾琏戏熙凤"并非核心事件,其他事件也不是它的陪衬,为什么要在回目中标注"贾琏戏熙凤",而不用其他事件作为标题呢?K.Wong认为,"这真正是叙述者设想出来之借口,目的在使读者了解贾府年轻女家人之私生活。像本小说后来会变得很明显的,性在贾琏的生活里扮演一主要角色。由于礼节之考虑……叙述者乃尽量予以隐示,同时使用回目以确定并未忽略此点"①,以此表明"性"在贾府闹日常生活中的特殊地位。后半回的"宝玉会秦钟",重点写了两件事,一是宝玉会秦钟,二是焦大醉骂。焦大醉骂与宝玉会秦钟除了地点都发生在宁国府外,并无直接关系。按照前半回"贾琏戏熙凤"的写作模式,"焦大醉骂"也可以凝练为回目。那为何回目中用的是"宝玉会秦钟"呢?秦钟属于"风月宝鉴"故事中的重要人物,此回将其放在如此重要的位置上,是为了引出下文第九至第十二回的内容;焦大醉骂是为了补写出宁、荣二府往事近故,痛斥宁国府道德沦丧,为贾府抄家高潮埋伏笔。可见,《红楼梦》每回的内容并非只有回目中标注的两件事,内文中尚有许多其他重要事件,且这些事件有时候用补笔写出,并非服务于回目之事。小说有时候为了凸显故事中的某一个点,所以才将其设置为醒目的回目文字。

---

① K.Wong:《〈红楼梦〉的叙述艺术》,黎登鑫译,载宁宗一、鲁德才编《论中国古典小说的艺术——台湾香港论著选辑》,南开大学出版社1984年版,第248—249页。

不严格遵循"一回两事"的写作模式进行布局,就容易造成该回的"回目事件"[1]不突出。那么读者在阅读的过程中,注意力就容易分散到"非回目事件"上。同时,因为回目事件的篇幅与非回目事件的篇幅相差不大,那么,就很难出现核心事件。于是,在阅读的过程中,就要去研究出这些事件的内部关联,作者将这些事件放在同一回的意图是什么。还是以第七回为例,无论是"回目事件"还是"非回目事件",小说的意图是为了写出贾府内帷生活,尤其是"性"在核心人物的内帷生活中的表现。所以,当该阶段所有有关内帷生活的事件堆积到一起时,那么,最能表现这种内帷生活的事件就是核心事件。当这个阶段所有核心事件集合在一起,它们的思想旨归指向同一个目标时,最能体现这个目标的事件就是高潮事件。

文学作品是作者与读者情感宣泄的重要载体。无论是《诗经》中"风""雅""颂"还是唐代蔚为大观的传奇,抑或元代的杂剧,很多作品的出现都是作者为抒发自我情感创作出来的。以唐传奇为例,《旧唐书·牛僧孺传》记载,牛僧孺为排遣政治上的失意,"常与诗人白居易吟咏其间,无复进取之怀"[2],且在唱和中伴随着"坐宾尽欢恣谈谑,愧我掉头还奋髯"[3]的情感狂欢,创作出十卷的《玄怪录》。伴随着小说创作者的文体意识及主体意识的增强,章回小说在话本小说的基础上,在叙事节奏与人物塑造方法上不断变化,以最大限度地满足读者的情感需要。《红楼梦》之所以出现多个高潮,是因为"一回两事"的式微要求小说在多重事件上,牢牢把握情节的突转,做好起承转合之间的衔接。《红楼梦》与英雄传奇小说、历史演义小说、神魔小说、官场讽刺小说不同,它是一部讲述封建贵族世家日常生活的世情

---

[1] 为方便理解,本文将在回目中出现的事件,叫作"回目事件","一回两事"中的"事"即"回目事件",如《红楼梦》第七回,"回目事件"便是"贾琏戏熙凤""宝玉会秦钟"。余者如"冷香丸""焦大醉骂"等则称之为"非回目事件"。
[2] (后晋)刘昫等撰:《旧唐书》卷一七二,清乾隆武英殿刻本。
[3] (唐)刘禹锡:《和牛相公南溪醉歌见寄》,(唐)刘禹锡著,陶敏、陶红雨校注《刘禹锡全集编年校注》卷十一,岳麓书社2003年版,第707页。

小说，情节上少了惊心动魄，多了些娓娓道来，故事中的人物没有什么惊天动地的行为，有的只是平凡琐碎的家常。相比其他的话本或古典小说，为吸引读者或听众，故事或人物一出场，总要带有一段或骈或散的诗文，《红楼梦》并未继承这种叙事架构，它"去散去骈"，情节事件总是一波接一波，矛盾一层接一层。每一回中看似没有紧张尖锐的矛盾冲突，但就是通过这种琐碎的贵族日常生活，有意无意地点出贾府的人际关系网，继而通过大量的细节描写，不断转换叙事空间，调换场景，时而不疾不徐，时而一笔带过，时而层层皴染，增强了小说的紧凑性，增加了小说的张力，使情节设置张弛有度，环环相扣，前后勾连，伏脉千里，从而把贾、史、王、薛四大家族的家世起伏紧密联系起来。

除了章回体制的变革使得《红楼梦》情节琐碎多变，容易形成多个高潮外，小说主旨的朦胧性，也是促成小说形成多个高潮的原因之一。

小说一开头就言明这是一部"大旨谈情"的书。那么，这里的"情"到底指什么呢？是"风月宝鉴"中所讲的"皮肤滥淫之情"吗？是"十二金钗"的闺阁女儿之情吗？是宝玉秉持的"意淫"之情吗？是世家贵族一味的荒淫享乐之情吗？这些推测似乎都有些道理又都不够全面。正是因为主旨的朦胧性，小说拥有了多条线索和蜘蛛网式的结构。从这些线索与结构中，我们又可以梳理出"梦幻情缘"线与"家世消亡"线。这两线互相勾连，处处交错，串联起小说所有的核心人物与大事件。那么，我们在分析这些要素时，就会观察它的伏笔、造势、发展过程、结局影响的着墨轻重、篇幅多寡等。之后就会发现，这些不同的线索，划分出小说不同阶段的重点，某一个阶段中影响全局的事件是什么。这些影响全局的事件，恰是本文的讨论对象——高潮事件。

## 二、作者的文化观念与现实遭际

美国社会学家理查德·彼得森曾根据人类进食趣味提出一个有意思的文化概念，叫"文化杂食观念"。就是说我们之所以会对食物有偏好，越来越喜欢吃各种各样的食物的习惯，这是我们受地理环境、社会地位、经济条件、受教育水平等因素制约而成的。对于文化接受也一样，越是社会上层，接触到各类文化资源的概率就越大，那么，就越有文化杂食倾向。[①]那么，堪称"文化百科"的《红楼梦》，更是印证了这个观点。以笔者目力所及，曹雪芹的出身环境及后来遭际，促使他具有文化杂食趣味。他对人生有多向度思考、关注面广、视角深刻而独特，这种趣味对《红楼梦》多个高潮艺术的形成，应起到了积极作用。同时，通过前文我们发现，在这些高潮事件中，人物的情感状态，都处于压抑的、矛盾的状态，都是一波波的悲剧，"物不得其平则鸣"，当与曹雪芹自己的生命遭际紧密相关。

曹雪芹应享受过"公侯富贵之家"特有的风骚快意。他于雍正五年（1727）十三岁抄家后，跟跟跄跄进入"诗书清贫之族"，在凄风苦雨中"茅椽蓬牖，瓦灶绳床"，开始了他"批阅十载，增删五次"的《红楼梦》创作。然因小说自古在众文体中居于末流，被称为"雕虫小技"，难登大雅之堂，历来遭正统文人嫌弃。如清人程晋芳便为其友吴敬梓写《儒林外史》之事而大加慨叹"吾为斯人悲，竟以稗说传"[②]。旗人文康因写《儿女英雄传》而悔叹再三"人不幸而无学铸经，无福修史，退而从事于稗史，亦云陋矣"[③]。所以曹雪芹的创作有可能也不被周遭的朋友认可和欣赏，不然为何其友人只字未提其创作《红楼梦》而仅言其善诗词呢？处世行为有异，周遭环

---

① 原文见 Richard A. Peterson, "Understanding Audience Segmentation: From Elite and Mass to Omnivore and Herbivore", *Poetics*, Vol.21, No.4, 1992, pp.243-258.
② 李汉秋编：《儒林外史研究资料》，上海古籍出版社1984年版，第9页。
③ 丁锡根编著：《中国历代小说序跋集》，人民文学出版社1996年版，第1590页。

境不许，所以这很可能造成曹雪芹的愧疚感与无奈感，曹雪芹在《红楼梦》开篇便言"今日一技无成、半生潦倒之罪"。作为一名男性，曹雪芹对"忽喇喇似大厦倾"的家族却无回天之力，定会感到无奈与痛苦，自觉带有一种原罪感。所以，在很大程度上，小说中的男性也被塑造为"无才补天"的形象，用这些名字的谐音寓意来表现作者的"自犯罪自加罚，自忏悔自解脱"①。小说是否是一部"忏悔"之书，学者对此观点不一。笔者以为，我们不可偏执于"忏悔""自传"等说法。因为每部小说都会或多或少地带有自传的影子。曹雪芹的身世经历、价值判断，不可能不左右小说的创作，作品内容是现实的艺术化与艺术的现实化交融的结果。小说设置的多个高潮，既有现实的影子，又有艺术的创造。通过这些高潮事件，曹雪芹可以更加畅怀地表达对人生、对社会的思考。

他给自己起名为"梦阮"，可谓是"唯显逸气而无所成……无所成而无用……谓之弃才"②的自遣、宣泄，向往着魏晋时期的风骨傲啸。魏晋时期是一个政治上战乱频仍而文化上崇尚玄学、文学创作走向自觉的特殊时期。以"竹林七贤"为代表的士大夫任诞狂散，挣脱开世俗的羁绊，隐居山林，开启了诗酒人生。而曹雪芹所处时代主要是雍正、乾隆时代，在这个时代里，他先是失去了富足的物质生活，而后约乾隆十九年（1755）右翼宗学改组搬迁，他搬到西郊，不但在物质生活上备受冲击，过着"举家食粥酒常赊"③的生活，而且在精神生活中与好友敦诚、敦敏的联系日益减少，"寂寞西郊人到罕，有谁拽杖过烟林"④。所以无论是被迫也好，还是自愿也罢，前后生活的差异当造成他一定的心理落差，在《好了歌》中也能看出曹雪芹

---

① 王国维：《红楼梦评论》，岳麓书社1999年版，第10页。
② 牟宗三：《才性与玄理》，台湾学生书局1974年版，第70页。
③ （清）敦诚：《赠曹雪芹》，载一粟编《古典文学研究资料汇编·红楼梦卷》，中华书局1963年版，第1页。
④ （清）张宜泉：《和曹雪芹西郊信步憩废寺原韵》，载一粟编《古典文学研究资料汇编·红楼梦卷》，中华书局1963年版，第8页。

荣枯成空的价值观。但曹雪芹既然给自己起名为"梦阮",向往着魏晋时人"越名教而任自然"[1],所以他很可能也显露出一定的与世独立的倔强,逆世俗观念之流,标榜自己对女性特有的观照。

同时,曹雪芹通过这几大高潮事件凸显女性的悲剧,采取的是女性的视角,但因写作心态不同而与顾太清等人不同。《红楼梦影》中的男性已退去了曹雪芹笔下的丑陋之色,这是因为顾氏写作所持的心态是"红楼幻境原无据,偶尔拈毫续几回",闲暇娱乐色彩较为浓厚,加上自身的优渥处境,自然批判意识相较不够强烈。[2] 正是作者的多向度的文化观以及伤心往事,促使作者对人生有了多层次的思考。他无意为悲剧,却又无法逃脱现实的悲剧。《红楼梦》设置的多个高潮事件,每个事件都是一个悲剧,表明作者对诸种人生之路的选择都持否定态度,陷入了"无才补天"的悲慨之中。

总之,《红楼梦》里的多个高潮事件,是作者对人生不同层面的思考,无论是"势"、是"色"、是"财"、是"情",还是"爱",都无法挽救贵族世家走向没落的命运。

## 三、悲剧精神的内在要求

《红楼梦》高潮事件的艺术创作始终与小说的悲剧精神密切相关。而高潮艺术创作又与小说结构紧密关联。最早注意到这一点的当属清代的二知道人蔡家琬,他认为小说结构体现出"四时气象"的特点,且这种气象是一种悲剧的气象。孙伟科在他的著作《〈红楼梦〉美学阐释》第三章"悲剧艺术与美感目的"的小结中也提及:"悲剧问题,是《红楼梦》美学的中心问题,

---

[1] 魏晋时人嵇康在《释私论》提出该观点。有关其解释,可参见皮元珍《纯美生命的人格建构——嵇康〈释私论〉探微》,《广东社会科学》2001年第6期。
[2] 相关内容可参见安忆涵《论顾太清〈红楼梦影〉的续写策略》,《红楼梦学刊》2018年第2辑。

不仅涉及结构，而且还与作品美感有关。"①

的确，无论前八十回的高潮事件还是后四十回的高潮事件，都贯串着"悲剧"精神，且这种"悲剧"艺术随着小说的叙事节奏不断强化。在这几大高潮事件中，作者不止一次穿插欲延续家族辉煌的各种努力，反复提出诫奢、戒淫的警告，然而实际是徒劳无功的。有意思的是，小说第五回借勾勒人物命运提出"末世说"，而书中随处可见一些称颂圣朝和盛世的话语，这既可以映衬对比，又是体现小说悲剧精神的要点之处。"当今运隆祚永之朝，太平无为之世"，在这样一种常态化的世俗环境中，就常理而言，人人应该可以获得相应的人生价值。然而，即使以贾府儿孙为代表的贵族世家子弟，个人命运依然无法由自己掌控。《红楼梦》里人物的悲剧是普遍的，他们从一开始就生活在末世悲音的阴霾下，凭借个人意志力根本无力扭转既定命运。比如贯串六大高潮事件始末的王熙凤，为贾府正常运转使出浑身解数，甚至不择手段，终于积劳成疾，然而天不遂人愿，贾府到底败落了。贾宝玉秉持"爱与情"的价值观，时刻处在"同情与遁世"的冲突中，最后万念俱灰逃离世俗。贾赦、贾珍和贾琏等人的言行，理应体现儒家士大夫的齐家治国风采，然而他们存在的方式是纵欲享乐，对贾府的振兴毫无价值。王国维曾根据叔本华的思想阐释《红楼梦》是一部"彻头彻尾之悲剧"，是"不能不如此的悲剧"。②所以，小说一开始就提出"天缺一角"时"无才补天"的遗恨。倘或将三万六千五百块的"补天石"，用来象征各种世俗所需、所容的欲望、功名、财货、贤孝，是"有用石"；那么，这块"弃天石"，则代表着"赤子之心"——情，是被世俗遗忘或者说遗弃的"有情石"。正是这种"遗弃"基调，成为小说后续整个故事的发展走向的总基调。

《红楼梦》的悲剧精神涉及多个层面，有家庭层面的、有个人层面的，

---

① 孙伟科：《〈红楼梦〉美学阐释》，云南大学出版社2009年版，第195页。
② 参见王国维《红楼梦评论》，岳麓书社1999年版，第11—14页。

有贵族层面的、有穷苦大众层面的，有物质层面的、有精神层面的，有男人层面的、有女人层面的……也就是说，小说之所以设置多个高潮事件，是因为六大高潮事件的侧重点不同，而悲剧精神又需要在这些高潮事件中被反复解释、渲染、强化，才更透彻、更彻底，才更能体现出曹雪芹对那个时代社会发展规律、对人生价值的反复的、全面的、深刻的思考与探索。

# 参考文献

## 一、资料汇编

[1] 冯其庸、李希凡主编：《红楼梦大辞典（增订本）》，文化艺术出版社2010年版。

[2] 侯忠义、王汝梅编：《金瓶梅资料汇编》，北京大学出版社1985年版。

[3] 胡文彬、周雷编：《台湾红学论文选》，百花文艺出版社1981年版。

[4] 胡文彬、周雷编：《香港红学论文选》，百花文艺出版社1982年版。

[5] 刘梦溪编：《红学三十年论文选编》（上中下），百花文艺出版社1983年版。

[6] 吕启祥、林东海主编，中国艺术研究院红楼梦研究所编：《红楼梦研究稀见资料汇编（增订本）》（全2册），人民文学出版社2016年版。

[7] 人民文学出版社编辑部编：《红楼梦研究参考资料选辑》（全3辑），人民文学出版社1976年版。

[8] 一粟编：《古典文学研究资料汇编·红楼梦卷》，中华书局1963年版。

[9] 朱一玄编：《红楼梦研究资料汇编》，南开大学出版社1985年版。

## 二、评注

[1]（清）曹雪芹著，（清）无名氏续：《红楼梦》，人民文学出版社2008年版。

[2][法]陈庆浩编著：《新编石头记脂砚斋评语辑校（增订本）》，中国友

谊出版公司 1987 年版。

[3]（清）曹雪芹著，陈文新、王炜辑评：《红楼梦：百家精评本》，崇文书局 2019 年版。

[4]冯其庸辑校：《重校〈八家评批红楼梦〉》，青岛出版社 2014 年版。

[5]（清）哈斯宝：《〈新译红楼梦〉回批》，内蒙古人民出版社 1979 年版。

[6]刘继保、卜喜逢辑：《红楼梦：名家汇评本》，北京图书馆出版社 2008 年版。

[7]孙逊、孙菊园编著：《红楼梦鉴赏辞典》，上海辞书出版社 2011 年版。

[8]（清）曹雪芹、高鹗著，王蒙评点，冯统一点校：《王蒙陪读〈红楼梦〉》，四川文艺出版社 2018 年版。

[9]（清）曹雪芹著，吴铭恩汇校：《红楼梦脂评汇校本》，北方联合出版传媒（集团）股份有限公司万卷出版公司 2013 年版。

[10]郑红枫、郑庆山辑校：《红楼梦脂评辑校》，北京图书馆出版社 2006 年版。

[11]（清）曹雪芹原著，（清）程伟元、高鹗整理，张俊、沈治钧评批：《新批校注红楼梦》，商务印书馆 2017 年版。

## 三、专著

[1]白先勇：《白先勇细说红楼梦》，广西师范大学出版社 2017 年版。

[2]卜喜逢：《红楼梦中的神话》，文化艺术出版社 2019 年版。

[3]陈大康：《荣国府的经济账》，人民文学出版社 2019 年版。

[4]段江丽：《红学研究论辩》，辽宁人民出版社 2019 年版。

[5]段启明：《〈红楼梦〉艺术论（修订本）》，北京师范学院出版社 1990 年版。

[6][加]诺思洛普·弗莱：《世俗的经典：传奇故事结构研究》，孟祥春译，

上海人民出版社 2010 年版。

[7] 龚鹏程：《红楼丛谈》，山东画报出版社 2012 年版。

[8] 何其芳：《何其芳文集》，人民文学出版社 1983 年版。

[9] 胡文彬：《胡文彬点评红楼梦》，团结出版社 2006 年版。

[10] 蒋和森：《红楼梦论稿》，人民文学出版社 1981 年版。

[11] 李辰冬：《知味红楼》，中国档案出版社 2006 年版。

[12] 李希凡、李萌：《传神文笔足千秋——〈红楼梦〉人物论》，东方出版中心 2017 年版。

[13] 梁归智：《〈红楼梦〉里的四大风波》，三晋出版社 2018 年版。

[14] 刘再复：《红楼人三十种解读》，生活·读书·新知三联书店 2009 年版。

[15] 罗德湛：《红楼梦的文学价值》，台湾东大图书公司 1983 年版。

[16] 梅节、马力：《红学耦耕集（增订本）》，文化艺术出版社 2000 年版。

[17] 梅新林：《红楼梦哲学精神》，华东师范大学出版社 2007 年版。

[18] 欧丽娟：《大观红楼：欧丽娟讲红楼梦》，北京大学出版社 2018 年版。

[19][美] 浦安迪讲演：《中国叙事学》，北京大学出版社 1996 年版。

[20] 萨孟武：《〈红楼梦〉与中国旧家庭》，北京出版社 2016 年版。

[21] 孙伟科：《〈红楼梦〉与诗性智慧》，北京时代华文书局 2015 年版。

[22] 孙伟科：《〈红楼梦〉美学阐释》，云南大学出版社 2009 年版。

[23] 孙逊：《红楼梦脂评初探》，上海古籍出版社 1981 年版。

[24] 王彬：《红楼梦叙事》，人民出版社 2014 年版。

[25] 王昆仑：《红楼梦人物论》，北京出版社 2004 年版。

[26] 王志武：《红楼梦人物冲突论》，陕西人民出版社 1985 年版。

[27] 邢治平：《〈红楼梦〉十讲》，中州书画社 1983 年版。

[28] 薛瑞生：《红楼梦谫论》，太白文艺出版社 1998 年版。

[29] 俞平伯：《俞平伯全集》，花山文艺出版社 1997 年版。

［30］［美］余英时：《红楼梦的两个世界》，上海社会科学院出版社 2002 年版。

［31］张锦池：《红楼十二论》，百花文艺出版社 1982 年版。

［32］张庆善等：《红楼梦中人》，中华书局 2008 年版。

［33］周汝昌：《红楼梦新证（增订本）》，中华书局 2016 年版。

［34］周中明：《红楼梦的语言艺术》，漓江出版社 1982 年版。

［35］朱兵：《曹雪芹创作〈红楼梦〉心态解析》，社会科学文献出版社 2009 年版。

## 四、论文类

［1］卜键：《是谁偷换了搜检的主题——关于"抄检大观园"的思考》，《红楼梦学刊》2003 年第 2 辑。

［2］杜景华：《论〈红楼梦〉的结构线》，《红楼梦学刊》1993 年第 4 辑。

［3］胡文彬：《论秦可卿之死及其在〈红楼梦〉中的典型意义》，《江淮论坛》1980 年第 6 期。

［4］孔昭琪、孔见：《〈红楼梦〉高潮的积累与延伸》，《泰山学院学报》2009 年第 4 期。

［5］刘敬圻：《"淡淡写来"及其他——〈红楼梦〉描叙大事件大波澜的艺术经验》，《红楼梦学刊》1984 年第 2 辑。

［6］刘梦溪：《贾宝玉林黛玉爱情故事的心理过程》（上、下），《红楼梦学刊》2005 年第 5、6 辑。

［7］李晋霞：《汉语叙事语篇高潮的语言特点》，《汉语学习》2018 年第 5 期。

［8］梁音波：《戏剧高潮两议》，《当代戏剧》1994 年第 3 期。

［9］李辰冬：《红楼梦在艺术上的价值》，《国闻周报》1934 年第 11 卷第

47、48 期。

[10] 罗盘：《论〈红楼梦〉的高潮》，《中华文艺》1979 年第 16 卷第 6 期、第 17 卷第 1 期。

[11] 苗怀明：《〈红楼梦〉的叙事节奏及其调节机制》，《曹雪芹研究》2017 年第 1 期。

[12] 马力：《〈漫说红楼〉中关于艺术结构（布局）总纲的提法的商榷及其他》，《抖擞》1979 年第 35 期。

[13] 佩之：《红楼梦新评》，《小说月报》1920 年第 11 卷。

[14] 孙伟科：《关于袭人形象的评价问题》，《河南教育学院学报（哲学社会科学版）》2008 年第 4 期。

[15] 孙逊：《关于〈红楼梦〉的"色""情""空"观念》，《红楼梦学刊》1991 年第 4 辑。

[16] 吴宓：《红楼梦新谈》，《民心周报》1920 年第 1 卷第 17、18 期。

[17] 王家械：《红楼梦之结构》，《光华大学半月刊》1933 年第 2 卷第 4 期。

[18] 吴功正：《〈红楼梦〉的情节波澜》，《红楼梦学刊》1981 年第 3 辑。

[19] 王蒙：《〈搜检大观园〉评说》，《文学遗产》1990 年第 2 期。

[20] 王志武：《论〈红楼梦〉的矛盾冲突》，《中国文学研究》2004 年第 3 期。

[21] 薛瑞生：《佳作结构类天成——论〈红楼梦〉的结构艺术》，《文艺研究》1982 年第 3 期。

[22] 杨文华：《"情感高潮"与"情节高潮"——中西戏剧高潮比较》，《山西师大学报（社会科学版）》1992 年第 1 期。

[23] 张锦池：《也谈〈红楼梦〉的主线——兼说此书借情言政的艺术特点》，《红楼梦学刊》1979 年第 1 辑。

[24] 张锦池：《论〈姽婳词〉在〈红楼梦〉悲剧结构中的地位——兼说

〈红楼梦〉的艺术结构》,《北方论丛》1982 年第 1 期。

[25] 张庆善:《伟大的经典永恒的魅力——谈曹雪芹和他的〈红楼梦〉》,《人民政协报》2019 年 8 月 26 日。

[26] 周汝昌:《〈红楼梦〉原本是多少回?》,《社会科学战线》1978 年第 1 期。

[27] 周汝昌:《探佚与结构两学科》,《山西大学学报(哲学社会科学版)》1998 年第 2 期。

[28] 张春树:《〈红楼梦〉结构简论》,《红楼梦学刊》1981 年第 3 辑。

[29] 周宝东:《细论"宝玉挨打"》,《天津师范大学学报(社会科学版)》2019 年第 3 期。

# 后 记

这本书是由我的博士学位论文《〈红楼梦〉高潮艺术论》修改而成，它的出版宣告着我学生时代的结束，也代表着我步入社会的开始。

本书还有很多需要修改提升之处，囿于时间与精力，尚未进行。

其一，全书虽然本着回归文本、细读文本的宗旨，分章分节探讨了每个高潮事件的来龙去脉以及表现出来的美学内涵，但是，因为自己理论方面的欠缺，有很多地方只是浮在表面，没有深入进去，颇为粗浅。

其二，写作最初的设想是在每个章节的末尾，对比一些国内与国外名著中类似情节的处理方式，探究同类型小说、同时代小说、异域小说中所彰显出的小说高潮艺术特征，进而探查其背后的世风世俗。然而，直至论文写完，也并未能完成这项工作。

其三，虽然我一直想将哲学、美学、艺术学等领域的知识融进来，然而这些想法最终未能实现。看了一些书，终究是半途而废。

这些问题，容留以后再解决吧。

在这里，感谢我的博导孙伟科教授。在我读书三年、工作一年里，老师始终关心着我的学术，经常鼓励、督促我写论文。然而，我始终未能交出一份满意的答卷，有负师恩。希望以此为契机，在我出第二本书时——如果有这样的机会，我能不像现在这样，满怀遗憾。感谢张庆善研究员、王彬研究员、段江丽教授、俞晓红教授、李修建研究员、赵卫防研究员、石中琪副研究员、卜喜逢副研究员、俞为民教授、饶道庆教授、罗筱玉教授等师友。从求学到工作，他们给了我很多的指导与帮助。与此同时，感谢工作之地——浙江海洋大学师范学院，在各位领导的真诚支持以及各位同事的热心帮助下，我能够在较为宽松的环境中成长、学习。感谢著名《红楼梦》画家谭凤嫄老师的抬爱，无偿赠予画作《荣国府归省庆元宵》作为小书封面插图。谭老师深耕红画数载，所绘红楼，线条灵动、人物秀美，颇有古典气韵，为本书添彩不少。此外，还要特别感谢为此书编辑、出版、发行而付出辛苦劳动的编辑老师们，他们不厌其烦地帮我编辑、校对书稿，一遍遍督促，才保证了书稿的按时按质付梓。

该书得到了我的母校——中国艺术研究院的鼎力支持，忝列"中国艺术研究院优秀博士论文"出版项目之中，使我荣幸之至又深感不安。

写完这些文字，从图书馆出来，繁星点点、海风徐徐，看到几个学子正在文津广场中间练习滑滑板。他们鱼贯滑行、跳圈，欢声笑语间尽显青春活力。我停下脚步，坐在台阶上，看着他们，倍感羡慕。曾几何时，我也是这样的少年呀。如今，已过而立之年的我，少了几分天真与莽撞，多了些许沧桑与成熟。夜凉如水，灯影婆娑，不知坐了多久，那群滑板少年早已不见踪影，我站起来，望向远山的树、想起远方的人，这一刻心海之中繁花盛开，杂草不再。我深深地吸了口气，拍打拍打身上的灰尘，裹紧风衣，赶路去了。